LA PRISONNIÈRE DU HIGHLANDER

L'Appel du highlander, Livre 1

MARIAH STONE

Traduction par
GAËLLE DARDE

Traduction française : Gaëlle Darde

Couverture : Qamber Designs and Media

« La liberté et la vie ne sont gagnées que par ceux qui les reconquièrent chaque jour. »
— JOHANN WOLFGANG VON GOETHE

PROLOGUE

CHÂTEAU DE DUNOLLIE, LORNE, ÉCOSSE, 1296

La croix enflammée brûlait.

Boom. Boom. Boom. Le bruit de centaines de paumes frappant des tambours résonnait dans la poitrine de Craig Cambel, son cœur martelant en rythme.

Derrière lui attendaient deux cents hommes du clan Cambel. Chacun avait répondu à l'appel séculaire de la croix de feu aux côtés du cheval du chef de clan.

L'appel au carnage.

L'appel à la restauration de l'honneur perdu.

L'appel au sauvetage d'un proche.

Le château de Dunollie, le siège du clan MacDougall, se dressait devant Craig. Il possédait quatre courtines, une porte juste devant les Cambel, et une simple tour carrée de trois étages dans le coin droit. Sur le toit et les murs, les archers étaient prêts, leurs cordes tendues et leurs flèches visant Craig et ses hommes.

Mais les flèches enflammées des Cambel étaient prêtes à riposter. Le bélier était en place devant la porte. De longues échelles de siège, certaines réparées, d'autres neuves, attendaient patiemment.

Sir[1] Colin Cambel, chef du clan et grand-père de Craig, leva un bras, et tous les tambours se turent.

— John MacDougall !

Son cri porta loin dans le ciel morne, résonnant contre les rochers et les murs.

— Montrez-vous !

Les archers sur le toit s'effacèrent pour laisser place à un homme.

— Cambel ! cria-t-il. Êtes-vous venu me rendre mes terres ?

— Le roi Jean Balliol m'a accordé ces terres, elles ne vous appartiennent plus.

— *Aye*[2], vous n'étiez que trop heureux de les accepter. N'oubliez point que vous êtes toujours mon vassal.

— Il semblerait que c'est vous qui êtes oublieux. Des choses telles que l'honneur. Des choses telles que tenir votre parole. Des choses telles que protéger vos vassaux.

— Je ne dois aucune protection aux voleurs.

— Voleurs ?

Sir Colin cracha sur le sol.

— Comment osez-vous ? Rendez-moi ma petite-fille. Et si vous avez connaissance de vos intérêts, amenez-moi votre bâtard de fils qui ne sait accepter qu'une jeune femme lui dise non. Je lui apprendrai ce qu'est l'honneur. Son père n'en a de toute évidence pas été capable.

Craig affermit sa prise sur la poignée de sa claymore. Il se rappelait le jour de la disparition de sa sœur Marjorie. Sa domestique et elle avaient quitté le château pour cueillir des herbes pour la cuisine. La domestique était plus tard rentrée seule en courant, hurlant et tremblant, une profonde coupure à la joue.

Il avait fallu aux Cambel deux semaines de recherches et d'interrogatoires pour apprendre qui l'avait enlevée.

Alasdair MacDougall.

Le fils de leur seigneur.

La mâchoire de Craig se crispa ; le besoin de trouver le bâtard et de libérer sa sœur le brûlait.

John MacDougall resta silencieux un moment.

— Si vous voulez votre petite-fille, *Sir* Colin, vous allez devoir venir la chercher. C'est la promise de mon fils, et je ne la rendrai que quand il en aura envie.

Le silence tomba sur la côte de la baie d'Oban. Du sang coulerait ce jour-là, Craig le sentait jusque dans ses os.

Il restait encore à voir si Marjorie était saine et sauve.

Un grognement de fureur naquit dans les entrailles de Craig, monta dans sa gorge et retentit à travers le champ. Les MacDougall le regardèrent. Les hommes des Cambel se raidirent, prêts à passer à l'attaque au signal.

— Si votre fils a touché ne serait-ce qu'un seul cheveu de sa tête...

Craig entendit sa propre voix portée dans le vent.

— J'en ferai ma mission de m'assurer que sa mort sera lente et douloureuse.

Sa famille rugit. Son père sur le destrier à ses côtés, ses deux demi-frères, son grand-père, ses oncles, ses cousins, tous étaient là. Le reste du clan suivit, haches et épées levées bien haut. Le tonnerre retentit à nouveau, pas grâce aux tambours cette fois, mais créé par les armes frappant les boucliers.

Sir Colin poussa le cri de guerre des Cambel, bientôt imité par son clan.

— *Cruachan !*

Le mot se propagea à travers le champ, les unissant tous.

La mort les attendait peut-être, mais ils périraient pour les leurs. Pour ce qui était juste.

Et Craig mourrait volontiers pour sauver sa sœur.

Ils s'élancèrent. Se protégeant des flèches qui pleuvaient sur eux telle de la grêle, ils prirent la tour d'assaut. Leurs archers tirèrent des flèches enflammées, et les premières rencontrèrent le bois parmi les pierres.

La mort choisit ses victimes parmi les Cambel. Les guerriers crièrent de douleur. L'odeur métallique du sang qui s'écoulait des chairs déchirées pesait dans l'air, attisant la fureur et la peur de Craig.

Il courut et atteignit finalement le mur du château.

Le bélier heurtait la porte. Les échelles étaient levées, mais l'ennemi les repoussait, en faisant choir certaines. D'autres restèrent debout, et ses hommes entamèrent l'escalade.

Les battements de son cœur martelaient les tempes de Craig. Son regard se porta à gauche et à droite dans l'espoir de voir au-delà de ses hommes. Comment pourrait-il se faufiler dans le château sans être vu ?

Levant son bouclier au-dessus de sa tête, il courut le long des échelles de siège sur sa droite. Le chef avait prévu de prendre d'assaut les murs avant et ouest, les plus bas de tous. Les MacDougall seraient donc concentrés sur ceux-là.

Ils ne penseraient pas à celui à l'est.

Il tourna à l'angle et continua sa course le long du mur ouest de la tour, rejoignant la courtine. Il s'arrêta sous trois fenêtres, une à chaque étage.

Jusqu'à présent, personne dans la tour ne l'avait vu. Les regards des archers étaient fixés sur les membres de son clan.

Et Craig était bon grimpeur.

Il mit son bouclier sur son dos, sortit ses deux couteaux d'escalade et leva les yeux. Il lui suffisait d'atteindre la première fenêtre.

— Ce n'est qu'une montagne raide, marmonna-t-il pour lui-même. Tu as escaladé des rocs escarpés des dizaines de fois.

C'est pour Marjorie.

Les creux entre les pierres étaient parfaits pour ses couteaux. Il en enfonça un dans le premier, ce geste lui apportant de la satisfaction, presque comme poignarder un MacDougall en plein cœur.

Il se hissa à la force d'un bras et planta le second couteau plus haut.

Traîtres.

Il continua son escalade ; les muscles de ses épaules et ses biceps gémirent sous le coup de l'effort, sa rage s'apaisant brièvement. Du sable et de la poussière jaillirent du creux où il enfonça son couteau. Le troisième...

Quelqu'un cria plus haut, et une flèche le dépassa à toute allure avant de se planter dans le sol.

Il leva la tête. Des archers sur le toit le visaient.

Plus vite. Plus vite !

Une autre flèche lui frôla l'épaule.

Il se hâta, grimpant de plus en plus vite. Une piqûre lui brûla l'épaule : une flèche l'avait égratigné.

Il avait presque atteint la fenêtre. Il planta une nouvelle fois son couteau dans le mur, puis se hissa sur l'étroit rebord de la fenêtre. Il glissa son couteau dans la fente entre les volets de bois et exerça une pression sur le loquet. Lorsqu'il céda, les volets s'ouvrirent.

Craig embrassa la pièce du regard. Ses muscles le brûlaient des suites de son ascension. C'était une chambre. La lueur vacillante d'une bougie dans un coin projetait l'ombre d'une personne. Quelqu'un se tenait contre le mur à droite de la fenêtre.

Craig prit une petite pierre brisée du mur et la lança dans la pièce.

Une planche en bois fendit l'air devant la fenêtre. Il poussa sur ses pieds et se glissa à l'intérieur. Atterrissant, il empoigna son assaillant, une femme, et lui maintint les bras dans le dos.

Il appuya son couteau contre sa gorge.

— Marjorie Cambel. Où est-elle ?

C'était l'épouse de John MacDougall. Des enfants étaient recroquevillés près du lit dans le coin. Il balaya la chambre du regard ; il n'y avait personne d'autre.

— Où est-elle ? répéta-t-il, plus fort, en rapprochant son couteau de sa chair. Je ne vous veux aucun mal, je suis venu pour ma sœur.

La femme ferma les yeux.

— Troisième étage. Dans la chambre qui donne à l'est. Comme celle-ci.

Il la lâcha, dégaina sa claymore et entrouvrit la porte pour jeter un coup d'œil dans le couloir.

Pouvait-il faire confiance à cette femme ? Et si elle l'envoyait là où il rencontrerait la plus grande résistance ?

Il allait le découvrir.

Il entendit des pas lourds au bout du couloir. Le bélier frappait la porte. Il monta rapidement les marches étroites, puis jeta un regard à l'angle de l'escalier.

Deux gardes coururent vers lui. Épée contre épée, bouclier contre fer, il entama la danse pour laquelle il s'entraînait depuis qu'il était capable de tenir une arme en main. Les armes cliquetèrent, fendirent l'air, se heurtèrent avec fracas. L'un des hommes s'effondra en tenant une entaille à son flanc, et il assomma l'autre.

Craig monta en courant la volée de marches suivante.

Au troisième étage, l'on entendait mieux les cris qui venaient du toit. L'odeur de fumée envahit ses narines. Le toit de bois devait être en feu ; il devait se dépêcher de sauver Marjorie avant que les flammes n'engloutissent l'étage supérieur.

Il s'engagea à pas de loup dans le couloir. Un garde se tenait devant la porte de la chambre. Son regard rencontra celui de Craig. L'homme venait de brandir son épée quand Craig l'attaqua, le frappant de son bouclier. Un deuxième garde arriva des escaliers, et Craig lui taillada la cuisse de sa claymore.

D'autres hommes se précipitèrent sur lui, mais un grand fracas résonna plus bas, faisant trembler les murs. Ses hommes avaient-ils enfoncé la porte ? Il gauchit et esquiva l'épée du garde, puis lui perça le ventre de la sienne.

Alors que l'homme s'effondrait, Craig se hâta vers la porte qui menait à l'est. Lorsqu'il l'ouvrit, une épée lui entailla le flanc.

La douleur l'aveugla, son propre cri résonnant en lui. Le sol trembla sous ses pieds et des vertiges lui montèrent à la tête.

Craig riposta, mais manqua sa cible. Tombant sur un genou, il leva sa claymore pour repousser l'épée avant de se relever.

Alasdair.

— Maroufle ! aboya Craig.

Sur le lit gisait une silhouette blême, ses cheveux noirs étalés sur les oreillers et son visage dans l'ombre. Il reconnaîtrait sa sœur entre mille. Sa jambe, couverte de meurtrissures et de coupures, du sang séché à l'intérieur de la cuisse, était à nu, sans vergogne.

Était-elle morte ?

— Que lui avez-vous fait ? hurla Craig.

— Seulement ce qu'elle méritait, à n'en faire qu'à sa tête comme ça !

Craig rugit et attaqua de nouveau. Mais Alasdair était bien meilleur guerrier que ses gardes ; il esquiva, puis riposta, frappant l'épée de Craig. Leurs claymores se croisèrent, mais Craig était affaibli par la douleur à son flanc.

— Vous mourrez, misérable ! marmonna-t-il, les dents serrées, à un souffle du visage du MacDougall.

Alasdair appuyait sa claymore contre celle de Craig, qui puisa sa force au plus profond de son âme et le repoussa. L'homme recula d'un pas chancelant, et cela suffit. L'épée de Craig fendit l'air en direction de son cœur. Le MacDougall cria, la surprise se mêlant à la douleur sur son visage. Craig retira son épée et il s'effondra.

Derrière la porte, les bruits de l'escarmouche se faisaient plus forts.

Bien. Ils avaient pénétré dans la tour.

Craig tomba à genoux à côté de Marjorie et resta pétrifié. Sa poitrine se soulevait et redescendait, bien que faiblement. Son visage était meurtri et entaillé. L'un de ses yeux était si gonflé qu'il était fermé, la peau rouge et violet. Sa lèvre était fendue et son nez semblait cassé. Sa robe était déchirée et sale. Elle dormait... ou peut-être était-elle inconsciente ?

— Marjorie, murmura-t-il en lui caressant les cheveux.

Elle ouvrit très légèrement les paupières et le regarda. Les larmes lui montèrent aux yeux, et un sourire à peine visible flotta sur ses lèvres.

— Mon frère, marmonna-t-elle d'une voix rauque.

Tout à coup, la porte s'ouvrit et son cousin Ian entra, le visage contusionné et ensanglanté, sa *léine croich*[3] en lambeaux et tachée de sang.

— Je l'ai trouvée, annonça Craig.

— Bien. Allons-nous-en. La voie est libre.

Craig emmaillota sa sœur dans la couverture et la souleva. Elle semblait si petite et aussi légère qu'une plume. Alors qu'il sortait dans le couloir avec elle dans les bras, les hommes s'arrêtèrent de se battre et le regardèrent. Une ride de douleur creusa le front de son père à la vue de sa fille. Son oncle Neil et ses fils étaient là aussi, leurs yeux brillant de chagrin et de fureur.

Ian ouvrit la marche dans les escaliers, lançant des regards à l'angle à la recherche de danger et son épée brandie. Lorsque Craig atteignit l'étage suivant, la bataille s'interrompit également.

Quand il sortit enfin du château, l'herbe couverte de sang semblait violette.

Ce fut alors qu'il remarqua un visage affreusement familier parmi les guerriers tombés au combat.

Sir Colin Cambel.

Leur chef.

Son grand-père.

Craig le rejoignit et tomba à genoux, Marjorie toujours dans ses bras. Il prit la main de son grand-père et la serra dans la sienne, une larme roulant sur sa joue.

Ian posa une main sur son épaule.

— Je l'ai trouvée, *Sir* Colin, dit Craig. Votre mort ne fut pas en vain. Et je jure devant vous, sur votre honneur, que plus jamais je n'accorderai ma confiance à un MacDougall. Et plus jamais je ne laisserai un Cambel être victime de leur perfidie.

---

1. Titre d'honneur anglais.
2. Terme archaïque et régional utilisé pour acquiescer.
3. Chemise de guerre arrivant aux genoux et matelassée pour protéger son porteur.

CHAPITRE 1

Amy MacDougall s'adossa au mur du château et laissa ses paupières se fermer. Le soleil de novembre la réchauffait, un véritable soulagement après trois jours de pluie glaciale.

Jenny, sa sœur, s'approcha et s'assit sur un rocher à côté d'elle.

— Les rebelles sont sages ? demanda Amy.

— On verra.

Jenny parcourut d'un regard méfiant la cour herbeuse où une dizaine d'adolescents se promenaient, riaient, couraient et prenaient des *selfies*. Elle désigna de la tête une tour en ruine de l'autre côté de la cour.

— Zach a menacé d'escalader cette tour et de chanter *The Star-Spangled Banner*[1]. Bien sûr, il ne fait ça que pour impressionner Deanna. Tu es à un endroit stratégique pour pincer Gigi si elle décide d'aller voir s'il y a des squelettes dans les cachots de la tour est.

Elle fit un signe de tête vers la droite, et Amy fronça les sourcils en regardant l'entrée sombre. Un frisson descendit le long de son échine alors qu'elle imaginait la sensation écrasante des murs de deux mètres dix d'épaisseur et le plafond ancien qui pouvait s'écrouler à tout moment.

Le sourire de Jenny disparut.

— Je rigolais, ma belle, dit-elle. Tu n'iras pas dans les cachots.

Amy secoua la tête et se força à sourire.

— Allez, ça va. Je vais bien. Je peux aller dans les cachots. C'est mon boulot d'aller dans les endroits dangereux. C'est pour ça que tu m'as demandé de venir, non ?

— Eh bien, avec un peu de chance, il ne se passera rien. C'est bien d'être accompagné d'une secouriste pendant un voyage scolaire, mais ce n'est pas pour ça que je t'ai invitée pour remplacer Brenda. Je voulais passer du temps avec ma sœur, bien sûr.

Amy appuya sa tête contre le mur.

— Ouais, et elle commence quand cette partie du programme ? Je croyais qu'il y aurait plus de whisky, plus de highlanders sexy, et moins d'ados qui font du cinéma.

— Ben, je suis désolée. Je croyais aussi. Brenda a bien plus d'autorité sur eux, elle les gère d'une main de fer. Ils pensent que je suis trop gentille. Oh bon sang, tu crois qu'ils peuvent sentir ma peur comme des chiens ?

Amy pouffa.

— Ouais, même moi je peux la sentir, ta peur.

Elles éclatèrent de rire, et Amy appuya sa tête sur l'épaule de sa sœur. Depuis quand n'avaient-elles pas ri de bon cœur ensemble ? La Caroline du Nord et le Vermont débordaient de souvenirs, de l'arrière-goût écœurant de la peur et du rejet.

Mais il n'y avait rien de tout cela ici. Il n'y avait que l'air frais, les vieux murs épais et l'époustouflante beauté brute des Highlands. De la mousse poussait partout et les couleurs de l'automne régnaient, comme si les rochers eux-mêmes avaient rouillé et que les feuilles n'avaient jamais été vertes. Cet endroit renfermait tant d'histoire, des centaines et des milliers d'années, ainsi qu'une part d'elle.

— Tu crois que nos ancêtres ont vécu ici ? demanda Amy.

Jenny haussa les épaules.

— Peut-être. Papy aurait su.

— Ouais, c'est vrai.

— Même papa, sûrement...

Jenny se raidit soudainement, la bouche encore ouverte.

— Ça va, la rassura Amy. Tu peux parler de papa. Comment il va ?

Jenny déglutit et regarda ses mains.

— Bien. Il demande de tes nouvelles.

La gorge d'Amy se noua, et elle pinça les lèvres.

— Eh bien, moi aussi je demande de ses nouvelles, tu vois ? Il est toujours sobre ?

— Ouais. Il tient le coup.

— Bien. C'est bien.

— Ouais. Merci pour l'argent, au fait. Merci encore.

— Pas de problème. Tu ne peux pas t'occuper de lui avec ton seul salaire de prof.

Parler de leur père était difficile. Pour éviter de penser au nœud dans sa gorge et à l'expression reconnaissante de Jenny, Amy étudia un buisson nu qui poussait près du mur à sa droite.

— Je ne suis pas seule. J'ai Dave...

Jenny écarquilla les yeux en regardant de l'autre côté de la cour.

— Hé ! Zach ! Arrête ça tout de suite, redescends !

Mais Zach avait déjà escaladé la moitié de la tour en ruine, et il ne semblait pas prêt de ralentir. Jenny s'élança vers lui en agitant les bras et en lui criant d'arrêter. Amy se redressa, prête à intervenir si besoin se faisait. Elle effleura son sac à dos, sentant la forme familière de la trousse de secours dedans.

— En voilà une belle petite troupe de jeunes gens, dit une femme d'une voix chantante.

Amy se tourna vers la droite. Une jeune femme se tenait près du buisson qu'elle avait observé quelques minutes plus tôt. Une odeur de lavande et d'herbe fraîchement coupée emplissait l'air.

Comme c'était étrange. Amy eut la chair de poule. Elle se rappelait avoir ressenti quelque chose de similaire chaque fois que Jenny et elle se racontaient des histoires de fantômes ; les ombres des coins de la pièce semblaient soudain plus sombres, et elle voyait des formes qu'elle n'avait pas remarquées avant.

La femme était belle, ses traits délicats, son teint translucide, son nez et ses joues parsemés de taches de rousseur, comme si l'on y avait saupoudré de la cannelle. Une cape en laine vert foncé pendait de ses épaules et le capuchon recouvrait ses cheveux d'une vive couleur cuivrée.

— Ouais, répondit Amy.

Il semblerait que sa mâchoire était incapable de se fermer. Elle considéra l'entrée nord, qui se trouvait à environ trois mètres. Comment cette femme était-elle parvenue à entrer sans être vue ?

— C'est une belle petite... troupe, répéta Amy.

Zach avait déjà atteint le sommet de la tour et commençait à chanter :

— *Oh, say can you see, by the dawn's early light...*

— Que chante-t-il ? demanda la femme. J'aime cette chanson...

Elle dodelinait de la tête au rythme maladroit des beuglements de Zach.

— Euh... C'est l'hymne national américain...

— Oh. L'hymne national américain. Je m'assurerai de ne pas oublier cette chanson.

Amy lui adressa un sourire poli. Qui était cette femme ? Elle semblait porter un costume d'époque sous sa cape : une longue jupe en laine verte avec un fourreau blanc qui dépassait légèrement de sous l'ourlet.

— J'aime votre costume. Vous êtes guide touristique ?

— Guide touristique ?

La femme éclata de rire.

— Je suppose que l'on pourrait dire cela. Je me nomme Sìneag. Et vous ?

— Amy.

Zach continuait de hurler :

— *And the rocket's red glare, the bombs bursting in air...*

Il recula et perdit quelque peu l'équilibre, ce qui fit pousser un cri à ses camarades et à Jenny.

— Descends, Zach ! Immédiatement ! cria-t-elle. Ou pas de téléphone jusqu'à la fin du voyage.

Mais le jeune garçon n'avait d'yeux que pour Deanna, qui chantait avec lui.

— Oh, on dirait qu'il est amoureux, dit Sìneag.

Amy pouffa.

— Je ne crois pas que ce soit de l'« amour ». Il veut qu'on s'intéresse à lui, comme tous les garçons de son âge, c'est tout.

— Oh, *aye* ? Connaissez-vous les choses de l'amour ?

Amy croisa les bras. Sìneag vivait sans aucun doute des environs, il était peut-être normal de zapper les bavardages et de passer directement aux choses sérieuses ici.

— Est-ce que je m'y connais en amour ? J'ai été amoureuse par le passé. Qui ne l'a jamais été ?

— Mais vous n'avez point encore rencontré votre homme..., déclara lentement Sìneag en se frottant le menton.

— Mon *homme* ? rit Amy.

— *Aye*, l'homme qui sera votre amour véritable. Celui pour qui vous changerez. Celui qui vous donnera envie de mourir avec lui. Celui pour qui vous serez disposée à traverser les pays, les océans, les montagnes... et même la rivière du temps.

Amy sourit et soupira.

— Je n'aurai jamais un tel homme. La relation que vous décrivez n'existe pas.

Sìneag pencha la tête.

— Vous êtes bien sûre de vous, Amy.

— J'ai été mariée avant. Je croyais avoir trouvé mon âme sœur, mais on a divorcé.

Sìneag la considéra attentivement.

— Savez-vous comment ce château fut construit ?

— Je l'ai lu sur le panneau d'informations... « construit par le puissant clan Comyn au treizième siècle... »

— *Aye*, mais saviez-vous qu'il avait été construit sur un bastion picte ?

Amy haussa les sourcils.

— Je l'ignorais.

— Oh, *aye*. Et ces Pictes, ils connaissaient de la puissante magie. Ils savaient ouvrir la rivière du temps et construire un passage secret pour aider les gens à passer en dessous.

Un sourire se dessina sur les lèvres d'Amy. C'était adorable. Elle adorait les contes de fées.

— Vous voulez dire qu'ils pouvaient voyager dans le temps ?

— *Aye*.

— Je n'ai jamais entendu de conte qui parle de voyage dans le temps. Vous pouvez me le raconter ?

— Eh bien, ce château fut construit sur un rocher pouvant ouvrir un tel passage. Il suffit que la personne ait une bonne raison, et il s'ouvrira pour lui permettre d'accomplir ce voyage.

Le sourire de Sìneag se fit plus espiègle, et Amy arqua les sourcils.

— Fut un temps, un highlander vivait ici, dit Sìneag. Un dénommé Craig Cambel. Un grand guerrier, et un homme d'honneur. Connaissez-vous le roi Robert Bruce ?

Amy se demanda pourquoi elle ne répondait pas directement à sa question, mais peut-être qu'elle amorçait son histoire de voyage dans le temps.

— Il a participé aux guerres d'indépendance de l'Écosse, c'est bien ça ? Le panneau d'informations disait qu'il a pris le château d'Inverlochy aux Comyn.

— *Aye*. Les Cambel, maintenant appelés les Campbell, étaient ses alliés. Le roi Robert Bruce a demandé à Craig de protéger le château contre ses ennemis.

Amy laissa échapper un petit rire.

— Ce devait être un homme important, ce Craig.

— *Aye*, c'était un homme qui a accompli de grandes choses,

mais dont le cœur souffrait d'un profond chagrin. Le clan MacDougall l'a trahi, ainsi que sa famille, le marquant à vie. Il a juré de ne plus jamais accorder sa confiance aussi facilement.

— Heureusement qu'il ne me rencontrera jamais... Je suis une MacDougall.

Les yeux de Sìneag s'illuminèrent.

— Est-ce vrai ?

— Ben, ouais. Mes grands-parents ont quitté l'Écosse pour les États-Unis, donc je suis américaine, mais mon nom de famille, c'est MacDougall.

— *Aye ! Aye !* C'est bien.

L'enthousiasme faisait trembler la voix de Sìneag. Amy fronça les sourcils. Il y avait quelque chose dans les paroles de la femme qui l'inquiétait.

— Enfin bref. Qu'en est-il de ce Craig, alors ? Est-ce qu'il a voyagé dans le temps ou un truc du genre ?

— Nenni. Il épousa une bonne fille pour arranger une alliance, mais il ne fut jamais heureux. Il vécut une bonne vie, mais aussi bon fût-il, il resta toujours solitaire.

Amy pinça les lèvres pour refouler l'étrange vague d'émotions que lui firent ressentir les paroles de Sìneag, de la tristesse et une impression de solitude. Elle ne connaissait que trop bien le désespoir que causaient la solitude et l'abandon.

— Ouais, répondit-elle. Certaines personnes ne se remettent jamais des blessures trop profondes.

De la compréhension et de l'empathie brillèrent dans les yeux de Sìneag.

— *Aye.* Et si la personne qui peut les guérir vit de l'autre côté de la rivière du temps ?

— Alors, ils doivent se servir de ce passage picte, je suppose.

— *Aye*, Amy ! C'est bien vrai.

Sìneag applaudit comme une petite fille.

— C'est même vous qui le dites, ajouta-t-elle.

Un mouvement attira l'attention d'Amy. Zach descendait de la tour à la hâte pour rejoindre Deanna.

— Attention ! cria Jenny.

Dès que Zach atteignit le sol, Deanna s'enfuit en poussant un cri perçant. Après un hurlement qui semblait à un mélange entre un cri de guerre et les bruits d'un chimpanzé en rut, il se lança à sa poursuite.

Cela ne finirait pas bien. Oubliant Sìneag, Amy suivit Deanna du regard alors qu'elle courait à travers la cour, évitant chaque tentative de Zach de la prendre dans ses bras. Elle courut ensuite à toute allure vers Amy. Cette dernière se préparait à attraper la jeune fille quand au dernier moment, elle tourna vers la tour est.

Suivant son instinct, Amy s'avança. Deanna poussa la grille de sécurité et se glissa dans les ténèbres de l'entrée. Elle fit un pas à l'intérieur, puis tomba en hurlant.

Le cœur d'Amy s'arrêta.

— Bordel.

Elle partit en courant vers la tour.

— N'y compte même pas ! cria-t-elle à Zach.

Le jeune garçon s'était arrêté devant la grille, le visage blême et inquiet.

Amy sortit sa lampe de poche de son sac. L'herbe fila sous ses pieds alors qu'elle courait vers la grille. Elle s'arrêta à l'entrée de la tour, puis pointa sa lampe vers les escaliers en ruine plongés dans l'obscurité.

— Maudits adolescents..., marmonna-t-elle.

Elle descendit les marches abîmées le plus vite possible sans se briser le cou. Des rochers s'effritèrent et se cassèrent sous ses pieds. Il manquait quelques marches tandis que d'autres étaient brisées ou lisses. Une odeur de terre humide, de pierre mouillée, de feuilles pourries, et d'une autre pourriture à laquelle elle ne voulait même pas penser, régnait. Par miracle, Amy parvint à atteindre le sol. La lumière extérieure n'arrivait pas jusque-là, il ne restait que sa lampe de poche, comme si rien d'autre n'existait en dehors du tunnel. Amy frissonna ; des souvenirs qu'elle avait enfouis voilà bien longtemps tentaient de refaire surface.

Elle avait appris à affronter l'obscurité et les espaces

restreints, se rappela-t-elle. Il fallait qu'elle soit forte pour Deanna.

— Deanna ! appela-t-elle en illuminant les roches irrégulières autour d'elle. Deanna !

Ses cris résonnèrent dans le silence, comme si elle était seule, comme si la jeune fille avait disparu dans le néant.

Amy leva les yeux, mais ne vit que le plafond rocheux et le trou par lequel elle était entrée. Elle avait froid aux bras et aux jambes, et ses mains tremblaient.

Vite. Contente-toi de trouver Deanna, de l'aider et de te tirer d'ici.

— Deanna !

Amy balaya le tunnel de sa lampe, s'arrêtant sur l'entrée d'une autre pièce. Secouée de frissons et ses jambes semblant être en plomb, elle s'avança. Elle ne pouvait pas laisser quelqu'un seul ici.

Les gens qu'elle secourait devaient savoir qu'on ne les avait pas abandonnés.

Que quelqu'un viendrait toujours les chercher.

Qu'elle viendrait les chercher.

— Deanna ? lança-t-elle en entrant dans la pièce.

Sa voix résonna contre les murs en pierre de la petite pièce. Ce n'était même pas une pièce, plutôt une grotte. Amy la fouilla, en vain.

Y avait-il d'autres sorties ou d'autres portes ?

Non.

— Où es-tu ?

Amy ne savait pas si elle s'adressait à Deanna ou à elle-même.

— Là, répondit une voix.

Amy déplaça sa lampe et la trouva. Deanna s'étreignait elle-même, les yeux écarquillés et les cheveux en bataille. Du soulagement envahit Amy et la tension dans sa poitrine s'apaisa.

— Oh Dieu merci ! Tu es blessée ?

— Je me suis juste un peu cogné la tête.

— Allez, remontons. Je vais examiner ta tête quand on sera sorties. Tiens. J'en ai une autre.

Elle tendit sa lampe à Deanna et en sortit une deuxième de

son sac à dos. La jeune fille fit tournoyer la lampe et s'arrêta sur quelque chose. Un pli barra le front d'Amy.

Un gros rocher plat avec un large ruban et trois lignes sinueuses gravés dessus. On aurait dit une rivière qui formait un cercle et traversée par une route.

— Je meurs de froid, dit Deanna en retournant vers l'entrée.

— Attends-moi, répondit Amy avant de se figer, les yeux fixés sur le rocher.

Souffrait-elle d'hallucinations ou la gravure brillait-elle légèrement ? La rivière semblait bleue et la route marron. À côté se trouvait une empreinte de main dans la roche.

La lampe de Deanna illuminait déjà l'autre pièce. Elle s'en sortirait. Curieuse, Amy s'approcha du rocher.

La lueur gagna en puissance, et ce fut comme si la gravure se mouvait : les vagues de la rivière semblaient s'écouler tandis qu'un petit nuage de poussière s'élevait au-dessus de la route. C'était si beau.

Était-ce une empreinte de main picte ?

Une main seule... Un homme seul ?

Était-ce celle de Craig Cambel ?

Poser sa main sur l'empreinte serait-il comme toucher la sienne ? Retenant son souffle, elle en suivit le contour de ses doigts. Elle était froide et humide. Était-elle froide et humide quand Craig vivait ici ?

Elle appuya sa main sur l'empreinte. Une décharge électrique la traversa, comme une vague d'excitation avant un voyage, une aventure. Son cœur se mit à battre la chamade, martelant dans ses tempes, dans les veines de son cou, dans ses poignets et entre ses doigts.

La peur la saisit de nouveau, lui serrant la gorge, crispant ses épaules et l'empêchant tant de respirer qu'elle en fut essoufflée.

Elle essaya de retirer sa main, mais en fut incapable. Le rocher l'attirait comme un aimant. La surface froide sembla humide, comme si de l'eau s'en écoulait.

La paume d'Amy s'enfonça dans le rocher comme dans une

rivière. Le reste de son bras suivit, puis son épaule. Elle s'entendit crier.

— Ahhhh !

Elle agrippa la pierre de son autre main et poussa contre le
sol avec ses pieds sans parvenir à s'empêcher de tomber.

Puis elle sombra entièrement dans la roche... et fut engloutie
par les ténèbres.

---

1. Hymne national américain.

CHAPITRE 2

CHÂTEAU D'INVERLOCHY, NOVEMBRE 1307

La catapulte grinça bruyamment en lançant un rocher, et Craig retint son souffle alors qu'il fendait l'air. Il avait vu cela maintes fois ces trois derniers jours, et pourtant, c'était toujours aussi majestueux.

Le rocher frappa le mur du château. Les archers sautèrent sur le côté. Des pierres se fendirent et la partie supérieure du mur s'effondra en une pluie de sable et de petits cailloux.

Un cri de liesse qui résonna dans la poitrine de Craig jaillit de l'armée de Robert Bruce, qui se tenait de l'autre côté des larges douves du château. Ou peut-être était-ce l'espoir, l'espoir d'enfin inverser le cours de la guerre pour le vrai roi des Écossais.

La guerre d'indépendance. La guerre entre quelques clans des Highlands et un géant : l'Angleterre.

Une guerre sans promesses de victoire, mais animée d'une détermination tenace de se battre quoi qu'il arrive.

— Bien visé, dit le père de Craig.

Ce dernier hocha la tête.

— *Aye*, Dougal, répondit Robert Bruce. Peut-être trop bien.

Nous ne voulons point abattre entièrement le château. L'est trop bien placé.

Ils étaient tous trois sur leurs chevaux à l'orée du village d'Inverlochy, de l'autre côté des douves. Pendant que le maître des catapultes ordonnait d'une voix forte que l'on arme la catapulte, un mouvement à droite des douves attira l'attention de Craig.

Une petite silhouette émergea de derrière un arbre et des rochers, et traversa le champ à toute allure telle une fourmi.

— Vous voyez cela ? dit Craig.

Il plissa les yeux. La personne s'éloignait du château. La silhouette était trop petite pour être celle d'un guerrier ou même d'une femme.

— Qu'y a-t-il ? demanda Robert Bruce.

— Près de la tour nord-est, mais de ce côté des douves, voyez-vous l'énorme arbre et les gros rochers ?

— *Aye*, répondit le père de Craig.

— Quelqu'un court, déclara Robert Bruce.

— Oh. *Aye*, ajouta Dougal. Un enfant ?

— Peut-être, répondit Craig. Il y a peu, je l'ai vu apparaître, comme s'il était sorti du sol.

Un pli barra le front de Robert Bruce.

— En êtes-vous certain ?

— Je l'ai vu de mes propres yeux. Se pourrait-il que ce soit un passage secret menant au château ?

Robert Bruce opina du chef.

— *Aye*, il se pourrait bien. Les Comyn sont bien assez fourbes pour penser à une telle chose.

— Mais pourquoi courir le risque de le révéler maintenant ? demanda Craig. Le siège ne dure que depuis trois jours. Ils doivent sûrement avoir assez de vivres et de provisions.

— Un messager, aboya Robert Bruce.

Craig et son père échangèrent un regard compréhensif. Si c'était un messager, ils devaient intervenir sur-le-champ. Ils ne pouvaient permettre que des renforts rejoignent les Comyn.

L'armée de Robert Bruce était très faible, à peine remise d'une grande défaite face aux MacDougall, plus tôt cette année-là. Robert Bruce devait rester commander le siège. Craig et son père devaient attraper le messager.

La catapulte lança un autre rocher contre le mur, et un grand fracas retentit. Un autre avertissement pour rappeler aux Comyn que Robert Bruce était capable de faire plus de dégâts.

— Hue !

Craig éperonna son cheval, suivi de son père, et ils galopèrent à travers les rues du village d'Inverlochy.

Des villageois bondirent sur le côté pour éviter les chevaux. Contrairement à d'autres assiégeants, Robert Bruce mettait un point d'honneur à ne pas tuer les gens des Comyn sans raison et à ne pas piller les villages et les fermes. Il était leur nouveau roi, il voulait leur soutien, bien que leur seigneur ait choisi d'être son ennemi.

Sortis du village, ils galopèrent à travers les champs. Craig avait vu la silhouette disparaître derrière une grosse colline. L'herbe fila sous les sabots de leurs montures, et ils approchèrent de la rivière.

La petite silhouette apparut derrière la colline et détala ; c'était un jeune garçon d'environ une douzaine d'années. Craig et Dougal s'élancèrent à sa poursuite.

— Halte-là, sale petit vaurien ! cria Craig.

Le garçon lança un regard par-dessus son épaule, les yeux écarquillés, puis pressa le pas.

Craig le rattrapa avec son cheval, se pencha et le saisit par le col de son manteau. Avec un grognement, il le jeta sur sa monture. Faisant tourner la bête, il la laissa galoper jusqu'à la colline afin que l'on ne puisse pas les voir depuis le château.

Lorsqu'il atteignit le bas de la colline, il sauta de son cheval, tirant le garçon avec lui. Son père mit également pied à terre.

Craig posa le garçon, qui le regarda fixement avec de grands yeux et le visage déterminé.

— Comment es-tu sorti du château ? demanda Craig.

— Je ne sais de quoi vous parlez. Je viens de la rivière.

— De la rivière ? répéta Dougal avec un petit rire. J'ignorais que les rivières étaient si sèches ces jours-ci.

Le garçon pinça les lèvres avec colère.

— *Aye*, tu en as assez dit, déclara Craig. Je peux aller le découvrir moi-même. J'ai vu où tu es sorti. Mais pour quoi ?

— Je ne suis point un traître. Je ne dirai mot.

— Je respecte cela, garçon, répondit Dougal. Nous te fouillerons, si tu portes une lettre ou un message, nous le trouverons.

— Allez-y, essayez ! rétorqua le garçon d'un ton de défi.

Il sauta et s'apprêtait à s'enfuir, mais Dougal l'empoigna par les bras, et les lui mit dans le dos. Craig le fouilla promptement, mais ne trouva rien qui puisse être un message. Pas de parchemin plié, rien.

— Voilà ce que nous allons faire, commença son père. Nous savons à présent qu'il est probable qu'il s'agisse d'une entrée du château. Emmenons-le à Robert Bruce. Même si c'est un messager, nous l'avons attrapé ; il ne pourra point transmettre son message. Laissons Robert Bruce décider ce qui sera fait de lui.

— *Aye*. Emmenez-le. Je vais y donner un coup d'œil et je reviens. Nous déciderons alors quoi faire.

— *Aye*, mon fils. Soyez prudent.

Dougal mit le garçon qui se débattait comme un forcené sur son cheval et laissa sa monture rentrer au camp au galop. Malgré son âge, son père n'eut aucun mal à maîtriser le jeune garçon. De la fierté enfla dans la poitrine de Craig. Son clan était bel et bien un clan de grands guerriers.

Craig observa le château alors qu'il se précipitait vers l'arbre et les rochers où il avait vu le garçon apparaître. Aucune flèche ne vola dans sa direction. Les défenseurs devaient être trop occupés par le siège.

Il atteignit l'arbre et les rochers. Où était l'entrée ? Il étudia l'épais tronc et les rochers à ses pieds. Certains étaient si haut qu'ils lui arrivaient à l'épaule. Rien ne semblait suspect.

Se penchant, il regarda attentivement l'herbe.

Là. Des empreintes dans la terre. Elles apparaissaient près d'un roc plat presque aussi large que son bouclier. Craig examina une ouverture entre la roche et le sol. Y glissant ses doigts, il tira le rocher et il s'ouvrit telle une porte. Un escalier étroit descendait dans une voie souterraine obscure.

Son cœur martelait dans sa poitrine. Il avait raison. C'était une entrée secrète menant au château. Il y faisait sombre et il n'avait pas de flambeau, mais il fallait qu'il découvre où il menait. Il jeta un regard vers le château. Il se trouvait à environ trente pieds et le passage devait être profond, assez profond pour passer sous les douves.

Ces bâtards de Comyn étaient intelligents ! Personne ne se serait douté qu'ils avaient construit un passage sous les douves. Ne pourrait-il pas s'effondrer sous le poids de l'eau ?

Craig fit le signe de la croix et s'enfonça dans les ténèbres.

Le sol froid et dur trembla, et des rochers s'entrechoquèrent. De petites pierres et du sable tombèrent en pluie sur Amy.

Elle se redressa brusquement. Elle regarda aux alentours, mais ne vit rien dans l'obscurité.

Où était-elle ? Pas dans la grange, pas encore.

Ses poumons se tendirent et son diaphragme se contracta. Elle toussa et tâtonna autour d'elle. Elle était sur une sorte de rocher ou un sol en pierre polie. Elle sentit quelque chose de métallique et rond rouler sous sa main.

Elle avait une lampe de poche, se rappela-t-elle.

Il n'y avait pas de lampe de poche dans la grange, Amy devait donc être ailleurs. Du soulagement l'envahit.

Puis les évènements lui revinrent tout à coup : Deanna, la chambre souterraine, la pierre chatoyante, la sensation de tomber dedans... d'y être aspirée...

Elle alluma sa lampe et étudia la pièce. Là, contre un mur

rocheux, se trouvait la pierre avec la gravure ; elle était sombre, immobile, et ne brillait pas. Des fagots et des planches en bois étaient appuyés contre le mur, et des tonneaux et des sacs étaient entreposés devant. Elle ne rappelait pas qu'il y ait eu quoi que ce soit dans la pièce, ce n'était qu'une immense grotte vide.

De toute évidence, elle se trouvait dans une réserve et plus dans les ruines dans lesquelles elle était entrée.

La tête lui tourna et elle eut la nausée en se levant. Elle avait mal partout, comme si elle avait fait une mauvaise chute. Un grand fracas retentit, les murs et le sol tremblèrent, faisant tomber une nouvelle pluie de pierres et de sable sur elle.

Que se passait-il ? Un tremblement de terre ? Elle n'avait jamais entendu parler de séismes en Écosse. Si c'en était un, elle devait sortir de là immédiatement.

Elle fit courir la lumière de sa lampe sur les murs. Il n'y avait pas de porte avant, et pourtant, une épaisse et solide porte avec de grosses vis se dressait devant elle.

Cela devenait de plus en plus fou.

Bon, quoi qu'il en soit, Amy devait partir. Les jambes en coton, elle se dirigea vers la porte et l'ouvrit. Il faisait sombre, mais une lumière dorée baignait l'escalier incurvé qu'elle avait descendu... mais il était comme neuf. D'autres coffres et des tonneaux s'alignaient devant les murs. L'odeur de la terre humide et de la décomposition avait disparu, remplacée par le parfum léger du grain et d'autre chose... comme de la viande séchée.

La pièce était en ruine quand Amy y avait suivi Deanna seulement quelques minutes plus tôt. Souffrait-elle d'hallucinations ou était-elle en train de rêver ? La tête lourde, elle s'approcha des marches. Levant les yeux, elle vit des flammes danser sur le mur. Elle entendait des hurlements inquiets dehors. Jenny et la classe devaient être en train de la chercher.

Amy posa la main sur le mur de pierre froid, qui semblait vraiment réel, et monta les marches aussi silencieusement que possible. Le rez-de-chaussée n'était plus en ruine non plus.

C'était une sorte de réserve, pleine d'épées, de lances, de haches, ainsi que de tonneaux, de caisses et de coffres, comme au sous-sol. Des flambeaux illuminaient la pièce. Il y avait une porte qui menait sûrement dehors et une autre qui s'ouvrait sur un escalier montant.

Amy secoua doucement la tête. Cela ressemblait exactement à la tour dans laquelle Deanna et elle étaient entrées, mais c'était comme si elle était retournée à l'époque de sa construction.

Que se passait-il ? La pierre et la rivière lumineuse étaient peut-être une sorte de champignon ou d'algue hallucinogène ? Ou elle s'était peut-être cogné la tête ? Quelle autre explication pouvait-il y avoir ?

Sìneag avait parlé d'une rivière du temps et de voyage temporel. Cela devait être pour cette raison qu'Amy rêvait de ce monde médiéval.

Ou alors, elle était devenue folle. Sa peur de l'obscurité lui avait fait perdre la raison.

Un nouveau fracas ébranla le bâtiment. Un gros rocher tomba du mur et sur un tonneau, le brisant en deux, et un liquide marron qui sentait la levure en coula... de la bière ? Amy avait intérêt à se dépêcher si elle ne voulait pas finir comme ce tonneau.

S'approchant de la porte, elle l'entrouvrit et jeta un coup d'œil dehors.

Son ventre se noua.

Ce n'était plus la cour herbeuse vide entourée de quatre murs et de tours en ruine.

C'était un vrai château. Les quatre tours se dressaient de toute leur hauteur avec le toit conique en bois. La cour contenait également de petits bâtiments en bois et un plus grand en pierre. Amy sentait l'odeur de crottin de cheval, de bois brûlé et de quelque chose qui cuisait. Des archers tiraient des flèches depuis les murs et des hommes vêtus de manteaux rembourrés, de casques en métal et de cottes de mailles traversaient la cour en courant. Presque tous avaient une épée à la taille, ainsi qu'un bouclier, et nombre d'entre eux avaient des lances ou des haches.

Amy cligna des yeux une fois, deux fois. Son cœur s'arrêta un instant. Comment était-ce possible ? C'était peut-être une sorte d'hologramme pour représenter la vie au château au Moyen-Âge ? Quelle autre explication pourrait-il y avoir ? À moins qu'Amy ait réellement perdu la raison.

Puis un homme fonça vers la tour, et elle ferma la porte. Son cœur battant la chamade, elle chercha un endroit où se cacher.

L'escalier.

Elle monta à toute allure l'escalier en colimaçon. Sur le palier, il y avait une petite porte qui donnait sur d'autres marches. Elle entendit quelqu'un ouvrir la porte et entrer au rez-de-chaussée. Amy ouvrit la porte devant elle et jeta un regard à l'intérieur : c'étaient des quartiers avec plusieurs lits, et il n'y avait personne. Elle entra à pas de loup et ferma la porte derrière elle, aux aguets.

La pièce contenait huit lits et des choses ressemblant à des sacs de couchage. De la lumière entrait par trois meurtrières aux larges rebords formant des espèces d'alcôves.

Amy s'approcha de la fenêtre et fut bouche bée. Le château était entouré d'eau, de douves, qui n'étaient même pas là pendant sa visite avec Jenny et la classe. De l'autre côté des douves, elle vit un petit village avec des maisons aux toits de chaume et...

Une armée, une véritable armée médiévale, avec une catapulte, des archers, des tentes, des chevaux, des charrettes et des feux de camp tout autour du village.

C'était impossible. Quand ils étaient arrivés avec le bus, il y avait quelques maisons ici et là, et des prairies, des collines, des arbres et des rochers à la place des douves.

Elle ne se sentait pas à sa place avec son jean, ses chaussures de randonnée et sa doudoune. C'était comme si elle était à une autre époque... Mais c'était impossible, se rappela-t-elle obstinément.

Des pas se hâtaient dans l'escalier, et Amy se figea. Elle se précipita vers le lit le plus proche pour se cacher, mais n'en eut pas le temps. Lorsque la porte s'ouvrit, elle tourna sur elle-même et brandit sa lampe de poche comme si c'était une arme. Un grand guerrier avec une épée, une hache et tout le reste, entra.

De l'étonnement traversa son beau visage.

Puis un air menaçant tordit ses traits.

CHAPITRE 3

C raig fixa son regard sur la femme.

Il avait ouvert la porte, parce que quelqu'un montait l'escalier et qu'il devait se cacher.

Quand il avait traversé la voie souterraine ce matin-là, il avait attentivement examiné la tour et la cour. Il était ensuite retourné voir Robert Bruce, et ils avaient préparé un plan.

Un plan qui ouvrirait le château d'Inverlochy à Robert Bruce et qui mettrait les Comyn à genoux.

Un plan qui ne prévoyait pas qu'une ennemie le voie et prévienne tout le château de sa présence.

Elle tenait dans ses mains un petit objet arrondi, semblable à une bouteille, dans une posture protectrice. Elle était bien jolie avec ses cheveux cuivrés qui chatoyaient au soleil et ses yeux bleus comme la mer. Son accoutrement rappelait celui d'un homme ; elle était vêtue de chausses sombres qui épousaient ses longues jambes sculptées sans aucune pudeur, et d'une sorte de manteau court rembourré.

Très étrange, mais qui savait ce que les Comyn permettaient à leurs femmes de porter ?

Une chose était claire.

Il devait la réduire au silence avant qu'elle ne crie, ce qui, à en juger par ses yeux ronds et sa bouche ouverte, était sur le point de se produire.

Craig se précipita vers elle. La femme recula, mais il l'attrapa, plaqua une main sur sa bouche et maintint ses poignets dans son dos avec l'autre. L'étrange objet tomba et roula sur le sol. Son parfum atteignit ses narines ; l'odeur de fleurs et de vent frais, les délices d'une forêt d'été. Sa peau et ses lèvres étaient douces sous ses doigts, et une étonnante vague de picotements le traversa.

Elle se débattit, essayant de se libérer, et il lui murmura à l'oreille :

— Ne faites pas un bruit. Je ne vous veux aucun mal. Mais je dois vous empêcher de crier à pleins poumons et d'alerter le château tout entier. *Aye ?*

Elle décida plutôt de lever un pied et de lui écraser la chaussure avec une force qu'il n'aurait pas soupçonnée.

Il ne fit pas un bruit, bien que la douleur dans sa jambe lui fasse presque la lâcher.

— Sale friponne, murmura-t-il. Je vous ai dit que je ne vous veux aucun mal.

Il devait l'attacher pour qu'elle ne parte pas prévenir les Comyn. Il lâcha vivement sa bouche et elle cria. De sa main libre, il fouilla dans un coffre, trouva un tissu propre et la bâillonna. Il saisit une ceinture, lui attacha les mains dans le dos, puis se servit d'une autre pour l'attacher au lit. Il lui lia également les jambes, chose qui ne fut pas aisée tant elle s'agitait. Il se sentait mal de devoir lui faire cela ; l'idée de faire quoi que ce soit à une femme contre son gré le révulsait, lui rappelant ce qu'avait subi Marjorie.

Mais c'était nécessaire.

Quand il eut fini, elle était assise par terre, les mains attachées au pied du lit. Son visage était écarlate, elle était sans nul doute courroucée et désespérée. Sa respiration était pantelante et elle gémissait à travers son bâillon.

— Mes excuses, mais si je réussis, ce sera vite fini et vous pourrez quitter le château avec votre famille. Le roi Robert

Bruce ne permettra pas que les femmes soient blessées, et moi non plus.

Une ride déconcertée lui creusa le front, et elle le regarda en clignant des yeux. L'examinant une dernière fois pour s'assurer qu'elle ne suffoquerait ni ne s'échapperait, il quitta la pièce. L'homme à l'étage en dessous devait être parti à présent. Craig devait se presser.

Il s'arrêta devant l'escalier pour vérifier que personne ne venait d'en haut ni d'en bas. Tout était calme, il descendit donc les marches à la hâte.

Plus tôt, au village, il s'était assuré de retirer tout signe montrant qu'il était avec l'ennemi. Il avait laissé le bouclier avec le blason des Cambel, son casque, et avait même échangé son épée pour une plus simple.

Il sortit prudemment dans la cour. La tour nord-est qu'il venait de quitter accueillait les réserves de vivres et les quartiers des guerriers. Deux petites tours au sud remplissaient probablement les mêmes fonctions. La tour Comyn, la plus grande au nord-ouest, était le donjon, la tour maîtresse. Outre d'autres armes et vivres, elle abritait la demeure du seigneur : sa chambre à coucher, et la salle de réception privée où sa famille et lui se retrouvaient. C'était intelligent d'avoir creusé la voie souterraine secrète sous une tour qui attirait moins l'attention.

Combien de gens étaient au courant ? Probablement peu, sinon, la voie perdrait son utilité.

Edward Comyn, le seigneur d'Inverlochy, se tenait sur l'une des courtines, entouré d'archers. La cour foisonnait d'activité : des serviteurs portaient des paniers et du bois à brûler, des guerriers descendaient les escaliers pour aller se restaurer ou se reposer. Leurs visages étaient rendus sinistres par la tension d'être assiégés.

— Nous sommes attaqués ! appela quelqu'un en hauteur. Au mur nord !

Des hommes coururent vers le mur et montèrent les

marches. Moult d'entre eux venaient de la grande salle, prenant leurs arcs et leurs flèches avec eux.

Bien. C'était la première partie de leur plan. À bord de leurs birlinns, des bateaux des Highlands de l'Ouest, les MacNeil attaqueraient depuis la rivière. Ils rejoindraient les rives et commenceraient à escalader les murs.

D'autres guerriers furent appelés aux murs est et ouest. Alors, il sut que l'armée de Robert Bruce apportait des rondins et des rochers à mettre dans les douves pour que les tours et échelles de siège puissent traverser.

La plupart des guerriers Comyn au mur nord se dispersèrent aux murs est et ouest. Même Edward Comyn se dirigea vers l'ouest, mais les gardes restèrent aux portes.

Ils s'enfuiraient bien vite.

Craig se précipita dans la grande salle. Elle était vide, excepté pour les quelques servantes qui nettoyaient les tables après les repas des guerriers. Elles ne prêtèrent guère attention à lui. Il prit une torche sur l'une des appliques murales. Il s'empara ensuite du panier de petit bois près de la cheminée.

Il ressortit à toutes jambes. Le chaos et la tension qui régnaient dans le château étaient palpables : les cris de douleur venant du sommet des murs, les hurlements à l'extérieur, les flèches qui fendaient l'air, atteignant leur cible, rebondissant contre les pierres, transperçant la boue de la cour.

Il se rendit derrière la grande salle, dans l'espace qui lui servirait de cachette entre le bâtiment et la courtine. Il se mit alors à enflammer du petit bois et à le lancer sur le chaume.

De la fumée sombre s'éleva du toit de la grande salle ; ce serait le signal que Robert Bruce devait se diriger vers les portes. Le temps pressait, Craig embrasa donc le panier tout entier et le lança sur le toit de la cuisine avec la torche.

— Au feu ! Au feu ! crièrent des hommes.

Des bruits de pas martelèrent dans la cour. Craig devait se fondre dans la masse de guerriers pris de panique, puis rejoindre les portes.

— Halte ! cria quelqu'un depuis les murs. Traître ! Saisissez-le !

Craig leva les yeux ; un guerrier le désignait du doigt. Celui-ci descendit les marches à la hâte, suivi par plusieurs autres. Des archers se penchèrent par-dessus le parapet et le visèrent.

Que Robert Bruce ait eu le temps de se préparer ou non, Craig n'aurait pas de meilleure occasion d'ouvrir la porte.

Il courut aussi vite que possible vers les portes, qui avaient été abandonnées. Des flèches se plantèrent dans le sol autour de lui. Quelque chose lui piqua la cheville — une flèche l'avait égratigné, s'aperçut-il —, et il trébucha, sans pour autant interrompre sa course. Atteignant la porte, il tira l'énorme poignée au loquet de fer, qui céda, mais lentement... trop lentement à son goût. Les guerriers Comyn s'approchaient ; ils avaient atteint le milieu de la cour.

Le loquet ouvert, il devait retirer la lourde barre. Il rassembla toute sa force et la souleva par le milieu ; il fallait normalement au moins deux personnes pour soulever une telle barre.

Les ennemis n'étaient qu'à quelques pieds de lui.

Il tira les portes et, lentement, lourdement, elles commencèrent à s'ouvrir.

De l'autre côté, Craig entendit de rapides bruits de pas et « *Cruachan !* ». Ils arrivaient. Il redoubla ses efforts, puis se retourna juste à temps pour esquiver une claymore.

Alors qu'il se battait contre l'homme, les compagnons du guerrier tentaient de refermer les portes.

Trop tard.

Avec la force de vingtaines d'hommes, l'armée de Robert Bruce s'engouffra dans l'enceinte.

Le château était leur.

Après une bataille de courte durée, il fut évident que Robert Bruce et son armée étaient victorieux. Edward Comyn était grièvement blessé et agonisait tandis que son médecin faisait son possible pour le sauver.

— Il n'y aura point de pillage ! cria Robert Bruce en regardant ses hommes menacer les captifs de leur claymore. Vous pouvez chacun prendre trois choses en récompense de votre dur labeur. Mais le château d'Inverlochy sera dorénavant résidence royale du roi d'Écosse.

Robert Bruce se dirigea vers Craig en fixant ses regards sur lui. Un pli barra le front de ce dernier.

— Et le commandant temporaire sera Craig Cambel.

Les hommes du clan Cambel applaudirent, et le visage de Craig se détendit peu à peu. Robert Bruce s'approcha de lui et le regarda dans les yeux, son regard brillant d'approbation et d'amitié.

— En êtes-vous certain, Votre Majesté ? N'avez-vous point d'officier de plus longue expérience, comme mon père ou mon oncle Neil ?

Robert Bruce lui empoigna l'épaule et la serra.

— L'homme qui a risqué sa vie pour prendre ce château mérite une telle récompense. Sans vous, Dieu seul sait combien de temps nous serions restés à geler devant ces murs. Je vous suis très reconnaissant, Craig Cambel. C'est votre récompense, mais aussi un grand rôle. Vous devez à présent protéger le château si le reste des Comyn, les MacDougall ou les Anglais veulent le récupérer. Car ils essayeront.

Robert Bruce l'examina intensément.

— Qu'en dites-vous, Craig ? Acceptez-vous cette mission ?

Craig inspira vivement. C'était une bonne question. Il devrait se montrer particulièrement prudent en ce qui concernait à qui accorder sa confiance. Diriger un château et le protéger lors d'un siège demanderait qu'il fasse preuve d'encore plus de perspicacité, qu'il se montre encore plus prudent.

Serait-il apte à défendre la première victoire du roi d'Écosse, la victoire qui pourrait leur faire remporter toute la guerre ?

— *Aye*, je ne vous décevrai point.

CHAPITRE 4

Amy avait tout essayé : mettre des coups de pied, déplacer le lit, crier, qui se résumait essentiellement à gémir et qui ne servait donc à rien, en vain. Le lourd lit en bois n'avait pas bougé d'un pouce. Elle avait fini par décider d'économiser son énergie.

Cependant, s'agiter était la seule chose qui détournait son attention de l'affreuse sensation étouffante dans sa poitrine et du nœud dans son ventre.

Une sensation qu'elle ne connaissait que trop bien.

Elle déglutit, sa bouche aussi sèche que du papier. Au moins ce n'était pas une grange abandonnée, se dit-elle. C'était un château, après tout. Il y avait des gens partout et, tôt ou tard, quelqu'un viendrait. De plus, il y avait des fenêtres, de l'air frais et de la lumière.

Elle prit de profondes inspirations pour essayer de se calmer.

Chaque jour, quand elle sortait dans la forêt et les montagnes du Vermont, elle fuyait la sensation d'être prise au piège. C'était pour cette raison qu'elle faisait ce qu'elle faisait : secourir des gens. Parce qu'elle détestait que des gens se sentent abandonnés et seuls.

Elle voulait leur donner de l'espoir, leur montrer qu'ils

n'étaient pas seuls. Car une fois, voilà bien longtemps, elle avait eu besoin de quelqu'un comme cela. Et cette personne n'était pas venue.

Alors que le temps s'écoulait, Amy transpirait, respirait et se répétait que cela passerait. Par les fenêtres, le bruit d'une bataille lui arriva. Le bruit sec du bois frappant de la roche. Des flèches ? Des gens qui hurlaient de douleur, de fureur, du métal percutant du métal. Puis il y eut une odeur de fumée. Alors, la bataille se fit plus bruyante, et elle sembla être juste derrière la porte.

Son cœur battait la chamade, et sa poitrine se resserrait à chaque cri, à chaque fracas. Si un autre homme armé d'une épée entrait... Elle ne pourrait rien y faire. Elle était complètement sans défense. Oh combien elle détestait ce barbare qui l'avait attachée au lit.

Cette hallucination ou cet hologramme était bien trop réel. Les bruits, les odeurs, les liens à ses poignets et à ses jambes, elle doutait pouvoir les avoir imaginés. C'était peut-être une expérience holographique super *high-tech*. Mais un hologramme n'aurait pas pu la toucher comme cet homme.

Puis soudain, une pensée la traversa. Elle ne s'en était alors pas rendu compte, à cause du choc et de la peur, et de devoir se battre pour sa vie, mais quand il lui avait parlé, il n'avait pas parlé en anglais.

C'était une autre langue. Son grand-père du côté MacDougall lui vint à l'esprit. Sa grand-mère et lui avaient quitté les Highlands pour les États-Unis quand ils étaient jeunes. Son grand-père avait emporté la vieille peinture de leur arbre généalogique remontant jusqu'au Moyen-Âge. Une épée MacDougall était suspendue dans le salon. Et aussi loin qu'elle pouvait se rappeler, il lui avait appris le gaélique en lui racontant en gaélique et en anglais de vieux contes des Highlands et les histoires de ses ancêtres.

Oui, ce guerrier lui avait parlé en gaélique.

Et elle l'avait compris.

Comment ? Elle n'avait pas assez appris pour le parler couramment. Elle se rappelait à peine cinq ou six mots.

La porte s'ouvrit. Quand on parle du loup ; le ravisseur d'Amy se tenait dans l'embrasure.

Ses cheveux foncés étaient ébouriffés et son visage couvert de coupures et d'ecchymoses. De la terre et des gouttelettes de sang séché maculaient sa peau et son manteau. Il avait aussi des entailles qui saignaient toujours à l'épaule et à la cheville. Son lourd manteau rembourré était déchiré en de nombreux endroits. Il la parcourut lentement d'un regard sombre et froid.

Et content de lui.

Ouais. Quel crétin suffisant, à la traiter comme s'il pouvait faire ce qu'il voulait d'elle.

On verra bien.

Enfin, il méritait probablement ce qui lui était arrivé. Cependant, si cela avait été n'importe quel autre homme, elle aurait voulu examiner ses blessures et voir ce qu'elle pouvait faire avec sa trousse de soins.

— Je suis revenu aussi vite que possible.

Il s'approcha et tomba à genoux.

— C'est fini. Nous avons gagné. Je vais vous détacher et retirer le bâillon. D'accord ?

Elle se contenta de lui lancer un regard dur. Elle ne voulait pas croire que c'était un chevalier galant. Il devait aussi lui expliquer ce qui pouvait bien se passer ici.

Il retira délicatement le bâillon, et Amy bougea sa mâchoire fatiguée pour apaiser un peu la douleur.

— Vous allez bien ? demanda-t-il. Je m'inquiétais à l'idée que quelqu'un d'autre vous trouve.

— Allez au diable ! cracha-t-elle.

Un pli lui barra le front. Elle avait parlé en gaélique, elle aussi. Comment était-ce possible ? Pouvait-elle encore parler anglais ?

— Allez au diable, répéta-t-elle en anglais.

Cela fonctionna. Il éclata de rire.

— Ne jurez point. Je vous ai comprise la première fois, répondit-il en anglais.

Son accent campagnard écossais lui rappelait celui de son grand-père.

— Je vais détacher vos mains maintenant, *aye* ? Mais vous devez savoir que ce château est pris, cela n'aidera point si vous essayez de résister. Je veux seulement vous emmener à votre famille. Il est probable que Robert Bruce les libère tous. Il ne veut faire couler plus de sang que nécessaire. Mais ce château lui appartient. *Aye* ?

Il commença à défaire les liens à ses poignets. N'en croyant pas ses oreilles, Amy secoua la tête.

— Vous croyez que je comprends un traître mot de ce que vous racontez ? Je n'ai pas la moindre idée de ce qui se passe ; tout ce que je veux, c'est retrouver ma sœur et sa classe.

Ses mains étaient libres à présent et elle les frotta, appréciant le pur bonheur de pouvoir les bouger tandis que le sang rejoignait ses muscles raides.

— Votre sœur ? Elle doit être avec les autres Comyn dans la cour.

Il s'occupa ensuite de la ceinture à ses chevilles.

— Je ne suis pas une Comyn. Je m'appelle Amy MacDougall. Ma sœur...

Il se figea et planta son regard sur elle, ses yeux émeraude s'assombrissant et ses pommettes hautes prenant de la couleur. Amy se tut à la vue de l'intensité, non, de la haine, dans son regard.

— MacDougall ? siffla-t-il.

Amy déglutit.

— Vous avez dit MacDougall ? la pressa-t-il en posant une main sur son épée.

De la sueur perla dans le dos d'Amy.

— On se calme, mon pote. Je n'ai rien fait de mal. Vous devez me prendre pour quelqu'un d'autre.

Il la parcourut attentivement du regard, comme si elle était un prédateur qu'il devait étudier.

— Je ne puis croire que j'ai une MacDougall en ma possession.

— En votre *possession* ? souffla Amy.

Elle ramena ses genoux vers elle pour détacher la ceinture, mais il posa ses mains sur les siennes.

— Libérez-moi immédiatement. Je ne vous ai rien fait, ni à vous ni à qui que ce soit dans ce château. C'est vous qui m'avez agressée, attachée et laissée seule. Je vais rentrer chez moi. À vrai dire, je vais faire encore mieux. Je vais appeler la police et ils vous arrêteront. Je vais porter plainte, vous verrez.

Il lui frappa les mains et retira la ceinture.

— Essayez-vous de me duper, Amy MacDougall, avec vos mots étranges ? Je ne me laisserai point distraire.

Il lui empoigna le bras et la releva d'un coup sec.

— Et maintenant, je vous emmène au roi d'Écosse et il décidera que faire d'une membre du clan qui l'a poignardé dans le dos plus tôt dans l'année. Il semblerait que c'est la seule chose que savent faire les MacDougall : poignarder dans le dos et trahir.

Amy l'écouta, bouche bée. Il la mena dans les escaliers et jusqu'au rez-de-chaussée.

— Je n'ai rien fait. Je suis simplement en voyage scolaire dans les Highlands. C'est parfaitement ridicule. Cet étrange jeu de rôle...

Ils traversèrent la réserve en direction de la cour, et Amy se tut. Beaucoup de gens — des hommes, des guerriers — y marchaient, transportaient des choses. Plusieurs surveillaient une centaine d'hommes assis dans la boue, tête baissée.

Et puis, il y avait des cadavres, de vrais cadavres. Leurs vêtements étaient ensanglantés, et leurs abdomens, jambes et bras étaient couverts de profondes et horribles blessures. Le crâne de certains était écrasé. D'autres avaient été percés de flèches. L'odeur de la fumée, du sang et d'excréments l'agressa.

Amy fut saisie de nausées. C'était bien trop réel.

C'était trop. Ses genoux faiblirent et tremblèrent, mais le géant médiéval continua à la traîner vers la plus grande tour.

— Qu'est-ce qui se passe ? murmura-t-elle. Où suis-je ?

Il lui lança un regard. Un bref instant, il afficha de la pitié avant qu'une détermination froide et dure ne fige son visage.

— Ne croyez point me tromper avec vos mensonges et vos pièges. Plus jamais. Jamais pour une MacDougall.

Ils pénétrèrent dans la tour, la porte était ouverte. Deux hommes se tenaient à l'intérieur et parlaient :

— ... ensuite, quand nous aurons récupéré, nous nous rendrons à Urquhart, sur le Loch Ness. C'est le prochain château que nous prendrons. Puis Inverness.

Le ravisseur d'Amy toussa, et les deux hommes se tournèrent vers lui. Celui qui avait parlé était grand et avait les cheveux poivre et sel. L'autre était plus âgé, environ la cinquantaine, mais quand même bien bâti. Il avait les mêmes yeux émeraude que l'homme qui la retenait. Il hocha la tête, sourcils froncés, alors qu'il étudiait Amy.

— Craig.

Alors il s'appelait Craig...

— Je vous amène une MacDougall, Votre Majesté, déclara-t-il. Je crains que nous vous ayons entendus discuter de vos desseins.

Un pli barra le front de l'homme que Craig avait appelé « Votre Majesté » et la considéra. Votre Majesté... Était-ce le roi ?

— Elle ne peut quitter le château si elle a entendu ce que j'ai dit.

Oh, c'était vraiment fou. Ils jouaient aux rois, aux chevaliers, à la guerre... et...

Mais en son for intérieur, l'instinct d'Amy lui disait que ce n'était pas un jeu. Les gens dehors étaient vraiment morts et blessés. Elle avait vu assez de blessures pour savoir à quoi elles ressemblaient. Et l'attaque subie par le château avait été bien réelle : des pierres s'étaient écroulées et étaient tombées, et certains hommes étaient prisonniers tandis que d'autres étaient vainqueurs.

L'explication la plus logique était la plus folle. D'après ce que lui avait dit Sìneag, le château avait été construit sur une pierre qui permettait aux gens de voyager dans le temps. Elle avait parlé de la rivière du temps... et de la traverser... et une rivière avec un chemin était gravée sur le rocher.

Puis Amy était tombée dans le rocher.

Et quand elle s'était réveillée, le château était intact, et il y avait Robert Bruce et Craig Cambel, et des hommes avec des épées et une catapulte...

L'explication folle était donc qu'Amy avait traversé le temps et s'était retrouvée au Moyen-Âge.

Elle frissonna. Le sol sembla bouger sous ses pieds. De la sueur recouvrit son corps entier. Peu importe à quel point c'était insensé, elle était incapable de trouver une autre explication.

Et si elle était au Moyen-Âge, elle devait trouver un moyen de retourner à son époque.

— *Aye*, répondit Craig en la fixant. Elle doit rester à présent.

Amy inspira. Si elle avait voyagé dans le temps grâce à ce rocher, elle devait recommencer. Par conséquent, rester au château serait à son avantage. Il lui faudrait simplement accéder à la grotte souterraine.

— Comment se nomme-t-elle ? demanda l'autre homme.

— Amy. Amy MacDougall.

— Je suis Dougal Cambel. Vous devez bien connaître mon nom ?

Amy secoua la tête.

— Vous n'avez point besoin de faire semblant, Amy...

Il frotta son menton couvert d'une courte barbe blanche.

— N'êtes-vous point la fille de John ? Celle censée épouser le comte de Ross au printemps prochain ?

L'autre homme, le roi Robert Bruce, opina du chef.

— *Aye*, c'est ce que j'ai entendu aussi. Une fort fâcheuse alliance pour nous. Elle rendra les deux partis trop puissants.

J'espérais négocier avec le comte de Ross pendant que nous étions à puissances égales, mais s'il s'allie aux MacDougall, je ne serai plus en position de négocier.

Amy n'en croyait pas ses oreilles. Devrait-elle dire quelque chose ? Elle n'était pas leur ennemie. Elle n'était pas celle qu'ils croyaient ; l'Amy dont ils parlaient devait être en sécurité chez elle. La dangereuse alliance entre les MacDougall et le comte de Ross se préparait toujours.

Mais si elle leur disait qu'elle n'était pas l'Amy qu'ils pensaient, que dirait-elle ? Qu'elle pensait avoir voyagé dans le temps ? Qu'elle venait du futur ?

Ils ne la croiraient jamais. Ils la croiraient folle. Ou pire, ils deviendraient violents et l'emprisonneraient dans un endroit sombre où personne ne viendrait la sauver. Un frisson la parcourut et son corps entier fut secoué de spasmes.

— Eh bien, nous l'avons à présent, dit Craig. Je la garderai ici, ne vous inquiétez point, Votre Majesté. Elle nous sera utile. Nous pourrons négocier avec les MacDougall et le comte de Ross pour les empêcher d'attaquer.

Le roi hocha la tête d'un air pensif tout en étudiant Amy.

— *Aye.* J'y réfléchirai. Mais c'est une très bonne chose qu'elle soit ici. Enfermez-la pour le moment. Nous avons une victoire à célébrer et un festin à déguster.

CHAPITRE 5

S*làinte mhath*[1], dit Craig.

— Santé, répondit son demi-frère Owen.

Craig fit s'entrechoquer sa coupe d'*uisge*[2] avec celle d'Owen, puis avec celle de Domhnall, son autre demi-frère.

En face de Craig siégeaient Hamish MacKinnon et Lachlan Cambel. Hamish, un homme grand et fort à la chevelure noire et au visage couvert de cicatrices de guerre, avait récemment rejoint l'armée de Robert Bruce avec le clan MacKinnon. Lachlan était un cousin éloigné des Cambel. Il avait leurs cheveux sombres, mais contrairement à la plupart d'entre eux, il avait les yeux marron.

La grande salle sentait encore la fumée et le charbon. De la pluie s'écoulait par les trous dans le plafond à l'endroit où le bois et le chaume s'étaient enflammés, mais c'était elle qui avait permis que les flammes n'engloutissent pas tout le bâtiment.

L'atmosphère était gaie. Quelqu'un de l'autre côté de la salle jouait de la lyre et chantait, bien que pas aussi bien qu'un barde. Mais en temps de guerre, cela suffisait. Le festin consistait de ce que les cuisiniers de Robert Bruce avaient trouvé dans les cuisines, à savoir bien plus que ce qu'ils avaient eu pendant qu'ils traversaient les glaciales Highlands.

— Dis-moi que tes festins seront meilleurs, mon frère, dit Owen en lançant un regard vers une cuillère de ragoût de légumes.

Ses yeux brillaient d'humour. Ils étaient verts, comme ceux de presque tout le reste de la famille, mais il était blond comme sa mère.

— N'est-il point censé y avoir des porcs rôtis, des lapins et peut-être du lagopède pour le festin d'un roi ?

Craig secoua la tête et cacha un sourire. Owen disait et faisait toujours ce qu'il voulait.

— Ne joue pas les sots, Owen, grommela Domhnall.

Craig grimaça, son frère aîné était souvent le premier à tancer Owen.

— Nous sommes en guerre.

— *Aye*, c'est bien vrai, mon frère, répondit Owen. Mais si Robert Bruce n'avait point laissé partir tous les serviteurs et les femmes de cuisine, nous aurions de la viande rôtie, du pain frais et des fruits. N'en avez-vous point assez des galettes d'avoine aussi dure que les pierres et de la viande séchée ? De vous endormir seul le soir ?

— Tu dormiras seul longtemps, mon frère.

La bouche pleine de ragoût, Craig éclata de rire.

— Il y a plus de chances que ses pets sentent la rose qu'il ne dorme seul.

Lachlan rit et toute la tablée fit de même.

Il était aussi grand que Craig et lui ressemblait assez pour que les gens les confondent parfois de loin. C'était probablement en raison du sang de leur ancêtre commun : Gilleasbaig de Menstrie, l'arrière-grand-père de Craig et le premier Cambel.

— Je n'engagerai pas de servantes tant qu'Owen est au château, déclara Craig.

Les hommes à leur table rirent bruyamment. Domhnall tapa sur l'épaule d'Owen.

— Tu vois, Owen. Même Craig ne te sera d'aucune aide.

Owen avala le reste de son *uisge*.

— *Aye, aye*, riez, vous autres. Mais ne venez pas ramper dans un mois pour me demander de vous présenter à une gentille jeune fille du village.

— Emmenez-moi avec vous, Owen, dit Hamish.

Le guerrier était facile à remarquer, dominant toujours tout le monde d'au moins une tête. Il y avait chez lui quelque chose qui faisait que Craig était heureux que Hamish soit de son côté. Peut-être ses yeux sombres, qui donnaient l'impression que l'homme avait déjà connu l'enfer.

— Gardez vos verges dans vos pantalons, lança Craig. Nous avons laissé partir tous les serviteurs du château pour éviter toute trahison. Les villageois pourraient espionner à la recherche d'informations pour leurs anciens maîtres, ou d'autres ennemis.

Owen secoua la tête.

— Je partirais peut-être au nord avec Robert Bruce après tout. Il y a là-bas moult jeunes filles.

— N'y va pas, mon frère, répondit Craig. J'ai besoin de toi ici, avec moi.

De quelqu'un en qui je puis avoir confiance, pensa-t-il.

— Et regarde tout cet *uisge* Comyn.

— *Aye*, tu devrais rester, Owen, ajouta Domhnall. Je dois partir au nord avec père et Robert Bruce.

Owen soutint son regard, puis baissa le nez et opina du chef, mais Craig aperçut de l'amertume dans ses yeux, bien qu'elle disparaisse vite.

— Bien sûr, répondit Owen. Ta place est toujours aux côtés de père. Je resterai.

— C'est sa décision, point la mienne.

Domhnall finit sa coupe d'*uisge* et se leva.

— Ne fais pas l'enfant. Profite du reste de ton ragoût de légumes. Je me retire pour la nuit.

Quand il fut parti, Craig serra l'épaule d'Owen.

— Ne t'inquiète pas, Owen, murmura-t-il. Ton heure de gloire viendra. Je ne vois point de guerrier plus fort ni meilleur que toi. Père le sait. Domhnall aussi. Tu es encore jeune. Le temps où tu commanderas des troupes et mèneras des conquêtes viendra.

Owen laissa échapper un petit rire, et Craig vit que son regard s'était adouci.

— Je ne suis pas si jeune que cela. La plupart des hommes de vingt-six ans ont pris épouse depuis longtemps.

— *Aye*, eh bien, je ne suis point marié non plus

Owen le parcourut du regard avec un sourire dubitatif.

— Pourquoi donc, je me le demande, mon frère ? Ton membre ne fonctionne-t-il point ?

Craig secoua la tête.

— Ferme la bouche. Tout fonctionne très bien, mais ce n'est pas ton affaire. Ma fiancée est morte avant notre mariage, si tu te rappelles. Père ne m'en a point encore trouvé de bonne. Mais je ne suis pas pressé. Je dois savoir que je peux avoir confiance en la femme et sa famille.

Owen soupira.

— *Aye*. La confiance est importante à tes yeux.

— Accorder sa confiance à la mauvaise personne mènera à la perte de ceux que l'on aime. Regarde ce qui est arrivé à grand-père Colin. Regarde ce que les MacDougall ont fait à Marjorie.

Craig eut l'impression d'être poignardé et son ventre se noua au souvenir du château de Dunollie, d'avoir vu Marjorie à ce point blessée voilà dix ans.

— Je regrette de ne point avoir été là, déclara Owen.

— Tu n'étais qu'un jeune garçon.

— Domhnall n'est que de deux ans mon aîné. Si j'avais été là, peut-être grand-père...

— Non, ne te reproche rien. J'aurais dû être plus prudent. Nous aurions tous dû l'être.

Marjorie avait donné naissance au fils d'Alasdair, qu'ils avaient nommé Colin, en souvenir de leur grand-père qui avait perdu la vie en la secourant. Le clan avait gardé son existence secrète, en particulier pour les MacDougall, par crainte que John MacDougall ne vienne prendre l'unique enfant d'Alasdair.

Bien que Marjorie ait eu un bâtard, Dougal aurait quand même pu lui trouver un bon époux qui l'aurait acceptée. Mais jamais elle ne se marierait ni n'aimerait un homme, avait-elle confié à Craig. Heureusement, leur père comprenait ses sentiments et n'avait pas insisté.

Craig et Owen regardèrent leurs coupes en silence. Autrefois, Marjorie était gaie et douce, mais depuis son retour de Dunollie, elle n'était plus que l'ombre d'elle-même. Après un temps, elle avait demandé à Craig de lui apprendre à se défendre, ce qu'il avait fait volontiers. Owen et Domhnall s'étaient également joints à eux. Sa force et son assurance lui étaient revenues, bien qu'elle ne serait jamais plus la même jeune femme qu'avant son enlèvement.

— La MacDougall, lui a-t-on apporté à manger? demanda Owen.

— Je ne pense pas. Je vais l'amener ici. Elle ne s'enfuira pas avec cent hommes pour garder la grande salle. Et nous obtiendrons peut-être une réponse ou deux.

Craig se leva et se dirigeait d'un pas décidé vers la sortie lorsqu'il vit son père et Robert Bruce quitter leur table et s'approcher de lui.

— Craig, un moment, dit le roi.

Ils se rendirent tous trois dans un coin où personne ne les entendrait.

— C'est à propos de la MacDougall, annonça son père. Je vous en prie, gardez l'esprit ouvert. J'ai déjà donné mon accord.

Un pli barra le front de Craig et son ventre se noua.

— Qu'y a-t-il?

— La nouvelle que les Cambel la retiennent ici amènerait les MacDougall à notre porte pour récupérer leur fille. Peut-être même le comte de Ross lui-même.

La mâchoire de Craig se contracta.

— *Aye*. Mais je peux tenir un siège. Tant que personne n'a connaissance de l'entrée secrète.

— Personne ne sait à part Edward, qui est mort au combat,

et le garçon que vous avez attrapé. Il me l'a dit après que je l'ai menacé de coups de fouet sur le derrière. Je l'emmènerai au nord et ferai de lui mon échanson. Il rejoindra le bon côté de cette guerre. C'est un Écossais et il sait ce qu'il vaut mieux pour notre pays : l'indépendance.

— C'est une bonne nouvelle, répondit Craig. Laissons donc les MacDougall venir.

— Ce n'est point si simple. Risquer le château pour une jouvencelle est imprudent.

Craig recula.

— Vous ne suggérez pas de la tuer ?

— Mon fils, fermez la bouche et écoutez votre roi.

Craig serra les dents.

— Pardonnez-moi, Votre Majesté. Dites ce que vous avez à dire.

Un sourire sournois étira les lèvres de Robert Bruce, et il y avait quelque chose dans son expression que Craig n'aima pas du tout.

— Aimeriez-vous vous revancher des MacDougall et les affaiblir, ainsi que le comte de Ross ?

Craig pencha la tête.

— *Aye*, cela me plairait beaucoup.

— Alors, épousez la demoiselle.

Le ventre de Craig se tendit.

— Quoi ?

— C'est une bonne idée, mon fils, commença Dougal Cambel. Retirer leur plus grande alliance aux MacDougall. Prendre notre revanche non pas par la force, mais en leur enlevant leur avenir. Cela servirait la cause du roi d'Écosse.

Mais se marier avec l'ennemi ? La femme dont le frère avait attaqué et violé Marjorie ? La femme dont la famille avait tué le grand-père de Craig, son cousin Ian et bien d'autres Cambel ?

La femme dans les veines de laquelle coulait la perfidie. Craig avait juré de ne jamais laisser un autre MacDougall le trahir. Et s'il épousait Amy...

Un frisson le parcourut à l'idée d'elle, nue, dans ses bras. Sa peau douce, ses lèvres contre les siennes, ses cheveux roux sur son torse...

Que faisait-il ? S'il se mariait avec une MacDougall, il lui donnerait une invitation à le trahir. Même si on la forçait à prêter serment en tant que son épouse, les vœux n'auraient aucune valeur à ses yeux. Elle serait trop proche. Elle en saurait trop.

Cela le dépassait.

— Non, Votre Majesté. Pardonnez-moi. Je ne supporte pas l'idée de lier ma vie à celle d'une MacDougall. Je suis désolé, Votre Majesté. Nous devons trouver autre chose.

Robert Bruce le regarda longuement.

— Il faut parfois faire des sacrifices pour le bien du plus grand nombre.

— *Aye*, Votre Majesté, mais je crains que ce ne soit un sacrifice, mais un piège.

Dougal posa une main sur son épaule.

— Réfléchissez-y, mon fils. Vous êtes fort et vous avez le sens du devoir. Vous ferez ce qui est juste.

Craig hocha poliment la tête tandis que la fureur brûlait en lui. Il était courroucé que Robert Bruce et son père n'aient ne serait-ce que songé à faire entrer une MacDougall dans leur famille.

Il s'éloigna, partant trouver Amy MacDougall pour lui demander tout ce qu'il devait savoir avant de l'enfermer quelque part où il n'aurait jamais à la revoir.

---

1. Littéralement « bonne santé », formule utilisée pour trinquer.
2. Mot de gaélique écossais signifiant « eau » à l'origine du nom « whisky ». La locution « uisge beatha » signifie littéralement « eau de vie ».

CHAPITRE 6

Amy dégagea brusquement son coude de la poigne de fer de ce maudit highlander. Il la menait à travers la cour sombre éclairée uniquement par les torches. Une pluie glaciale tombait, et les chaussures de randonnée d'Amy rendaient chacun de ses pas dans la boue bruyant.

Être confinée dans une chambre était une chose, être coincée dans cette étrange réalité médiévale en était une tout autre. En dépit de sa veste chaude, c'était comme si l'air l'enserrait de tout côté.

— Je n'ai nulle part où m'enfuir, dit-elle. Ôtez vos sales pattes de moi.

— Ha ! Je ne me laisserai point duper par un autre MacDougall. Contentez-vous de marcher.

Amy ricana. Oh qu'elle mourait d'envie de lui jeter quelque chose de lourd dessus. Ils pénétrèrent dans la grande salle, qui était pleine de gens portant des vêtements médiévaux. Elle avait grandement conscience du contraste que créaient son jean et sa veste modernes. La pièce était mal aérée, l'air empli d'odeurs de laine mouillée, de fumée et de ragoût. Le sol en bois était couvert de boue. Des torches et une cheminée illuminaient la grande salle.

Son estomac gargouilla, et elle se rendit compte qu'elle était affamée. Elle n'avait pas mangé depuis le petit-déjeuner, environ dix ou douze heures plus tôt, d'après l'obscurité dehors.

Des têtes se tournèrent dans sa direction, et elle remarqua le roi et le père de Craig, qui étaient en train de boire et manger au fond de la salle avec quelques autres hommes mûrs.

Craig la tira dans l'allée entre les tables et les bancs, où siégeaient des hommes, des hommes et encore des hommes. Elle parcourut la salle du regard.

— Pourquoi est-ce qu'il n'y a que des hommes ?

— C'est une armée. Et j'ai laissé partir tous les serviteurs des Comyn, y compris les femmes.

— Pourquoi ?

— Parce que, comme vous, ce sont des ennemis et des traîtres potentiels.

— Eh bien, ils en ont de la chance. J'envie des gens qui viennent de perdre leur travail. Ils peuvent s'éloigner de vous autant que possible.

Craig s'arrêta devant une table près de la cheminée. D'autres guerriers y siégeaient et riaient, mais ils se turent à la vue d'Amy.

— Asseyez-vous, ordonna-t-il en désignant le banc.

Elle dégagea brusquement son coude, et il la lâcha.

— Je ne suis pas un chien.

— C'est bien vrai. Les chiens sont fidèles.

Quel con ! Il ne me connaît même pas, et il me juge seulement sur mon nom de famille.

Que savait-il des MacDougall ? Elle était fière d'être une MacDougall. Son grand-père lui avait raconté des histoires de braves guerriers et de puissants chefs, que le clan descendait d'un grand guerrier nommé Somerled, la façon dont ses ancêtres avaient vaincu les Vikings, qu'ils étaient forts et fiers.

— Comme vous voulez, répondit-il en s'asseyant. Vous pourrez manger debout.

Il lui tendit un bol et une cuillère. Ah-ha ! L'objet lourd qu'elle espérait. Et le ragoût marron-vert lui dégoulinerait joliment sur le visage. Les doigts d'Amy se tendirent, et elle dut se faire violence pour se retenir. Elle le lui aurait jeté si elle ne mourait pas de faim.

Inspire, expire.

Elle s'approcha du banc et prit place. La tablée était silencieuse, tandis que le reste de la salle conversait, d'occasionnels éclats de rire emplissant l'air. Quelqu'un jouait de la musique médiévale sur une lyre et chantait. Mal.

Amy leva la cuillère à sa bouche, mais elle sentit les yeux des hommes sur elle. Lorsqu'elle leva la tête, ils se détournèrent. Elle devait simplement les ignorer.

Elle se mit à manger ; le ragoût n'était pas particulièrement goûteux. Il manquait de sel et d'assaisonnement, mais c'était de la nourriture. Et si elle ne mangeait pas maintenant, quand le pourrait-elle ?

Un grand homme assis en face d'elle poussa une coupe en argent vers elle. Il lui coula un regard sombre et inquisiteur habité d'une émotion qu'elle ne comprenait pas. Il devait avoir la trentaine, devina-t-elle, était grand, mince, et sa peau était burinée.

— De quoi vous rincer le gosier. On dirait que vous en avez besoin.

Amy regarda dans la coupe et renifla. Du whisky. Non. Pas exactement. Peut-être que le whisky n'existait pas encore. Si elle se rappelait bien, le panneau d'informations disait que le château d'Inverlochy avait été pris par Robert Bruce en 1307, elle devait donc être au quatorzième siècle.

— Merci, répondit-elle avant de boire une gorgée.

Elle ferma les yeux, appréciant la brûlure qui descendit lentement dans sa gorge pour se nicher dans son ventre et la réchauffer.

— Je me nomme Hamish MacKinnon.

— Hamish, ce n'est point une invitée, dit Craig. Vous n'avez pas besoin d'être gentil avec elle.

— *Aye*, je sais, mais elle n'a point commis de crime non plus. Laissez-la tranquille pour le moment.

Craig posa un regard mauvais sur Amy.

— Je suppose.

Amy sourit à Hamish et lui rendit sa coupe.

— Merci.

Hamish secoua la tête.

— Buvez. J'en ai eu bien assez. L'on dirait que vous en avez plus besoin.

— Il y a donc des gens sympathiques dans l'armée de Robert Bruce, en fin de compte.

Elle entendit presque Craig grincer des dents.

— Vous avez un étrange accent, déclara un blond assis à la droite d'Amy.

Il ressemblait à Craig et Dougal avec ses yeux verts.

— Les MacDougall ont-ils un tel accent ? demanda-t-il à Craig.

— Nenni, Owen, répondit-il. Le sien est particulier.

— Avez-vous été élevée ailleurs ? interrogea Hamish.

Amy mâchait son ragoût et ralentit. Elle pouvait au moins dire la vérité à ce sujet.

— Oui. Je veux dire, *aye*.

— Où ? En Irlande ? Votre accent fait un peu irlandais, dit Hamish.

Seigneur, elle détestait mentir.

— Oui.

— Pourquoi ? demanda Craig.

Oh, bon sang. Elle aurait dû mieux écouter quand son grand-père lui racontait l'histoire des MacDougall.

— Pourquoi ça vous intéresse ?

La meilleure défense, c'était l'attaque, non ?

— Je dois savoir qui vous êtes et ce que vous faites ici. Vous me répondrez. À chacune de mes questions.

Ses paroles la transperçaient, l'étouffaient, mais elle ne le laisserait pas faire.

— Sinon ?

Craig pinça les lèvres.

— Sinon vous le regretterez.

Hamish ouvrit la bouche, sûrement pour calmer le jeu, mais Craig leva une main, et l'homme ne dit mot.

— Je m'en fiche, répondit Amy. Vous avez dit que vous ne feriez pas de mal à une femme. Ou alors n'était-ce que des paroles en l'air ?

— *Aye*, c'est vrai. Je tiens toujours parole, dit Craig d'une voix basse et menaçante. Et je ne mens pas quand je menace.

Il planta son regard sur elle, et Amy eut le souffle coupé. Un frisson la parcourut, mais ce n'était pas de la peur. C'était une sorte de chaleur. Leurs regards se croisèrent et sa gorge se dessécha. Pendant un moment qui sembla être une éternité, elle s'adoucit et fondit, oubliant tout autour d'elle. Puis, bien trop vite, il se détourna et observa sa coupe.

— Écoutez. Vous allez rester ici longtemps. N'espérez pas que votre père viendra vous chercher de sitôt. Mais s'il vient, je ne vous remettrai pas à lui et il ne prendra pas ce château. Je ne désire point que vous ressentiez la même chose que ma sœur.

Hamish et Owen fixèrent leur bol avec insistance à la mention de la sœur de Craig. Que lui était-il arrivé ? Était-elle enfermée quelque part ? Avait-elle été enlevée contre son gré ?

— Que lui est-il arrivé ? demanda-t-elle d'une voix rauque.

La bouche de Craig se crispa.

— Vous savez de quoi je parle. Je ne manquerai pas de respect à Marjorie en contant les pires jours de sa vie.

Amy expira doucement, des larmes inattendues lui brûlant les yeux. Les souvenirs des pires jours de *sa* vie la hantaient. Non. Ce n'était pas le moment de laisser ces sombres émotions la submerger.

Craig embrassa la tablée du regard.

— Owen, Hamish, Lachlan, pouvez-vous me laisser seul avec notre invité ?

— *Aye*, mon frère, répondit Owen.

Hamish opina du chef, bien que cela semble être à contre-cœur, pensa Amy. Les trois hommes se levèrent et joignirent une autre table, où quelqu'un les accueillit joyeusement avant que des éclats de rire retentissent.

Craig versa de la boisson forte dans leurs coupes.

— Comment ça s'appelle ? Ce n'est pas du whiskey, n'est-ce pas ?

— C'est de l'*uisge beatha*.

De l'eau-de-vie, comprit Amy.

— D'accord. C'est ce que je voulais dire.

Craig l'étudia d'un air méfiant un bref instant, puis leva sa coupe.

— *Slàinte mhath*.

Cela voulait dire « santé » en gaélique ; Amy l'avait appris en lisant la brochure sur les dégustations de whisky à l'hôtel. Elle aurait dû en faire une.

Oh Seigneur, la pauvre Jenny devait être dans tous ses états à la chercher. Amy devait passer à l'action, trouver un moyen d'accéder au rocher.

Craig but une grande gorgée et grogna, visiblement satisfait. Amy l'imita, appréciant la brûlure de l'eau-de-vie. Si c'était censé être l'origine du whisky, c'était très bon.

— Je ne suis point un geôlier. Ma mission est de protéger ce château et de vous y garder. Répondez à mes questions. Je dois savoir pourquoi vous êtes ici. Pourquoi étiez-vous avec les Comyn ?

Vaudrait-il mieux mentir ? Elle avait besoin d'accéder à la réserve souterraine. Elle devrait peut-être jouer les gentilles, après tout. Et si son entêtement ne rendait Craig que plus strict ?

— Je répondrai à vos questions.

Sa voix ne lui semblait pas naturelle, tout en elle était crispé. Elle détestait mentir. Mais si cela la rapprocherait de rentrer chez elle, elle devrait le faire, même si cela la révulsait.

— J'ai été invitée ici.

— Invitée ? Par qui ?

— Je suis amie avec…

Oh mince ! Les Comyn avaient-ils une fille ? Ou un fils ? Des enfants ?

— Dame Comyn.

C'était assez vague.

— « Dame » Comyn, répéta-t-il d'un ton dégoûté. Vous parlez même comme les Normands, comme les Comyn. N'êtes-vous point écossaise ?

— Bien sûr que si.

Seigneur, ses mensonges ne faisaient qu'empirer la situation.

— Comment devrais-je l'appeler ?

Craig secoua la tête.

— Je suppose que vous avez raison. Robert Bruce lui-même a du sang normand. Votre père a donc accepté que vous rendiez visite à dame Comyn. Combien de temps aviez-vous l'intention de rester ?

Au vingt et unième siècle, ce serait quelques jours. Mais ici, sans communication et avec les longs voyages, en particulier en hiver, qui approchait, les visites étaient probablement plus longues.

— Seulement deux mois.

— Je ne suis en droit de juger de la mode féminine actuelle, mais pourquoi êtes-vous vêtue comme un homme ?

Oh, bon sang de bonsoir. Ces gens du Moyen-Âge et leurs règles sur les vêtements et le comportement des femmes. Amy les enfreignait probablement toutes sans même essayer.

— C'est pour aller chasser.

Craig se racla la gorge et la toisa. Son regard transperça ses vêtements et fit rougir ses joues.

Oh, ressaisis-toi. Tu n'es pas une écolière !

— Et votre père s'attend-il à recevoir un message de votre part ? continua-t-il, semblant ne pas se rendre compte de sa réaction. Ou de la part des Comyn ?

— Non. Il me croit en sécurité ici. Le château est censé être impénétrable. Comment êtes-vous parvenus à entrer, d'ailleurs ?

Il laissa échapper un petit rire.

— Ce n'est pas votre affaire. Quand est votre mariage ?

— Mon mariage ?

— *Aye*, ne faites pas la sotte. Je sais que vous allez épouser le comte de Ross.

Oh non. Et si c'était un test ? Et s'il connaissait la date exacte ?

— Père ne sait pas encore à cause de la guerre.

— Il ne s'attend donc point à vous voir sous peu ? Viendra-t-il à Dunollie ?

C'est quoi un « Dunollie » ?

— Non.

Craig plongea son regard émeraude dans le sien, et c'était comme s'il pouvait lire en elle et dénicher la vérité. Amy eut le souffle coupé et se raidit, comme prise au piège dans son propre corps.

Et alors, elle ne reverrait plus jamais son époque.

— Vous mentez. Je ne sais pas à propos de quoi, je ne sais pas pourquoi, mais je vois que vous mentez. Ce qui me confirme une fois de plus que je n'aurais pas dû m'attendre à ce que vous disiez la vérité.

Il agrippa son bras dans une poigne de fer et la leva. Amy essaya de se libérer, mais il raffermit sa prise.

— Vous resterez enfermée jusqu'à ce que vous parliez.

CHAPITRE 7

Amy arpentait les quartiers des guerriers. Elle était à présent dans la tour sud-est, pas celle dont elle venait. Pas celle qu'elle avait besoin de rejoindre si elle voulait rentrer chez elle un jour.

Craig l'avait laissée là la veille ; une nuit et un jour s'étaient écoulés, et il n'était toujours pas revenu.

La veille, Hamish lui avait apporté de quoi manger et avait vidé son pot de chambre. Elle savait qu'il y avait des gardes de l'autre côté de la porte. Mais elle avait foiré, complètement. Elle ne savait pas mentir et Craig, si intelligent, avait lu en elle comme dans un livre.

Bon sang. Il fallait qu'elle en apprenne plus sur la façon dont les choses fonctionnaient ici. C'était le seul moyen d'être plus convaincante.

À mesure que le temps passait, de plus en plus de picotements envahissaient ses jambes. Aller et venir dans la pièce aidait à apaiser la sensation, mais elle était toujours parcourue de frissons, et son ventre était noué.

Quelle était la pire chose qui pourrait lui arriver ? Craig la retiendrait-il ici pour toujours ?

Au moins, il y avait des fenêtres, des lits. La pièce était sèche et relativement propre. Amy était assise dans la profonde alcôve devant la meurtrière, et regardait dehors. La vue était spectaculaire. Elle voyait le village et l'armée.

Cependant, avant le début de la soirée, ils avaient commencé à laver les chevaux, à mettre des choses dans des sacoches, des tonneaux et des caisses dans des charrettes, et à s'activer en général. L'armée était probablement sur le point de partir. C'était pour le mieux. Il y aurait moins de personnes pour la voir, ce qui lui donnerait plus de chances de se glisser dans la réserve souterraine.

Amy observa le paysage. Aussi loin que portait son regard, elle voyait des bosquets d'arbres nus, des champs vides marron, des collines et des montagnes. Oui, ce n'était pas comme être dans la grange, et d'une certaine façon, cela lui rappelait le Vermont, ce qui la réconfortait. Elle inspira profondément l'air frais et l'odeur presque agréable du sol fertile et des feuilles en train de pourrir.

La nature et les vues larges l'aidaient toujours à se sentir mieux. C'étaient les petits espaces restreints qui lui faisaient peur. Au moins, Craig ne l'avait pas enfermée dans une cave.

Mais il était plus intelligent que cela. Ou plus gentil. En la gardant ici, il privait certains guerriers de leurs lits et d'un toit. La culpabilité rongeait Amy.

Elle fouilla son sac à dos. Elle avait son téléphone, qu'elle avait déjà essayé d'utiliser la veille et, bien évidemment, il ne fonctionnait pas. Sa trousse de soins. Elle lui serait peut-être utile, mais elle devrait faire attention à ne pas montrer trop d'objets modernes qui pourraient engendrer des questions. Sa lampe de poche avait roulé sous un des lits de la tour est, et elle avait oublié de la récupérer. Eh bien, elle devrait la retrouver, ou se servir de bougies pour aller à la réserve.

Que feraient ces gens s'ils la trouvaient ?

Elle secoua la tête pour chasser cette pensée.

Elle avait des tampons, son portefeuille, et son passeport. Rien de plus. Ce n'était pas grand-chose. Elle regrettait à présent de ne pas avoir fourré un tas de choses inutiles dans son sac juste au cas où, comme Jenny.

Non. Amy préférait être minimaliste. Elle n'avait pas besoin de beaucoup ; vivre dans une petite maison et être sur la route dans les montagnes ou au centre avec son équipe à attendre un appel de sauvetage lui suffisait. Cela lui procurait une sensation de liberté, l'impression d'avoir une raison d'être.

Ne pas avoir de toilettes ni d'eau courante ne la dérangeait pas vraiment. Elle n'était également pas difficile en ce qui concernait la nourriture.

Le pire pour elle, c'était d'être coincée au Moyen-Âge et que personne ne viendrait la secourir.

Elle se disait que cela serait peut-être plus simple si elle était la bienvenue. Mais Craig et les autres hommes l'avaient désignée comme étant l'ennemie. Le seul à passer outre cela était Hamish.

Amy passa le reste de sa journée à compter les minutes qui s'écoulaient lentement jusqu'à ce qu'elle laisse le sommeil l'attirer dans des rêves sombres.

Le matin suivant, elle en avait assez d'être enfermée. Elle tapa à la porte.

— Laissez-moi sortir ! Immédiatement ! Emmenez-moi à Craig Cambel. J'exige que vous m'emmeniez à Craig ! Je veux le voir...

La porte s'ouvrit et Hamish entra, la percutant. Une petite goutte de porridge chaud tomba sur le sol. Amy recula d'un bond.

— Tout va bien ? demanda-t-il.

— Oui.

La porte se ferma derrière lui. Un sourire joyeux se dessina sur les lèvres de l'homme. Ses yeux étaient sombres et attentifs alors qu'il l'étudiait de la tête aux pieds.

— Vous avez faim ?

— Toujours, sourit-elle.

Il lui tendit le bol de porridge avec une cuillère de miel au centre. Elle s'approcha d'un des lits et s'assit dessus, posant le bol sur ses genoux. Il prit place en face d'elle.

— J'y ai mis du miel et un peu de beurre.

Elle sourit à nouveau.

— Vous n'auriez pas dû. Le porridge nature ne me dérangeait pas. Je peux manger n'importe quoi. Je ne suis pas exigeante.

Elle mélangea le beurre fondu et le miel dans le porridge chaud et en prit une cuillère. Hamish plissa les yeux.

— Est-ce vrai ? C'est inhabituel pour la fille d'un chef de clan. N'avez-vous point l'habitude de toujours avoir du miel, des baies fraîches et ce qu'il se fait de mieux ?

Oh zut !

— J'imagine que je suis simplement différente des autres filles de chef de clan, vous savez.

Il laissa échapper un petit rire.

— *Aye*, je vois cela.

Il la considéra.

— J'imagine que vous n'êtes point très contente d'être loin de chez vous.

— « Point très contente », c'est le mot.

Bien qu'elle se sente plus heureuse qu'à son arrivée grâce au porridge chaud dans ses mains et à la présence amicale de Hamish. Il hocha la tête.

— Quand avez-vous eu des nouvelles de votre père pour la dernière fois ?

Toutes ces maudites questions... Elle prit une autre cuillère de porridge, sentant les yeux de Hamish sur elle.

— Quand je suis partie...

La porte s'ouvrit et Craig se tint dans l'embrasure, grand, les épaules larges, et si beau qu'elle en eut le souffle coupé.

~

Hamish bondit et, l'espace d'un instant, il posa une main sur sa claymore. Mais alors, il se détendit et plaqua un sourire sur ses lèvres.

— Craig...

— J'espère ne rien interrompre.

Craig plissa les yeux en regardant Amy et Hamish. Il n'aimait pas le moins du monde ce qu'il voyait. C'était la première fois que le visage d'Amy semblait insouciant et qu'un petit sourire courbait ses lèvres. Était-ce parce que Hamish était assis si proche d'elle que leurs genoux se touchaient presque ?

Le nœud dans son ventre était sûrement dû au fait qu'il n'aimait pas voir ses hommes se montrer trop amicaux envers l'ennemi. Pas parce qu'il détestait que ce soit Hamish qui l'ait fait sourire, et non lui.

— Vous n'avez rien interrompu, répondit Hamish. J'ai apporté son repas à Amy, c'est tout.

Craig l'examina à la recherche de signes d'un mensonge. Hamish était un MacKinnon, et son clan était loyal envers Robert Bruce. Ils l'avaient caché quand les Anglais et les clans ennemis le pourchassaient, ce qui avait sauvé la vie du roi et l'avait amené là où il se trouvait à présent.

— *Aye*, dit Craig. Merci. Robert Bruce et ses troupes partent pour le nord en ce moment même, ainsi que votre clan. Vous ne voudriez pas être oublié ici.

Hamish lança un regard vers la meurtrière.

— Mon clan et moi avons décidé qu'il vaut mieux que je reste vous aider au château. Si vous êtes d'accord, bien sûr.

Craig jeta un regard vers Amy, qui mangeait une autre cuillérée de porridge.

— J'ignorais que vous vouliez rester. Puis-je demander la raison ?

— Pour vous aider à protéger le château, bien sûr. Les soutiens à Robert Bruce se feront plus nombreux après que les clans neutres auront entendu parler de la bataille d'Inverlochy. Mais vous aurez besoin de bons guerriers ici.

Mais ce n'était pas la raison. Il désirait quelque chose ici ;

personne ne restait quand son clan partait.

— Mais en quoi cela vous importe ?

Un petit rire nerveux échappa à Hamish.

— Sire, vos questions ont l'incroyable don de donner envie de chier de peur. Si ce sont de mauvaises intentions que vous cherchez, vous cherchez au mauvais endroit. Je vis sur la route depuis des années. Il est bon pour un guerrier de se reposer sous un toit et entre quatre murs solides. Je voulais simplement tenir compagnie à Amy. Elle n'a rien fait de mal. Elle n'est point responsable des méfaits de son frère et de son père. Ne la punissez pas pour quelque chose qu'elle ne mérite pas.

Craig examina Amy. Elle siégeait au bout du lit, le bol sur les genoux, la cuillère dans la main. Ses magnifiques grands yeux bleu vif dardaient un regard mauvais sur lui.

Aye, Hamish avait raison ; elle n'avait pas commis les méfaits de sa famille. Mais avec ce dos droit, ces yeux qui soutenaient qu'elle ne céderait pas, c'était une pure MacDougall. Ce qui signifiait qu'elle n'était pas si innocente.

— Vous pouvez rester, Hamish. Vous dites la vérité. J'ai bien besoin d'un puissant guerrier comme vous. Mais vous ne devriez pas vous montrer amical envers un clan ennemi. Vous ne savez quelles informations elle pourrait vous tirer.

— *Aye*, mais elle...

— Hamish, l'interrompit Craig. Laissez-nous seuls, je vous prie.

Hamish regarda Amy comme pour s'assurer qu'elle irait bien, seule avec Craig, puis, après un signe de tête poli, partit.

Quand la porte se ferma derrière lui, Craig se tourna vers Amy et ouvrit les mains.

— Vous avez exigé me voir. Me voilà.

Elle posa le bol sur le lit et se leva également, croisant les bras sur sa poitrine. Ses longues jambes sculptées étaient écartées, prêtes à être admirées. Ses cheveux roux ondulés retombaient sur ses épaules. Ses lèvres charnues se pincèrent, un éclair de colère brillant dans son regard.

— Je veux quitter cette pièce. Vous avez dit que vous me poserez des questions et qu'ensuite vous me rendrez ma liberté. Alors, laissez-moi sortir de cette pièce. J'aimerais me promener dans le château, respirer de l'air frais.

Oh, qu'elle était amusante. Une fille de clan faisant des réclamations alors qu'elle n'en avait aucunement le droit.

— Vous voulez, vous voulez...

Il s'approcha d'elle et s'arrêta, contemplant sa belle bouche.

— Et pourtant, vous ne remplissez pas votre part du marché. Vous mentez. Vous cachez quelque chose.

Ses lèvres pincées étaient quelque peu plissées... magnifiques. Il ressentit soudain l'envie irrésistible de faire courir son pouce sur sa lèvre inférieure. Elle déglutit et il leva les yeux, leurs regards se rencontrant à nouveau. Il pourrait se noyer dans ces yeux aussi bleus que de profonds lochs avec de longs cils de la couleur des montagnes en automne.

— Je veux simplement être libre. Je vous ferai perdre la tête si vous me gardez ici un jour de plus. Je martèlerai la porte tous les jours, je casserai des choses, je ferai détester leur travail à vos gardes.

Un cil tomba sur sa joue ; il leva la main et le toucha tendrement. Le long cil délicat se colla au bout de son doigt.

Les joues écarlates, elle posa sur lui un regard qui ressemblait à son besoin ardent de la toucher, de l'embrasser, de sentir la douceur de ses cheveux, de sa peau.

Il souffla doucement sur le cil et il s'envola.

— *Aye*, je comprends votre désir.

Les yeux de la jeune femme s'illuminèrent et un sourire se dessina lentement sur ses lèvres.

— C'est vrai ?

— *Aye*, bien sûr.

— Eh bien, merci. Car j'adorerais quitter cette pièce et me promener librement dans le château...

— Êtes-vous donc prête à parler ? À répondre à mes questions ?

Il vit ses lèvres se fermer et sa gorge bouger alors qu'elle déglutissait. Elle était nerveuse.

— Oui, répondit-elle d'une voix tremblante. J'étais prête la dernière fois.

Il la lâcha et elle fronça les sourcils.

— Si vous parlez de la fois où vous m'avez répondu des mensonges, cela ne comptait pas.

En colère, effrayée, le visage rouge et les yeux brûlants, elle lui jeta un regard sombre.

— Alors vous n'allez pas me laisser sortir ?

— Nenni, vous pourrez sortir. Je ne suis point un monstre. Mais vous aurez un garde avec vous à chaque instant.

Et avant que sa beauté et l'envie de goûter ses délicieuses lèvres ne lui fassent oublier sa colère, il s'en alla.

CHAPITRE 8

Craig contemplait la vue de la rivière Lochy et du Loch Linnhe et des terres au-delà depuis le parapet du mur nord. Il respira profondément l'air froid et expira un nuage de vapeur.

— Quelque te trouble-t-il ? demanda Owen, à ses côtés.

Craig inclina la tête.

— Je suis accablé de troubles.

— Oh, le grand Craig Cambel est accablé de troubles ? rétorqua Owen avec un petit rire.

Craig lui jeta un regard en biais.

— *Aye*. Je n'ai jamais dirigé une maison, encore moins un château. Et c'est fortement évident.

Owen arqua un sourcil.

— Si tu fais référence aux feux de camp dans la cour et aux hommes qui font griller leur propre gibier, *aye*, je dirais que ce n'est point très traditionnel pour un grand château. Mais je n'ai entendu personne se plaindre.

— Ils ne se plaindraient pas. Mais ils n'y feraient rien non plus.

Le problème est plus profond, Owen. L'armée de Robert Bruce a pris beaucoup de provisions en partant, ce qui est compréhensible. Mais ce que nous avons ne durera pas l'hiver. J'ai une centaine d'hommes. Tous des guerriers, pas de serviteurs. Nous n'avons point de cuisinier, point de garçons pour rapporter l'eau du puits, personne pour faire cuire le pain, couper les légumes, ni faire du fromage.

— *Aye*, eh bien, tu sais qu'ils n'ont point l'habitude d'avoir un cuisinier. Ils sont bien heureux d'aller chasser et pêcher tous les jours.

— Mais chacun doit cuisinier pour lui-même. Nous perdons du temps pouvant être consacré à l'entraînement, et la cour est parsemée de feux de camp. C'est dangereux. En particulier si l'ennemi arrive soudainement.

Owen haussa les épaules.

— Je suppose. Tu restes un bon connétable.

— Pour organiser les patrouilles et les hommes d'armes, et la défense en cas de siège, *aye*, peut-être. Mais le ménage en souffre. Personne ne nettoie, ne lave, ni ne répare les vêtements. En outre, nous avons besoin de charpentiers, de maçons et d'hommes pour réparer les dégâts causés par la catapulte de Robert Bruce.

— Mais tu ne veux de maçons du village.

— Nenni. Mon avis sur les villageois reste inchangé.

Owen haussa les épaules comme pour dire « Ne sois donc pas surpris ».

Eh bien, *aye*. Il ne devrait mentionner le problème des écuries. Il avait besoin d'un forgeron pour faire les fers des chevaux et réparer les armes, ainsi que de maréchaux et de garçons d'écurie pour prendre soin des bêtes et nettoyer les écuries.

— Peut-être que laisser partir les serviteurs n'était point une si bonne idée, dit Owen.

— J'ai besoin de gens en qui je peux avoir confiance. J'ai envoyé un messager pour engager des gens des terres Cambel.

— Il mettra des semaines à trouver des gens et à revenir. Peut-être même des mois avec l'hiver qui arrive.

— *Aye*. Et j'ai besoin de quelqu'un maintenant. De quelqu'un pour faire des cuisiniers et des gens aptes à nettoyer des hommes, et les surveiller pendant que je m'occupe de l'entraînement des guerriers. Et de quelqu'un pour organiser les rondes ainsi que l'entretien des armes.

Il se tourna sur la gauche et vit Amy MacDougall monter sur le mur, Hamish, son garde du jour, à ses côtés. Elle adressa un signe de tête à Craig et observa la vue depuis le côté de la tour.

Elle était à présent vêtue comme une femme, probablement lasse de ses vêtements de chasse. Et à la voir ainsi, ses cheveux recouvrant sa cape en laine grise, ses joues et son nez rosis par le froid, elle lui coupait le souffle.

Il l'avait déplacée dans la seule chambre à coucher privée : la chambre du seigneur dans la tour Comyn ; tandis qu'il dormait à l'étage du dessous, dans les quartiers privés du seigneur, avec Owen et d'autres Cambel. Craig était habitué à la vie simple d'un guerrier, à dormir à même le sol avec son père et ses oncles pendant les voyages. Chez lui, il partageait une chambre avec ses frères. Mais il imaginait qu'Amy, étant la seule femme du château, aurait besoin d'intimité.

Cette dernière semaine, il avait remarqué qu'il fixait ses regards sur elle, ou qu'il observait le château dans l'espoir qu'elle passe non loin de lui ou vienne lui demander quelque chose. Elle aurait même pu réclamer, ou se plaindre de ses gardes. Mais elle lui parlait peu, à moins qu'il ne parle le premier. Et il détestait voir Hamish à ses côtés, lui apportant une pomme ou une galette d'avoine.

Non, il n'était pas jaloux. Il n'y avait aucune raison d'être jaloux.

— Tu veux quelqu'un pour tenir le ménage, voilà quelqu'un, déclara Owen.

Craig se raidit.

— Tu peux l'épouser. C'est ce que Robert Bruce t'a demandé, n'est-ce pas ?

L'épouser, revoilà cette pensée qui le tourmentait.

— Cela briserait l'alliance entre les MacDougall et Ross, ce qui affaiblirait les ennemis de Robert Bruce et serait aussi une revanche contre les MacDougall pour nous, les Cambel, insista Owen.

Aye, eh bien, ces deux raisons suffisaient bien assez.

— Mais je ne peux épouser une MacDougall, grogna Craig. Cela me garantira d'être trahi.

— Et tu ne penses pas qu'elle pourrait t'aider avec le ménage si elle était ton épouse ?

Craig examina le profil d'Amy au loin. *Aye*, elle avait probablement déjà appris à tenir un ménage noble, il pourrait donc lui reléguer quelques tâches. Il l'avait vue avec les chevaux ; elle les nettoyait, leur parlait, les nourrissait. Elle semblait savoir ce qu'elle faisait. Elle avait aussi préparé une soupe simple une fois. Mais elle devrait savoir organiser une cuisine et des gens pour nettoyer, même s'il lui fournissait des guerriers et non des serviteurs. Il lui confierait des hommes, et elle les commanderait.

Il y avait autre chose qu'il aimait dans cette idée.

En tant que son époux, il aurait le droit de l'embrasser et de coucher avec elle, d'étreindre cette femme aux longues jambes, de respirer son odeur. Cela serait un avantage par-dessus tout le reste... Il ne la forcerait jamais, bien sûr. Mais si elle acceptait, il ne lui dirait pas non. Au contraire.

Il la désirait.

— Mais c'est une MacDougall, répéta-t-il. Une perfide et méprisable MacDougall. Je ne peux imaginer lier ma vie à l'un d'entre eux.

— Tu n'as point à lier ta vie. Seulement assez longtemps pour tenir le château et rompre son mariage avec le comte de Ross. Ensuite, laisse-la partir.

Craig se redressa et examina Owen, essayant de comprendre si son frère était secrètement un génie.

— Le rituel des mains liées ?

La vieille tradition celtique d'un mariage d'essai durant un an et un jour.

— *Aye*, le rituel des mains liées.

— Cette idée me plaît de plus en plus, marmonna Craig. J'imagine le visage de John MacDougall quand il découvrira que sa fille est l'épouse d'un Cambel.

Aye, Craig espérait que l'homme se demanderait ce qu'il ferait à son Amy. Si elle était en sécurité, saine et sauve.

Si elle était retenue contre son gré et souffrait.

Car c'était exactement ce que Craig, son père, ses frères et chaque membre du clan s'étaient demandé et avaient craint pour Marjorie. Mais dans le cas de Craig, ses pires craintes étaient devenues réalité.

Craig mit une tape sur l'épaule de son frère, opina du chef, et rejoignit Amy. Elle leva les yeux, un masque tendu remplaçant son expression sereine. Elle se redressa et releva le menton.

Amy étudia le beau visage de Craig. Dans cette lumière, ses yeux ressemblaient à des feuilles de septembre, toujours vertes, mais teintées du marron de l'automne. Leur forme rappelait un peu celle d'une amande, remarqua-t-elle, et ils étaient encadrés d'épais cils noirs.

Et ils étaient habités de quelque chose qu'elle n'aimait pas du tout. Une résolution malveillante. Quoi qu'il ait décidé, elle ne le laisserait pas lui reprendre sa liberté.

— Bonjour à vous, maîtresse.

— Bonjour.

Il laissa échapper un petit rire.

— Voudriez-vous marcher un moment avec moi ?

— Où ?

— Ici, sur le mur.

— Oh, répondit-elle en secouant la tête. Bien sûr, sur le mur.

Comment ai-je pu croire que vous me laisseriez quitter le château ?

— Peut-être vous laisserai-je un jour.

Elle haussa les épaules.

— D'accord, allons marcher.

Il lança un regard à Hamish, derrière elle.

— Vous pouvez disposer, Hamish.

Celui-ci hocha la tête et disparut dans la tour. Owen, qui s'était trouvé aux côtés de Craig, était parti lui aussi. Ils étaient seuls.

Craig lui offrit son bras, et Amy y passa sa main, son contact l'électrisant même à travers son épaisse cape.

— Vous plaisez-vous au château ? demanda-t-il.

— C'est une question piège ?

— Du tout. Je veux simplement savoir si vous aimez le ménage.

Elle toussa. Chacun semblait cuisiner pour soi, c'était sale, personne ne s'occupait des chevaux, et tout le monde pouvait, en gros, faire ce qu'il voulait sans aucune conséquence. C'était comme une énorme garçonnière médiévale.

— Euh, je pense que nous savons tous les deux que le château est en piteux état.

— *Aye*. C'est ce que je pense aussi.

— Alors pourquoi cette question ?

— Parce que j'aimerais obtenir votre aide.

— Mon aide ? demanda-t-elle d'un ton moqueur. Pourquoi aiderais-je un homme qui me retient prisonnière ?

Il s'arrêta, la forçant à faire de même. Il se tourna pour lui faire face, sa proximité enflammant le creux de ses reins. Il plongea son regard dans le sien ; la promesse brûlante qu'elle y vit la troubla. Puis il posa ses mains sur ses épaules.

— Épousez-moi.

Amy fut bouche bée.

— Pardon ?

— Épousez-moi. Tenez le ménage en tant que mon épouse. Et je vous laisserai aller et venir à votre guise.

Amy secoua la tête.

— Vous épouser ? N'arrêtez-vous pas de dire que je suis votre ennemie ?

— *Aye*. Enfin, pas vous personnellement. Vous appartenez au clan ennemi. Mais vous n'avez rien fait… pour le moment. C'est une autre raison. Je veux vous garder à l'œil.

Amy se détourna et éclata de rire.

— C'est complètement fou. Vous vous entendez ?

La bonne humeur de Craig avait disparu.

— Je ne badine point, Amy.

C'était insensé. Bien sûr, au Moyen-Âge, les gens se mariaient pour toutes sortes de raisons, excepté l'amour ; mais à présent, elle était personnellement témoin de cette folie.

— Alors vous voulez épouser votre prisonnière afin de pouvoir la surveiller et pour qu'elle s'occupe du ménage pour vous…

Sa voix mourut. Soudain, elle comprit. Si l'Amy MacDougall de cette époque était promise à un comte important ou quelque chose du genre, cela romprait les fiançailles. Le père d'Amy serait probablement furieux.

— Vous voulez empêcher mon mariage.

Craig sourit.

— Nous sommes ennemis. C'est Robert Bruce qui a suggéré que je vous épouse pour empêcher l'alliance entre les MacDougall et le comte de Ross.

C'était donc politique.

— Je n'accepterai jamais.

— Réfléchissez-y. Nous ferons le rituel des mains liées, seulement une année et un jour. Vous aurez les privilèges de la dame du château. Vous pourrez aller partout, sauf hors de l'enceinte, bien sûr. Et une fois l'année passée, vous serez libre de retourner auprès de votre père.

Amy inspira profondément. Le Moyen-Âge était si étrange.

Les mariages se faisaient pour des raisons politiques, financières ou autre. Pas par amour.

Ah, l'amour. Elle s'était mariée par amour...

Cela s'était fini en divorce.

Alors cette idée d'un an et un jour ne semblait pas si mal, à vrai dire. Non pas qu'elle ait prévu de rester aussi longtemps. Et ce ne serait pas un vrai mariage, de toute façon.

— Et en ce qui concerne le sexe ?

— Veuillez m'excuser, comment ?

— Coucher ensemble. Vous pouvez oublier.

— Je ne vous forcerai jamais, Amy. J'espère que vous savez à présent que je vous traite avec respect et que j'ai l'intention de continuer. Je ne vous toucherai point, à moins que vous ne le souhaitiez.

— Et je pourrai aller partout dans le château ?

Tout à coup, une idée lui vint. Si elle avait besoin d'accéder aux provisions, cela lui donnerait une excuse pour explorer la réserve souterraine.

Une fois marié, il aurait plus confiance en elle. Organiser le ménage pourrait être un prétexte pour se rendre au sous-sol. Même s'il venait avec elle, cela n'avait pas d'importance. Elle devait simplement découvrir comment faire briller ce rocher, puis elle poserait sa main sur l'empreinte. Cela la renverrait en 2020, espérait-elle.

— Alors vous me laisserez aller où je veux ?

— *Aye...*

— Et je n'ai pas à coucher avec vous ?

Les narines de Craig se dilatèrent un peu.

— À moins que vous en ayez l'envie.

— Et vous voulez que je m'occupe de la cuisine et du ménage ?

— *Aye*. Oui-da.

Son accent ressortit encore plus ; la cuisine et le ménage devaient être très importants à ses yeux.

Elle croisa les bras. Quel homme exaspérant !

— Alors, en résumé, vous voulez que je sois la maîtresse de maison ?

— Nenni. Pas seulement.

D'accord.

Elle serait mariée à ce beau gosse... Sa gorge se dessécha et ses entrailles se contractèrent alors que des images lui traversaient l'esprit : lui, nu, ses mains explorant son corps. Elle détestait qu'il lui fasse ressentir de telles choses. Cet homme qui la retenait prisonnière !

Il était si beau qu'elle avait l'impression de regarder droit dans le soleil. Il était honorable ; elle appréciait avoir reçu la seule chambre particulière du château et que Craig s'assure que personne ne lui faisait de mal. Mais c'était comme être dans une cage dorée. Et elle avait constamment des gardes avec elle.

Elle devrait simplement arrêter de penser à sa beauté et à sa gentillesse, et se contenter d'accepter. Elle devait tout essayer pour retourner à son époque. Jenny était sûrement de plus en plus inquiète et devait se sentir abandonnée. En outre, elle ne pourrait pas s'occuper de leur père seule bien longtemps.

Il semblait donc qu'accepter cette folie était le moyen le plus rapide d'accéder à la réserve. Quelle alternative avait-elle ? Si un garde la suivait à chaque instant, il lui serait impossible de parvenir à s'approcher de son but.

Elle devrait seulement faire semblant. Continuer de feindre d'être cette autre personne et espérer qu'elle ne se ferait pas tuer.

Très bien, elle tenterait cette ruse du mariage. Et une fois qu'elle aurait activé la pierre, elle le laisserait ici, rentrerait chez elle et vivrait sa vie en ne considérant ceci que comme une folle aventure. Peut-être écrirait-elle un livre ou quelque chose du genre.

Cela apprendrait à Craig à la retenir contre son gré. Après tout, c'était une MacDougall. Donc oui, techniquement, son ennemie. Son grand-père lui avait appris la devise de leur clan : «

conquérir ou mourir ». C'était une devise empreinte de fierté, de force. Deux choses dont elle avait besoin.

— J'accepte, déclara-t-elle en joignant ses mains afin qu'elles ne tremblent pas.

Il hocha la tête d'un air solennel et sérieux, et se remit en marche sur le mur, en silence.

Ce ne fut qu'en sentant son bras se tendre sous sa paume qu'elle prit conscience de ce qu'elle avait fait. Elle s'était laissée tomber dans le piège du mariage. Le piège qui l'avait étouffée, effrayée et rendue malheureuse.

Ce ne serait pas réel, se rappela-t-elle. Ce ne serait pas comme la dernière fois.

Mais tandis qu'elle considérait le beau profil de Craig, elle aimait de plus en plus l'idée de l'épouser. Elle regarda sa bouche. L'embrasserait-il pendant la cérémonie ? Ses lèvres seraient-elles douces ou fermes ? Soudain, ce fut comme s'il n'y avait plus assez d'air dans toute l'Écosse pour qu'elle respire. L'image de lui plaquant ses lèvres sur les siennes, de ses bras autour de sa taille, de lui la portant jusqu'au lit l'envahit. Sa peau se réchauffa et une goutte de sueur coula le long de son échine.

Oh non. Être piégée ici alors qu'elle le détestait et ne désirait que s'échapper était une chose. Qu'il l'attire et qu'elle commence à avoir des sentiments en était une autre.

Ce serait un tout autre piège.

Car si elle tombait amoureuse de ce highlander, jamais elle ne parviendrait à s'échapper sans abîmer son cœur.

CHAPITRE 9

Trois jours plus tard, Amy allait et venait dans l'immense chambre. La matinée était passée à toute vitesse. Elle ne devrait pas être si nerveuse.

Et elle ne l'était pas, se dit-elle. Elle avait simplement peur d'être prise au piège. L'idée qu'elle passerait plus ce temps avec le beau highlander n'y était pour rien.

— C'est simplement l'étape suivante pour atteindre le rocher, se rappela-t-elle. Calme-toi.

Elle prit une profonde inspiration, puis expira. La tension envahit tout son corps. La tension de devoir mentir tous les jours, de marcher sur le fil du rasoir, d'avoir peur de se tromper et de révéler qu'elle ne devrait pas être là. La tension de savoir qu'elle n'était pas l'Amy MacDougall qu'ils croyaient. La tension d'être certaine que leur plan pour empêcher l'alliance entre les MacDougall et le comte de Ross échouerait sans aucun doute.

Et puis il y avait Craig. Elle se surprenait à le chercher, à le fixer quand il n'était pas loin. Il y avait quelque chose chez lui qui la rendait pantelante, qui affolait son cœur.

Elle était une idiote. Certes, elle l'aimait bien, mais elle ne pouvait pas le laisser la distraire de son objectif. Il ne pourrait jamais rien se passer entre eux. C'était un homme bien, et elle était une menteuse. Elle n'était pas à sa place à cette époque, et elle n'y resterait pas longtemps. Elle était une MacDougall et, même si elle était née des siècles plus tard, Craig ne serait jamais avec un membre de ce clan. Le simple nom suffisait à ce qu'il la déteste.

Et il la détesterait encore plus quand il apprendrait sa trahison. Que lui ferait-il ? Il ne la tuerait pas, si ?

Amy baissa les yeux vers sa robe. C'était la plus belle qu'elle avait trouvée dans les coffres ; elle appartenait sûrement à dame Comyn. Elle ne lui allait pas très bien : les manches et la jupe étaient trop courtes, et les épaules un peu trop larges. En outre, dame Comyn avait de toute évidence une poitrine bien plus généreuse que la sienne, car elle avait beaucoup de place dans le corsage. Enfin, ce n'était pas difficile, la plupart des femmes avaient de plus gros seins qu'elle.

Amy se remémora la robe qu'elle avait portée pour son mariage avec Nick. Ils s'étaient mariés après être sortis ensemble pendant un an, et six mois de vie commune. C'était une robe simple et pas chère qu'elle avait commandée sur Internet, une des seules qu'elle pouvait recevoir le lendemain. La jupe lui arrivait au genou, et la robe s'était avérée être comme une robe de plage, ce qui était ridicule pour un printemps dans le Vermont. Mais Amy s'en fichait. La mode ne l'intéressait pas ; la majeure partie de ses vêtements étaient adaptés aux activités d'extérieur. Alors, tant que la robe lui allait, et c'était le cas, Amy était satisfaite. Elle n'avait pas engagé de maquilleuse, n'était pas allée chez le coiffeur.

Elle avait essayé la robe pour Nick ce matin-là, et il avait sifflé comme le loup de Tex Avery.

— Mazette !

Il l'avait prise dans ses bras de façon qu'elle enroule ses jambes autour de sa taille.

— Quelle mariée sexy ! avait-il dit avec son accent texan. À moi.

Puis il l'avait embrassée, lui faisant tourner la tête et lui embrasant la peau. Deux heures plus tard, ils étaient mariés.

Amy avait été étourdie par le pur bonheur d'être avec son âme sœur. Nick, l'homme grand, robuste et généreux qu'elle avait sauvé d'une chute dans les montagnes.

Même avec son âme sœur, cela n'avait pas fonctionné.

Ce n'était pas un con. Il ne l'avait jamais trompée, n'avait jamais été violent. Il avait été formidable. Alors, si elle ne pouvait pas y arriver avec Nick, elle ne le pourrait pas avec quelqu'un d'autre.

Des larmes lui brouillèrent la vue, et elle les essuya rapidement. Autant en finir avec ce truc des mains liées, puis passer à l'étape suivante de son plan.

Quelqu'un frappa.

— Entrez, dit-elle en se frottant les joues.

Hamish ouvrit la porte, un petit bouquet de feuilles d'automne et de prêles dans les mains.

— Allez-vous bien ?

Elle hocha la tête et plaqua un sourire sur ses lèvres.

— Ouais, merci.

— Craig m'a envoyé vous quérir. Ils sont prêts.

— D'accord.

— Vous êtes prête ?

— Oui. Bien sûr.

Elle se redressa et s'approcha de lui. Elle regarda le bouquet.

— Oh, *aye*, c'est pour vous, déclara-t-il en le tendant. Je n'ai pu trouver de fleurs en cette saison. C'est presque l'hiver.

— Pas besoin de fleurs. Ça suffit amplement. Il n'y a pas de femmes à qui lancer le bouquet de toute façon.

Il fronça les sourcils.

— Vous lancez des fleurs aux femmes ? Pourquoi cela ?

Oh zut.

— C'est une tradition que j'ai vue en Irlande. La mariée jette le bouquet aux femmes non mariées, et celle qui l'attrape sera la prochaine à se marier.

Hamish sourit et lui tint la porte.

— Ils sont drôles, ces Irlandais. Je n'avais jamais entendu parler d'une telle tradition.

Ils commencèrent à descendre les marches.

— Êtes-vous marié, Hamish ?

— Moi ? rit-il. Nenni, maîtresse.

— Vous n'avez personne de spécial dans votre vie ?

Hamish lui lança un regard par-dessus son épaule.

— *Aye*, il y a quelqu'un qui m'est cher à la frontière avec l'Angleterre.

— Pourquoi vous ne pouvez pas être ensemble ?

— C'est une longue histoire. Je ne suis point bon pour elle.

— Ce n'est pas vrai. Je suis certaine qu'un jour, vous vous rangerez.

— *Aye*, c'est le but, bien que je ne souhaite me marier. J'ai reçu assez d'ordres dans ma vie. Allez là-bas, faites ceci. J'aimerais acheter des terres et vivre ma vie comme je l'entends.

Ils rejoignirent le rez-de-chaussée, où étaient entreposées les armes et la nourriture. Hamish se tourna vers elle, de la tristesse dans les yeux.

— Trouver une bonne femme qui n'est point mariée n'est pas chose aisée. Craig Cambel a de la chance.

Amy ouvrit la bouche, interdite, mais Hamish s'était déjà retourné pour lui ouvrir la porte.

Dehors, il pleuvait un mélange de bruine et de neige. La cour était comme un marécage. Elle souleva ses jupons et suivit Hamish en direction de la grande salle, entre la tour Comyn et la tour est contre le mur nord.

Quand elle entra, les hommes dans la salle se turent. Les parties brûlées du toit avaient été réparées, bien que piètrement, et de l'eau s'en écoulait dans un tonneau. La grande salle sentait le chaume humide et les bougies en cire chaudes. Elles baignaient la pièce d'une lueur dorée, comme un million de guirlandes lumineuses. Les tables et les bancs avaient été poussés sur le côté, et les guerriers — il devait y en avoir au moins cinquante — formaient un grand ovale en la regardant en silence.

Au bout de l'ovale se tenait Craig, Owen à ses côtés. Craig portait une tunique bleue avec une ceinture à laquelle pendait son épée. Ses cheveux étaient peignés et sa barbe courte fraîchement taillée. Waouh, il avait fait un effort pour elle. Il avait les jambes écartées, l'air solennel, le dos droit, comme s'il était sur le point de prendre part à un sacrement.

Ses yeux étaient sombres, intenses, et ils semblèrent la capturer dans son regard. Étonnement, il n'était pas hostile. Il était...

Admiratif.

Gentil.

Respectueux.

Alors que les hommes s'effaçaient pour la laisser passer, elle traversa l'ovale pour le rejoindre, ses chaussures médiévales plates murmurant contre le sol en bois. Plus elle s'approchait de Craig, plus son corps se réchauffait. Quand elle fut à ses côtés, ses joues étaient en feu et la tension lui nouait douloureusement la gorge.

C'était idiot. Que lui arrivait-il ? Pourquoi transpirait-elle de nervosité ? Pourquoi son cœur battait-il la chamade ?

Craig lui sourit. Il lui sourit. Pour la première fois depuis leur rencontre. Son sourire était doux, chaleureux, tendre.

Elle ne put se retenir de lui sourire en retour et un lien se forma entre eux, comme des fils invisibles.

— Peut-on commencer ? demanda Owen.

— *Aye*, répondit Craig en prenant la main d'Amy.

Amy ressemblait à une fée, la lueur des bougies semblant enflammer sa chevelure rousse et bouclée, ses yeux bleus brillant vivement sous ses longs cils. La robe rouge dont elle était vêtue renforçait l'impression qu'elle était née d'un brasier.

Lorsqu'elle le rejoignit, ses joues étaient écarlates, et il espéra secrètement que c'était parce qu'elle ressentait de l'allégresse ou du moins quelque satisfaction à l'idée de l'épouser.

Un émerveillement inconnu serra la poitrine de Craig. Pourquoi ressentirait-il une telle chose pour une ennemie dont il se servait pour prendre sa revanche ?

Il se rappelait avoir ressenti une chose semblable avant de coucher avec une femme pour la première fois à l'âge de seize ans. Il s'était épris de jolies servantes et filles de fermiers par le passé, mais il n'avait jamais aimé. Il avait toujours fait la différence entre le désir et l'amour.

Il savait qu'il se marierait un jour pour forger une alliance entre son clan et un autre. Pour faire perdurer sa lignée. C'était ce que faisaient les hommes.

Mais il savait également qu'il se pouvait qu'il n'aime pas son épouse. Il se pouvait qu'il n'ait pas confiance en elle comme en son père, ses frères et ses cousins.

Mais son corps était possédé d'allégresse. Il prit la main d'Amy. Elle était froide comme la glace et lui brûla la peau. Quelque chose traversa leurs mains par deux fois. Un lien invisible s'enroula autour de leurs poignets. Qu'était-ce ? Craig se sentit plus fort, plus puissant, plus vivant que jamais.

— Nous sommes réunis aujourd'hui, commença Owen, pour unir Craig Cambel et Amy MacDougall en mariage.

Owen semblait quelque peu nerveux. En temps normal, le chef ou la plus haute autorité du clan menait la cérémonie des mains liées. Dans ce château, c'était Craig. Mais c'était également lui qui se mariait ; il avait donc demandé à Owen, son parent le plus proche au château. Mais on ne faisait plus loin du mariage qu'Owen. Le jeune homme courait les jupons, partait à l'aventure. Craig comprenait que son frère ne se sente guère à l'aise.

— Que ceux qui acceptent cette union disent *aye*, déclara Owen.

— *Aye*, répéta le cercle d'hommes.

Un petit frisson parcourut Craig. Il comprenait à présent pourquoi c'était une part importante de la cérémonie : le soutien des membres de son clan et de ses ancêtres l'aidait à avoir confiance en sa décision.

— Avez-vous des vœux ? demanda Owen.

Craig n'y avait pas songé, mais il devait dire quelque chose. Il tourna Amy vers lui et prit son autre main dans la sienne. Ses yeux étaient écarquillés, l'air vulnérable. Il voulait la rassurer, lui dire que tout irait bien, qu'elle était en sécurité.

— Je promets de vous être fidèle tant que vous serez mon épouse. Je promets de vous protéger comme si vous étiez ma chair et mon sang. Je promets de prendre soin de vous comme un homme prend soin de son épouse. Et je promets de toujours venir à vous si vous avez besoin de moi.

Ses yeux scintillaient... de larmes ?

— Amy ? dit Owen.

— Je... Je promets d'être la meilleure épouse possible. De vous aider comme je peux. Et de... de... de vous être fidèle.

Sa voix était tremblante quand elle avait prononcé le mot « fidèle ». Un pli barra le front de Craig. Il aurait dû s'y attendre. C'était la fille de l'ennemi, après tout.

— Veuillez tendre les mains.

Craig et Amy se tournèrent, tendirent leurs mains jointes, et Owen posa une simple bande dessus.

— Voici les mains qui s'uniront et travailleront ensemble, les mains d'amis et non d'ennemis, les mains d'un homme et de son épouse. Ce sont les mains qui se joindront si elles venaient à se perdre, qui se soutiendront si l'autre a besoin de repos. Ce sont les mains qui auront soin de l'autre et feront l'adieu avant le dernier voyage au royaume des morts.

Alors qu'il prononçait ces mots, il enroulait la bande autour de leurs poignets et leurs poings, puis il fit un nœud au-dessus. Craig aima sentir la peau douce d'Amy, à présent chaude sous la sienne. Elle était tannée, et ses doigts n'étaient pas ceux d'une femme délicate ; ils étaient quelque peu calleux. C'était une main de femme forte, une femme qui faisait les choses par elle-même et n'attendait pas que les autres les fassent pour elle.

Il aimait cela.

— Et avec cette bande, vous êtes à présent mari et femme.

Les guerriers dans la salle tapèrent du pied et les acclamèrent.

— Partagez la boisson du quaich.

Owen prit le récipient à deux anses et y versa l'*uisge*.

— Comme symbole des nombreuses autres choses que vous partagerez.

Il leva le quaich à la bouche de Craig, qui but une gorgée, puis il regarda Amy faire de même, ses lèvres rouges et douces sur le récipient.

— Célébrez votre union par un baiser.

Craig retint le « enfin » qui menaça de franchir ses lèvres. Il regarda les yeux d'Amy, puis sa bouche, que l'eau-de-vie avait gonflée. Oh, combien il la désirait. Mais il ne ferait jamais rien contre son gré.

Il rencontra une nouvelle fois son regard pour demander la permission, pour lui dire qu'il ne l'embrassait que si elle le souhaitait.

Sa poitrine se levait et s'abaissait ; elle respirait vite. Il vit de l'inquiétude dans son regard, mais aussi du désir, puis il s'adoucit et ses lèvres l'appelèrent.

Avec un grognement qu'il ne put contenir, Craig l'amena contre lui de son bras libre et posséda ses lèvres.

CHAPITRE 10

Les lèvres de Craig étaient tel du velours, chaudes et douces, et pourtant, son torse était dur comme la pierre et ardent comme une fournaise. Son cœur martelait vite et fort sous sa paume.

Il sentait la peau propre, le musc masculin et comme les montagnes et la forêt après une pluie d'automne.

Et le baiser...

Oh, le baiser...

Il déclencha une avalanche de picotements et une délicieuse brûlure dans ses lèvres. Il appuya un peu plus fort, ouvrant sa bouche de sa langue. Puis il la fit tendrement glisser contre la sienne, une fois, deux fois. Peut-être s'était-elle entendue gémir. Peut-être était-ce lui, mais la tête lui tournait et son corps entier s'enflammait. Son esprit fut saisi d'un passage à vide, des soupirs et des gémissements et des pensées très coquines l'envahissant.

Des sifflements et des cris emplirent la pièce.

— *Aye*, monte la MacDougall jusqu'à ce qu'elle ne puisse point marcher au matin ! cria quelqu'un.

— C'est s'il a quoi que ce soit pour la monter, dit un autre homme.

De gros éclats de rire jaillirent dans la pièce.

Amy s'éloigna de Craig à la hâte, les joues en feu.

— C'est fini ? demanda-t-elle à Owen. Retirez le ruban, s'il vous plaît.

— *Aye*, répondit Owen avant de regarder Craig.

Amy ignora les yeux de Craig, qui étaient posés sur elle avec une lourdeur semblable à celle du plomb. C'était vraiment une idiote. Ressentir de l'attirance envers lui, le laisser l'embrasser ainsi... Comme si c'était normal, comme si avoir des sentiments pour lui ne compliquerait pas les choses et ne rendrait pas son départ encore plus difficile.

Owen défit le ruban et Amy retira vivement sa main. La chaleur de la peau de Craig disparue, une froideur l'envahit. Ils étaient mariés à présent. Elle était liée à lui. Piégée encore plus profondément dans les Highlands médiévales, parce qu'elle était maintenant liée à un être humain. Et même s'il n'y avait pas d'alliances pour les unir, le souvenir du ruban autour de son poignet était telle une menotte.

Craig soutint son regard un moment, puis opina brièvement du chef. Il se tourna vers ses hommes.

— Un mariage ne peut avoir lieu sans festin, déclara-t-il. Rapportons les tables et les bancs à leur place. Les chasseurs sont déjà revenus avec du gibier qui est en train de rôtir. J'ai acheté pain, beurre et tourtes au village. Vin, cervoise et *uisge* ne manqueront point. Vous autres pouvez vider les tonneaux, je n'en ai cure. Un Cambel a épousé une MacDougall aujourd'hui.

Il regarda Amy et cette fois, elle vit quelque chose semblable à du regret dans ses yeux. Elle eut l'impression de se prendre un coup de poing dans le ventre.

— On ferait bien d'y boire, dit-il.

Craig était un sot. Il avait pensé qu'il serait facile de lui être indifférent. Que ce ne serait que pour un an, et uniquement pour affaiblir l'ennemi.

Mais ce baiser... leurs mains jointes... regarder Amy dans les yeux et voir sa vulnérabilité. La véritable elle.

Craig s'était toujours enorgueilli de ses capacités à lire les gens. Et il sentait qu'elle lui mentait à propos de quelque chose. Il détestait cela, mais le comprenait également, compte tenu du fait qu'elle vivait parmi ses ennemis. Il aurait probablement fait la même chose ; il ferait tout pour protéger son clan.

Mais sous tout cela, il savait qu'elle était une bonne personne. Ses yeux étaient purs, honnêtes. Ils ne mentaient pas. Ils lui avaient montré sa douleur, la peur qui habitait leurs profondeurs. Une panique constante.

Il voulait l'en libérer. Était-il la raison de sa douleur, de sa peur ? Si oui, il détestait lui causer du désarroi. Mais il devrait n'en avoir rien à faire.

Craig grogna alors qu'il tirait l'énorme table avec plusieurs hommes. La grande salle n'était pas décorée pour un mariage traditionnel. Il n'y avait pas de fleurs, elle n'avait été pas nettoyée, et la nourriture n'était pas prête. Il était évident que ce château avait besoin d'une femme.

— Je vais m'occuper de la nourriture, déclara Amy.

Elle se tenait dans le coin, l'air impuissant et un peu perdu, à regarder les hommes faire le plus gros du travail.

— *Aye*, répondit Craig. Merci bien.

Elle hocha la tête sans rencontrer son regard, et sortit. Qu'est-ce qui avait changé ? Il aurait juré que pendant ce baiser, elle avait voulu l'embrasser. Mais alors...

Arrête de prêter attention à ses sentiments, se rappela-t-il.

Mais malgré lui, il avait envie de la satisfaire. Peut-être un sol et des tables propres l'égayeraient-ils.

— Owen, Lachlan, prenez deux hommes et essuyez les tables.

Ils fixèrent leur regard sur lui.

— Vous devez plaisanter, mon cousin, dit Lachlan. C'est une tâche de femme.

— La seule femme ici est mon épouse. Alors, si vous ne

voulez point dîner dans la fange, comme des cochons, pressez-vous et nettoyez.

Renfrognés et marmonnant des jurons, ils s'éloignèrent. Au moins, c'étaient des Cambel et ses parents directs. Il regarda les autres hommes dans la salle. Ils se tendirent, sentant qu'ils recevraient tous des tâches similaires.

— Ne me regardez point ainsi, vous autres. Vous trois, venez avec moi. Nous allons balayer.

Ils le suivirent d'un pas lourd.

Peu après, les ordures avaient été balayées, la cervoise, les miettes et restes avaient été nettoyés des tables et bancs, un feu brûlait dans la cheminée, et même la pluie s'était arrêtée.

Craig, Owen, Lachlan et les autres apportèrent nourriture et boissons de la cuisine : pain, beurre, fromages, et lièvres et volailles rôtis. Puis des tonneaux de cervoise, de vin et d'*uisge* furent apportés des réserves.

Quand tout fut prêt, que la grande salle fut pleine d'hommes assis aux tables, à bavarder et boire, et que l'odeur chaleureuse de viande grillée, de pain frais et de fumée emplit l'air, l'épouse de Craig revint. Elle prit place à son côté à la table au fond de la pièce, près de la cheminée, là où le seigneur et la dame du château siégeaient normalement avec leur famille.

Une famille que Craig n'aurait jamais avec Amy MacDougall. Elle arqua un sourcil en observant la salle.

— Vous avez nettoyé ?

— *Aye*.

Un sourire se dessina sur les lèvres d'Amy.

— Oh. C'est génial ! Merci, Craig.

Il poussa une coupe de cervoise vers elle et elle la prit, la brève caresse de leurs doigts l'enflammant. Ce mariage pouvait le rendre heureux s'il parvenait à rester en paix avec elle, à lui accorder ce qu'elle désirait quand cela lui était possible.

Il se leva de son siège et porta sa coupe haut.

— Vive mon épouse !

Les guerriers le répétèrent. Owen se leva.

— Et vive Craig Cambel ! J'aurais juré ne jamais le voir épouser une MacDougall. Que Dieu lui donne la force de survivre à cette année !

Les hommes rirent, et même Amy sourit et secoua la tête avant de boire. Craig s'assit à ses côtés et la regarda.

— Aimez-vous le comte de Ross ?

Elle toussa dans sa coupe.

— Quoi ?

— Je ne sais pas. Peut-être l'aimez-vous déjà.

— Excusez-moi, mais en quoi ça vous regarde ? Ça vous plairait si je vous posais la même question ? Est-ce que vous aimez une autre femme que moi ?

Craig se pencha en arrière et l'examina attentivement. Elle était tel un fagot d'épines, mais à en juger par la vulnérabilité qu'il avait vue dans ses yeux, ce n'était qu'à l'extérieur.

— Je n'ai point de problème à répondre à cette question, Amy. Je n'ai jamais aimé de femme. Point encore.

Elle se radoucit.

— Pourquoi pas ? Personne n'est assez bien pour l'honorable Craig Cambel ? Tout le monde pourrait vous trahir, vous poignarder dans le dos ?

Il haussa une épaule.

— *Aye*. C'est possible. Je n'ai encore rencontré celle à qui je pourrais confier ma vie et mon âme.

Elle opina de la tête, comme si elle se remémorait quelque chose.

— Et il se peut que vous ne la rencontriez jamais. Oui, si vous ne vous ouvrez pas plus et que vous ne faites pas confiance aux gens, il se peut que vous ne la trouviez jamais.

Il laissa échapper un petit rire.

— L'on dirait une prophétie. Êtes-vous une prophétesse ?

— Non. Mais je sais des choses.

— Fort mystérieux. Dites-moi, quels sont vos talents ? Qu'aimez-vous faire ? La cuisine ? La broderie ? La couture ?

Elle éclata de rire, un rire si doux et magnifique.

— Moi ? De la broderie ? Non, mon ami. Ça ne m'intéresse pas du tout. Je suis douée pour chercher et trouver des gens. Je peux faire les premiers soins, aider des gens qui s'étouffent, recoudre des plaies, panser et réparer des bras et des jambes blessées... ce genre de choses. J'ai bien peur que vous n'ayez pas épousé une petite femme fragile.

Il fut bouche bée, puis la ferma. Elle but une gorgée en souriant. Il n'avait jamais entendu parler d'une femme pouvant trouver des gens perdus. En outre, on dirait qu'elle était médecin. C'était une bonne nouvelle, il n'en avait pas au château.

Mais chercher et secourir des gens ?

— Alors, vous êtes une sorcière ? Comment trouvez-vous les gens perdus ?

— Non, pas du tout. Je suis leur trace. J'utilise la logique, le bon sens. Je sais aussi escalader, nager, ce genre de choses. Mais j'ai aussi besoin d'équipement.

Ce dernier mot lui fit écarquiller les yeux.

— Je veux dire d'outils. Des outils rares. Je ne pense pas que vous en avez ici.

« Équipement » ? C'était un drôle de mot, comme un mot étranger. Ses talents ne firent qu'accroître le respect qu'il lui portait. Elle n'était assurément pas une simple fille de chef de clan. Elle était plus que cela. Bien plus que cela.

— Comment avez-vous appris tout cela ?

Elle venait d'ouvrir la bouche quand un jeune homme entra en courant dans la grande salle, quelque chose en main, et rejoignit directement Craig. C'était Killian, un des plus jeunes garçons de l'armée, qui était resté au château. Il maniait bien l'arc, se rappela Craig. Il était de garde ce soir-là.

Il avait un oiseau dans la main, un pigeon, qui avait une flèche dans la poitrine.

— Mon seigneur, dit Killian. Veuillez m'excuser, mais il me faut vous parler.

Craig se leva et le suivit dans un coin où personne ne pourrait les entendre.

— Ce n'est point un pigeon de chez nous, continua Killian. Je le sais, car nous n'en avons qu'une dizaine, et je les connais tous. Je les nourris tous les jours. Celui-ci est nouveau. Il a ces taches blanches sur la poitrine, vous voyez ? Les nôtres n'en ont pas. Il a été amené récemment. Quelqu'un l'a envoyé de la tour sud. Ce n'est pas notre pigeon ; il appartient donc à quelqu'un d'autre et a été entraîné à retourner à une autre maison. Et vous n'avez reçu de pigeons de la maison Cambel, ou je l'aurais su. *Aye ?*

— *Aye.*

Craig retira la pochette de cuir à la patte de l'oiseau. Elle contenait un papier, qu'il déplia. Le message était formé de lettres mal tracées, comme s'il avait été écrit par un enfant ou quelqu'un qui écrivait peu.

Passage secret point trouvé, disait le message. *Le seigneur est donc en vie. Il a épousé Amy. Envoyez d'autres pigeons. Besoin de plus de temps.*

Un frisson traversa Craig.

Il y avait un traître au château, et ils cherchaient le passage secret.

Quelqu'un voulait le tuer.

La seule personne de sa connaissance qui pourrait vouloir ces choses était sa chère épouse.

CHAPITRE 11

Amy vit les muscles épais dans le dos de Craig se raidir alors qu'il parlait avec l'enfant dans le coin. Craig lui lança un regard sombre. Sa grimace de fureur lui noua l'estomac. Il se dirigea droit sur elle avec une expression qui ferait frémir le diable lui-même.

Elle se figea. Son cœur s'emballa. Ses poumons se contractèrent. Les murs se refermèrent sur elle, comme ils l'avaient fait la nuit, voilà bien longtemps, où son père était venu vers elle tout comme Craig, furieux et puissant. Elle n'avait nulle part où aller.

Quelque chose de terrible était sur le point de se produire.

Il lui empoigna le bras et la tira à sa suite parmi les rires et cris des hommes. Ils sortirent de la grande salle, dans la nuit glaciale où tombait doucement de la neige. La boue de la cour avait gelé et était dure sous leurs pieds. La neige recouvrait l'obscurité d'un manteau gris.

En dehors des voix provenant de la grande salle, il n'y avait pas un bruit. Elle entendait sa propre respiration.

— Où est-ce que vous me traînez comme une malpropre ? grogna-t-elle.

— Il faut que l'on parle, ma très chère épouse. Seuls. Dans notre chambre à coucher.

Il ouvrit la porte de la tour Comyn, où les torches au mur réchauffaient l'air.

— *Notre* chambre ?

Il entama la montée de l'escalier en colimaçon en la tirant derrière lui.

— Mais bien sûr, *notre* chambre. Nous sommes mariés. L'avez-vous déjà oublié ?

Ils passèrent la porte des appartements privés du seigneur au premier étage, puis continuèrent à monter.

— Je ne crois pas que je pourrai l'oublier un jour.

— Bien.

Il ouvrit la porte du deuxième étage. Une chaleur agréable émanait de la cheminée et la chambre était douillette. Soudain, le lit sembla prendre toute la place.

Il ferma la porte et se tourna vers elle.

— Il est bon que vous vous en souveniez, mon amie.

Il s'approcha d'elle, la promesse sombre dans ses yeux la faisant reculer.

— Car ceci, continua-t-il en levant un morceau de papier, suggère que vous pourriez avoir oublié.

— Qu'est-ce que c'est ?

— Oh. Peu de choses. Simplement un message pour votre père à propos de vos regrets de ne m'avoir encore tué.

Amy secoua la tête.

— Pardon ?

Il fit plusieurs pas lents vers elle et s'arrêta si près qu'elle sentait la chaleur de son corps, sa délicieuse odeur masculine, et qu'elle voyait la veine dans son cou palpiter.

— Vous voulez me tuer. N'est-ce pas, Amy ? C'est la parfaite occasion pour votre clan. Vous êtes proche de moi.

La gorge d'Amy fut tout à coup sèche. Elle s'efforça de ne pas laisser le tremblement de ses doigts transparaître dans sa voix.

— Je ne veux pas vous tuer, Craig.

— Hum.

D'un mouvement rapide, il saisit sa dague et la lui tendit, le manche vers elle. Les flammes de la cheminée se reflétaient sur la longue lame tranchante.

— Voyons voir cela, alors.

Il posa la pointe sur son cœur. Le ventre d'Amy se contracta.

— Prenez-la. Tuez-moi. Immédiatement.

— Craig…, commença-t-elle d'une voix tremblante.

— Votre tâche sera accomplie. Votre père sera en joie. Vous pourrez épouser le comte de Ross.

Elle secoua la tête. Sa poitrine était tellement serrée qu'elle peinait à respirer.

— Arrêtez ça tout de suite ! Je ne veux pas vous tuer.

Il laissa retomber ses bras et rangea la dague à sa ceinture.

— Oh non, attendez. Vous ne pouvez me tuer pour le moment. Vous cherchez encore quelque chose, n'est-ce pas ? C'est pour cela que je suis encore en vie, *aye* ?

— Je n'attends rien de vous, excepté ma liberté.

Craig éclata de rire.

— Vous savez bien faire semblant. *Aye*, c'est le sang MacDougall, c'est ainsi.

Il s'éloigna et la toisa.

— Alors vous le niez ? Vous niez avoir écrit ceci ?

Il tendit le papier, mais il était trop loin pour qu'elle puisse lire la petite écriture.

— Je n'ai rien écrit, et je n'ai certainement pas envoyé ça. Je ne veux pas vous tuer, ni qui que ce soit d'autre.

— Pourquoi voulez-vous avoir accès à tout le château, Amy ? Y a-t-il quelque chose de *particulier* que vous cherchez ?

Le corps d'Amy se pétrifia, et elle expira pour se détendre. Que savait-il ? Se doutait-il qu'elle cherchait le rocher ? Avait-il connaissance de son existence ? S'il pensait qu'elle était une sorcière ou quelque chose du genre, il la tuerait, c'était certain. Ou il l'enfermerait dans un endroit sombre pour toujours… Un frisson la parcourut et elle se dirigea vers la cheminée pour se réchauffer.

Ressaisis-toi, s'ordonna-t-elle. *Il ne va pas te renfermer. Pas encore.*

Elle se retourna vers lui, la tête haute et les épaules droites.

— Je n'ai pas la moindre idée d'où vient ce message, de ce qu'il contient et de qui l'a écrit. Je ne veux pas vous tuer. Je ne suis pas une meurtrière, je sauve la vie des gens, bon sang. Et je sais que vous ne me faites pas confiance, vous n'avez aucune raison de le faire, et je ne sais pas comment prouver mon innocence. Mais je n'ai rien à voir dans tout ça.

Son regard intense et pénétrant sembla la transpercer, comme s'il pouvait voir sous sa peau. Elle soutint son regard, bien que ses yeux la brûlent et qu'elle ait envie de les cligner.

Puis il sourit, et une vague de soulagement la traversa.

— Peut-être n'était-ce point vous. Ce serait trop simple. Mais cela ne veut pas dire que vous n'êtes point impliquée. Je me montrerai encore plus prudent. Nous dormirons ensemble dans cette chambre, car nous sommes mariés à présent. Et parce qu'il me faut savoir ce que vous faites, et avec qui. Je vais vous surveiller, Amy. Compris ?

Elle soupira.

— Ce n'est pas difficile à comprendre. Mais si vous dormez ici, vous ne pouvez pas dormir dans le lit. Compris ?

— Nous sommes mari et femme. Je suis en droit de vous prendre. Vous m'appartenez.

Le sol trembla sous ses pieds et de la chaleur l'envahit.

— N'y comptez pas. Vous avez promis de ne rien me faire contre mon gré. Je n'ai pas donné de permission pour du sexe. Je ne veux pas de vous, vous m'entendez ?

Le visage de Craig se rembrunit.

— *Aye*, Amy.

Il s'éloigna, puis se tourna un instant.

— Ne vous inquiétez pas. Je ne vous toucherai point. Ni aujourd'hui. Ni jamais.

Il quitta la pièce, la laissant pantelante... et étrangement déçue.

CHAPITRE 12

Amy ne retourna pas à la grande salle, et son siège sembla vide à côté de Craig. À vrai dire, c'était lui qui se sentait vide. Son esprit était loin, avec elle, dans la tour, et non dans l'instant présent. C'était leur nuit de noces. Ils étaient censés consommer leur mariage.

Et son épouse ne voulait pas le voir. C'était exactement ce à quoi il devait s'attendre. Et il devrait ressentir la même chose.

Alors pourquoi son rejet le blessait-il ?

Et pourquoi, une coupe d'*uisge* dans les mains, n'avait-il en tête que de remonter dans la chambre à coucher, l'embrasser et la posséder ? Un frisson de désir le parcourut alors qu'il imaginait Amy nue sous lui, cambrée, la tête penchée, sa délicieuse bouche ouverte tandis qu'elle gémissait son nom.

Craig secoua la tête. Quel idiot il était. Aveuglé par les ruses d'une MacDougall. Il désirait son ennemie, quelqu'un qui voulait sa mort.

Très probablement.

Ou quelqu'un d'autre, parmi ses hommes, voulait sa mort. Cette idée ne fit qu'assombrir encore plus son humeur. Buvant son *uisge*, il parcourut la grande salle du regard, examinant chaque homme.

L'un d'eux pouvait être un traître à la recherche du passage secret et voulant le tuer. Il aurait pensé pouvoir faire confiance à ses hommes et à ceux de ses alliés. De toute évidence, il se trompait.

Était-ce Amy qui complotait sa mort ?

Cela restait possible. Il en avait été certain avant. Mais elle avait semblé si sincèrement surprise, et même en colère quand il l'avait accusée qu'il l'avait crue un instant. Cependant, cela pourrait n'être qu'un subterfuge. Pouvoir l'atteindre la nuit, pendant qu'il dormait, sans gardes, était peut-être bien la raison pour laquelle elle l'avait épousé. Ou elle pourrait projeter d'empoisonner sa nourriture.

Tout comme n'importe quel homme dans le château, se rappela-t-il. Il n'était pas convaincu qu'Amy avait envoyé le message. Il ignorait également l'identité du traître.

Ce n'était pas Owen, Lachlan, ni aucun autre Cambel. Aucun d'eux n'avait de contact avec les MacDougall, ni de raison de le trahir. Du moins, il n'en voyait aucune. À moins que ce ne soit quelqu'un à qui il ne songerait pas ; un Cambel avec des liens avec le clan ennemi.

Il vit Lachlan assis à la même table qu'Owen et les autres Cambel. Les hommes riaient, leur tablée bruyante et animée.

Craig avait toujours connu Lachlan. Ils avaient le même âge, et pendant un temps, sa famille s'était occupée de Lachlan alors que leurs pères se battaient au sud. Il était maintenant *tacksman*[1] sur les terres Cambel, et était aussi loyal envers le clan que les autres. Craig n'aurait jamais soupçonné Lachlan de pouvoir se montrer perfide, mais...

L'une de ses grands-mères était une MacDougall. Oui, du côté de sa mère. Non ?

Craig rejoignit la table et toucha l'épaule de Lachlan.

— Lachlan, pouvons-nous converser ?

L'homme se leva.

— *Aye*, mon cousin.

Ils se dirigèrent vers la table de Craig, où personne n'était assis.

— Qu'y a-t-il ? Pourquoi n'êtes-vous pas avec votre épouse, à réchauffer son lit ?

Craig resta silencieux un moment, observant son visage. Ses yeux marron étaient troubles et rouges, ses paupières lourdes, son expression insouciante.

Comment pouvait-il être un traître ? Depuis que Craig le connaissait, il avait toujours été incroyablement honnête.

— Cela n'a point d'importance. Écoutez, étiez-vous proche de votre grand-mère ?

— J'étais proche des deux.

— La MacDougall.

— *Aye*, grand-mère Coline. Elle est morte quand j'étais encore tout petit. Je me rappelle encore ses galettes d'avoine au miel, cependant. Je ne la voyais pas souvent. Ils vivaient loin. Vous est-elle apparue ?

Craig ne pouvait révéler à personne que le pigeon avait été intercepté. Le traître devait l'ignorer. Ainsi, il ne serait pas nerveux, et Craig pourrait l'observer. Il avait dit à Killian de garder le silence à propos du message ou bien il mettrait en danger le château entier. Le garçon avait compris. Craig avait vu la détermination, le poids du secret sur son visage.

— Comme j'ai épousé une MacDougall, je me disais que vous en connaissiez peut-être. Vous êtes-vous déjà rendu à leurs réunions ? Avez-vous rendu visite à la famille de votre grand-mère ?

Craig détestait devoir mentir à un membre de son clan.

— Une ou deux fois quand elle était encore en vie. Quelques cousins nous ont aussi rendu visite, je crois.

— Êtes-vous toujours en contact avec eux ?

Le visage de Lachlan se rembrunit.

— Non. Je ne sais où ils sont ni ce qu'ils font. Et je ne veux point le savoir. Pas après ce qu'Alasdair a fait à Marjorie. Avez-vous besoin de quelque chose des MacDougall, cousin ? Dites-le-moi, et je trouverai ces fumiers.

La culpabilité poignarda Craig. Lachlan semblait complètement innocent, honnête, et n'avoir aucune idée de ses soupçons. Un parent qu'il avait connu toute sa vie serait-il capable d'une telle trahison ?

Après avoir perdu son grand-père et vu ce que les MacDougall avaient fait à Marjorie, Craig avait juré de ne plus jamais être si naïf et confiant, de ne jamais laisser un autre MacDougall les trahir, sa famille et lui.

Il ne pouvait simplement pas se permettre de faire entièrement confiance à Lachlan. En vérité, il ne pouvait faire confiance à personne.

— Non, pas maintenant, mon cousin.

Craig lui serra l'épaule.

— Je vous demanderai de nouveau si besoin se fait. C'est bon à savoir.

— *Aye*. Permettez-moi de vous féliciter pour votre mariage et de vous souhaiter de nombreuses années de bonne santé et de bonheur.

Il prit deux coupes sur la table, en donna une à Craig et la fit s'entrechoquer avec la sienne.

— Buvons.

---

1. Souvent un proche parent du seigneur, auquel il paye une rente pour les terres qui lui sont allouées, le *tacksman* l'assiste dans l'administration des terres du clan.

CHAPITRE 13

Le lendemain matin, Amy se réveilla avec des maux de tête et des crampes d'estomac. Elle avait ses règles. Heureusement qu'elle avait des tampons dans son sac. Comment faisaient les femmes au Moyen-Âge? Elle n'avait personne à qui demander, et elle ne poserait certainement pas la question à Craig.

Il était venu dormir dans leur chambre la veille, mais il ne l'avait pas rejointe dans le lit. Il avait dormi près de la cheminée, avec des peaux de mouton et des fourrures en guise de couvertures. Il était parti avant qu'elle se réveille, lui laissant de l'intimité pour s'habiller. D'une certaine manière, l'avoir dans la chambre avec elle avait été réconfortant. Elle était une étrangère ici, pas seulement d'un autre continent, mais aussi d'une autre époque...

Elle se sentait seule.

Elle avait l'habitude d'être seule dans le Vermont, mais c'était différent. Elle ne pouvait pas être elle-même. Tous les jours, elle faisait semblant. Elle surveillait ce qu'elle disait et faisait.

Mais c'était un nouveau jour, et elle devait simplement s'approcher un peu plus du rocher dans la réserve. S'approcher un peu plus de ce qui lui permettrait de partir. C'était d'autant plus important maintenant que Craig pensait qu'elle voulait le tuer!

Il y avait donc un tueur dans le château, quelqu'un qui ne plaisantait pas... Et c'était l'œuvre de son clan, enfin, de ses ancêtres. Ce qui signifiait que Craig courait un grave danger.

Elle voulait l'aider, mais que pouvait-elle y faire ?

Ce n'était pas sa vie, et ce n'étaient pas ses affaires. Ses affaires étaient à son époque : aider Jenny, s'assurer qu'elle ne se sentait pas abandonnée et seule pour s'occuper de leur père. Amy ferait bien de se tirer d'ici dès que possible.

Elle était à présent l'épouse de Craig et la dame du château ou peu importe le nom. Elle devait donc s'occuper du ménage. L'excuse parfaite pour se rendre à la réserve souterraine, pour voir ce qu'il y avait de disponible pour les repas.

Elle traversa la cour en direction de la tour est. Ouvrant la porte, elle se figea. Deux gardes étaient postés devant l'entrée de la cave.

Pourquoi Craig posterait-il des gardes ici ? Que protégeaient-ils ? Sûrement pas le rocher...

L'un d'eux lui adressa un signe de tête tout en l'observant attentivement.

— Maîtresse.

— Bonjour, messieurs.

Elle se mordit la lèvre. D'après leurs expressions déconcertées, ce titre n'était pas approprié. Peu importe, pensa-t-elle.

Épaules droites, menton relevé, continue de faire comme si tu savais ce que tu fais.

— Il me faut voir ce qu'il y a dans la réserve souterraine, pour prévoir les repas.

Ils se regardèrent en fronçant les sourcils.

— Immédiatement.

— Nous ne pouvons vous laisser passer, maîtresse, répondit l'un d'eux. Le seigneur a été très strict à ce sujet.

— Vous voulez bien manger ou vous voulez continuer à faire rôtir des écureuils et à manger des galettes d'avoine dures ? Que diriez-vous d'avoir du pain frais, du beurre et un bon ragoût chaud ? J'ai entendu dire que l'hiver approche.

L'autre garde déglutit.

— Nous ne pouvons vous laisser entrer qu'avec le seigneur, maîtresse.

Amy grogna d'exaspération, puis se détourna pour se rendre dans la cuisine.

— Le seigneur ci, le seigneur ça, marmonna-t-elle. On va voir ça.

Toutefois, elle aussi en avait assez de manger n'importe quoi. Et elle voulait aider. Elle avait donc hâte de mettre un peu d'ordre dans ce ménage.

Elle s'occupait déjà du centre de sauvetage local dans le Vermont et avait huit personnes dans son équipe. Cela ne devait pas être beaucoup plus difficile. Et ce serait bien moins dangereux : aucune vie ne dépendait d'elle. À moins qu'elle n'ajoute un champignon vénéneux au ragoût par accident... Mais elle se faisait fort de ne pas rendre les gens malades.

Elle entra dans la cuisine, encore sale après le repas de la veille. Elle avait besoin d'une équipe de cuisiniers et d'une pour faire le ménage. Comme Craig avait renvoyé les professionnels, elle devait recruter des hommes du château. Il vaudrait sûrement mieux faire en fonction de leur expérience. Nombre d'entre eux savaient probablement cuisiner, mais elle doutait qu'ils aient envie de faire le ménage.

Elle devrait organiser des rotations, afin que tout le monde se partage les corvées. Sinon, ils devraient être payés ou recevoir une sorte de récompense.

La cuisine était immense, située dans un bâtiment en bois séparé du reste. D'un côté, il y avait une énorme cheminée avec un gros chaudron accroché à une chaîne. Au milieu se dressait une imposante table en bois couverte d'épluchures de légumes et de restes de viande de la veille.

Ah, les hommes, pensa Amy.

Il n'y avait évidemment pas d'eau courante, elle devrait donc envoyer régulièrement quelqu'un au puits dans la cour. Mais heureusement, il y avait une évacuation pour l'eau sale : un simple trou dans le mur menant au caniveau du château.

Des paquets d'herbes pendaient au plafond. Quand elle était arrivée, il y avait du poisson en train de sécher près et dans la cheminée, mais il avait disparu.

Un four en pierre se trouvait en face de la cheminée. Amy avait vu des hommes s'en servir pour faire cuire du pain et des tourtes. Malheureusement, elle ne savait pas préparer ces choses-là. Sa mère en faisait dans la cuisine de la ferme. Amy l'aidait, mais cela faisait tellement longtemps qu'elle avait oublié comment faire. Elle ne cuisinait pas beaucoup non plus. D'habitude, elle mettait une pizza surgelée dans le four ou un plat préparé dans le micro-ondes. Elle devait se rappeler comment préparer de la vraie nourriture.

Bon. Elle se rendit dans le cellier au fond de la cuisine. Il y faisait frais ; le temps s'était grandement rafraîchi depuis son arrivée, ce qui aidait les choux, les poireaux, les oignons, et les pois séchés à se préserver plus longtemps, supposa-t-elle. Il n'y avait pas de pommes de terre, de tomates, ni de carottes. Elle vit des prunes, des pommes et des poires, mais elles commençaient déjà à pourrir. Elle remarqua également du fromage et des pots de beurre très salé, sûrement pour le conserver. Il y avait des sacs de farine contre le mur. Ayant grandi dans une ferme, elle se souvenait de l'odeur du blé, et elle savait que ce n'en était pas. C'était probablement de l'avoine, de l'orge ou du seigle.

De la viande et du poisson fumés étaient suspendus au plafond, et des œufs reposaient dans un panier. Elle était allée nourrir les poules, qui vivaient dans un enclos dans l'écurie, probablement pour leur tenir chaud.

Amy se rappelait s'être occupée des poules et des oies à la ferme. Ils avaient même des vaches et des chevaux. Elle adorait les animaux et avait voulu devenir vétérinaire. Mais après une année à l'école vétérinaire, elle avait su que ce n'était pas pour elle. Travailler avec des gens lui manquait.

Il y avait également de petits pots avec des épices — de la

cannelle, du gingembre, et du poivre —, sans aucun doute importées et très chères. Elle vit de petits sacs de sel sur l'étagère. Dans le coin se trouvait une boîte avec du vinaigre. Elle pourrait s'en servir pour nettoyer les surfaces, peut-être même des blessures si besoin. Il y avait aussi de la levure, pour le pain et la cervoise, sans doute.

Voilà donc son petit royaume.

Que pouvait-elle faire ? Elle ne pouvait manifestement pas cuisiner pour tout le château toute seule. Craig avait mentionné qu'ils étaient une centaine. Quelqu'un devrait faire du pain, car elle ne savait pas le faire. Elle serait sans aucun doute plus douée et efficace pour préparer des ragoûts et des soupes. Elle jetterait simplement de la viande et des légumes dans cet énorme chaudron, peut-être même un peu d'avoine pour épaissir le tout. Si cela ne suffisait pas à nourrir une centaine de personnes pour une journée, elle ignorait ce qui pourrait suffire.

Elle pourrait faire rôtir la viande que les hommes chassaient, et faire des ragoûts avec le poisson qu'ils pêchaient. Quelqu'un devrait l'aider pour éplucher, couper et laver les légumes, pétrir la pâte pour le pain et les tourtes, et faire le ménage.

Elle devrait discuter avec Craig pour confier ces tâches à diverses personnes. Sortant de la cuisine, elle percuta un corps dur comme la pierre et faillit perdre l'équilibre. L'homme de haute taille la stabilisa, lui empoignant les bras.

— Attention, dit Hamish.

Amy s'éloigna rapidement.

— Bonjour. Vous venez déjeuner ?

— *Aye*. La tête me fend après le festin d'hier. Un petit quelque chose pour faire passer la faim conviendrait.

— Eh bien, je cherchais justement Craig afin qu'il puisse envoyer des gens travailler à la cuisine. Il me faut des boulangers, des cuisiniers, un boucher...

— Je peux vous aider. Je suis de garde à la tour sud après le dîner, mais je peux vous aider pour le moment.

Elle avait appris que « dîner » désignait le repas du midi pour eux, et que « souper » était ce qu'elle appellerait « dîner » : le repas du soir.

— Eh bien, j'apprécie votre aide, Hamish. Savez-vous faire du pain ?

— *Aye*. J'ai grandi dans une ferme. Je sais cuisiner et boulanger.

Quelque chose se réchauffa en elle.

— Vous aussi vous avez grandi dans une...

Oh zut. Elle se tut. La vérité avait failli lui échapper. Elle ne savait pas faire semblant.

— Je veux dire, comme beaucoup de gens. Vous avez grandi dans une ferme, c'est génial !

Il plissa ses yeux sombres, l'étudiant. Pendant quelques instants, ils furent habités d'un air froid et soupçonneux. Elle rit nerveusement.

— Ce serait génial si vous pouviez commencer à vous occuper du pain. Savez-vous où est Craig ?

Il hocha lentement la tête.

— *Aye*. Je l'ai vu près de la tour est.

— Génial. Merci, Hamish.

Elle lui adressa un signe de tête en souriant. Alors qu'elle s'éloignait aussi vite que possible, elle sentit ses yeux dans son dos.

CHAPITRE 14

LE LENDEMAIN...

— Fergus, pouvez-vous mieux éplucher les panais, s'il vous plaît ? Regardez, il reste encore beaucoup de peau dessus, dit Amy.

Fergus, l'un des deux guerriers d'âge moyen qui l'aidaient, arrêta d'éplucher le panais et lui lança un regard dur sous ses sourcils.

Elle avait organisé la cuisine comme une chaîne de montage. Elle ignorait comment on travaillait dans les grandes cuisines, mais son bon sens lui disait qu'ils seraient plus rapides et efficaces si chaque personne s'occupait d'une chose, comme l'avait imaginé Henry Ford. L'un lavait, l'autre épluchait et Amy coupait. L'un des hommes plus âgés s'occupait du gibier que les chasseurs avaient apporté. Les deux autres, un adolescent et un autre homme d'âge mûr, pétrissaient la pâte et faisaient du pain.

— Vous voulez dire comme ça, maîtresse ?

Il lança le panais à moitié épluché sur Amy. Au lieu d'atterrir sur la planche à découper ou à côté, il frappa Amy en pleine tête. Les hommes reniflèrent avant d'éclater de rire. Des larmes brûlaient les yeux d'Amy, mais elle ignora la douleur. Plutôt mourir que de laisser ces abrutis la voir pleurer.

Le panais roula par terre vers Fergus. Affichant un masque impassible, Amy souffla sur une mèche de cheveux devant ses yeux, puis la repoussa du revers de la main.

— Ramassez le panais, Fergus, et finissez le travail, s'il vous plaît.

Il soutint son regard un moment, puis se tourna vers Angus, debout à ses côtés en train de laver des légumes dans une grande casserole.

— Connaissez-vous l'histoire de Kenneth MacDougall, qui a couché avec une chèvre, car il croyait que c'était son épouse ?

De la rage s'enflamma en Amy et ses joues devinrent écarlates.

— Nenni, répondit Angus.

— *Aye*, c'était parce que la chèvre sentait tout comme elle.

Les rires des cinq hommes emplirent la cuisine. Les mains sur les hanches, Amy dardait sur eux un regard glacial.

— Très intelligent et très drôle, Fergus, dit-elle quand ils finirent de rire. Maintenant, finissez d'éplucher le panais, ou bien je l'enfoncerai dans la partie de votre corps où vous aimeriez le moins le sentir.

Le sourire de Fergus s'effaça.

— Ne me menacez pas, maîtresse. Ce n'est point vous qui me commandez. Plutôt mourir que suivre les ordres d'une MacDougall. Je ne réponds qu'à mon seigneur.

Amy se redressa.

— Eh bien, votre seigneur vous a dit de travailler dans la cuisine sous mes ordres.

— Il a dit de travailler dans la cuisine, alors je travaille dans la cuisine. Il n'a dit mot à propos de satisfaire la petite MacDougall rousse.

Il poussa le panais de sa botte et il roula en direction d'Amy.

— Maintenant, finissez d'éplucher vous-même si vous n'aimez guère mon travail. Ou trouvez-vous un autre cuisinier.

Son ton se fit plus dur sur le dernier mot, puis il se remit à éplucher les panais. Les hommes lancèrent des regards sombres à Amy et reprirent leur travail tandis qu'elle restait interdite et furieuse.

Elle était sur le point de ramasser le panais et d'accepter sa défaite face à son personnel quand un mouvement attira son attention : Craig.

Il entra, semblant prendre toute la place dans la pièce. Amy eut le souffle coupé, oubliant la colère et l'indignation causées par Fergus. Les cheveux de Craig étaient un peu humides et collés à son front... Avait-il pris un bain ? L'image de son corps nu, humide, grand, dur...

Oh, elle était comme une écolière à être en pâmoison à la vue d'un bel homme.

Il rencontra son regard, puis baissa les yeux vers ses lèvres.

— Tout va bien ?

Tout irait bien tant qu'il la regardait ainsi.

— Oui.

Fergus et les autres ne levèrent pas la tête et s'affairèrent à leurs tâches. On aurait dit des écoliers surpris en train de faire des bêtises. Enfin, Fergus venait de comparer l'*épouse* de son seigneur à une chèvre. Si elle le voulait, Amy pourrait le faire sévèrement punir. Mais elle ne le ferait pas. Elle ne les dénoncerait pas, peu importe à quel point leur comportement était désagréable. Mais cela ne voulait pas dire qu'elle ne pouvait pas lui donner une bonne leçon.

— Je ne sais pas, dit-elle en posant un regard appuyé sur Fergus. Tout va bien, Fergus ?

L'un des yeux de l'homme tressauta et ses narines se dilatèrent, mais il continua à éplucher le panais.

— *Aye*, maîtresse, marmonna-t-il. Pourquoi cette question ?

— Il me semble que vous avez promis de finir d'éplucher le panais que vous avez laissé tomber. N'est-ce pas ?

Fergus la foudroya du regard, sa mâchoire se crispant.

— À moins que j'ai mal compris votre plaisanterie sur la chèvre MacDougall ? insista Amy.

— Quelle plaisanterie ? demanda Craig.

Un rictus rancunier courba les lèvres de Fergus. On aurait dit qu'il était sur le point de cracher sur Amy.

— Non, vous avez bien compris, maîtresse, finit-il par dire avant de ramasser le panais.

Satisfaite, Amy hocha la tête. L'autorité militaire était la même au Moyen-Âge. Ils respectaient manifestement Craig.

— Très bien, dit Amy. Je suis contente qu'on se comprenne.

Elle se tourna vers Craig.

— Que voulez-vous ?

Toujours perplexe, Craig parcourut la cuisine du regard.

— J'ai besoin de votre aide. Vous avez dit avoir des talents de médecin.

— Enfin, je ne suis pas vraiment médecin, je sais simplement administrer les premiers soins...

Mince, cela ne voulait sûrement rien dire pour lui.

— Euh, oui, j'ai de l'expérience en médecine. Quelqu'un est blessé ?

— *Aye*. Premiers soins ou pas, vous êtes ce que nous avons de mieux. Vous feriez bien de venir avec moi.

Amy opina du chef, retira son tablier et le posa sur la grande table.

— Angus, remplacez-moi pour couper les légumes jusqu'à mon retour.

— *Aye*, maîtresse.

Craig s'effaça, son odeur chaleureuse et masculine l'enveloppant et emballant son cœur quand elle passa près de lui.

— Qu'était cette plaisanterie à propos d'une chèvre ? demanda-t-il lorsqu'ils furent dans la cour.

L'air froid mordit les joues et le nez d'Amy, lui rappelant que l'hiver approchait. Des gens bavardaient doucement dans la cour, et une petite foule était rassemblée devant les portes.

— Rien qui ne vaille la peine de vous inquiéter, mentit Amy.

Tout est sous contrôle. Ils ne sont pas en joie de devoir couper des légumes, mais il faut bien le faire, non ?

— *Aye*.

— Qui est blessé ?

— Une enfant, un problème au bras. Les villageois sont venus demander de l'aide. Pouvez-vous faire quelque chose ?

— Je l'espère.

Amy avait suivi une formation avancée en secourisme ; elle pouvait sécuriser des fractures, apporter des soins simples à une brûlure, arrêter une hémorragie jusqu'à l'arrivée de l'ambulance, mais elle n'était certainement pas une professionnelle de la médecine.

La petite foule consistait d'une dizaine de personnes, des hommes et des femmes de tous âges. Ces dernières portaient de longues robes de laine foncée et des chapeaux en linge blanc, tandis que les hommes avaient d'épaisses vestes rembourrées et des pantalons en laine. Ils regardèrent Craig et Amy avec méfiance alors qu'ils approchaient. Une jeune fille d'une dizaine d'années était assise dans une charrette tirée par un poney. Un homme plus âgé était assis à ses côtés, un bras autour de ses épaules. La jeune fille avait un bras autour de sa taille et affichait une grimace de douleur.

Amy se précipita vers elle, les gens l'observant d'un air circonspect.

— Hé, ma chérie. Je m'appelle Amy, Amy Mac...

— Amy Cambel.

Craig redressa le menton.

Amy *Cambel*...

Comment pouvait-il la mettre ainsi sous son joug, la revendiquer en public ? La poitrine et le ventre d'Amy se serrèrent à tel point que cela devint douloureux. Peu auparavant, elle avait été Amy Johnson, et voilà comment cela s'était terminé. L'espace d'un instant, elle ne parvint pas à respirer, et elle dut se forcer à inspirer, puis à expirer.

— C'est mon épouse, expliqua Craig.

Oublie Craig. Concentre-toi sur la petite fille qui a besoin d'aide.
Elle s'occuperait de Craig plus tard.

— Bonjour, maîtresse. Êtes-vous médecin ? demanda l'homme qui tenait la petite fille.

Amy sourit, frottant une main contre sa jambe pour l'empêcher de trembler.

— Eh bien, pas exactement. Mais je sais guérir certaines blessures. Je pourrais peut-être aider votre...

— Petite-fille. Je m'appelle Erskine. Nous venons du village plus haut sur la rivière Lochy. Nous avons entendu des rumeurs disant que les Comyn n'étaient plus ici et nous voulions voir de nos propres yeux à qui nous payons notre rente. Et Caoimhe[1] est tombée et s'est blessée au bras. Le médecin étant parti, nous sommes venus demander si le nouveau seigneur en a un.

Amy opina de la tête.

— Je vais voir ce que je peux faire. Caoimhe, pourquoi ne viendrais-tu pas avec moi à l'intérieur pour que je puisse examiner ton bras ? Il fait trop froid pour que tu te déshabilles ici.

— Merci, maîtresse, répondit la petite fille.

Amy l'aida à descendre de la charrette. Au lieu de porter une veste, elle était enveloppée dans deux manteaux pour adulte. Craig et Erskine les suivirent jusqu'à la grande salle, où la cheminée apporterait assez de chaleur et de lumière pour qu'elle puisse jeter un coup d'œil à son bras.

— Je ne voulais lui blesser encore plus le bras en le passant dans une manche, expliqua Erskine.

— Vous avez bien fait, répondit Amy. Caoimhe, ma chérie, pourquoi tu ne m'expliquerais pas ce qui s'est passé ?

— Des garçons me poursuivaient. Je suis montée dans un arbre et je suis tombée...

Elle pourrait donc s'être cassé le bras. Les fractures étaient difficiles. Si elle s'était brisé un os — ou pire encore, s'il s'était fracturé en plusieurs endroits —, Amy ne pourrait pas faire

Elle pourrait lui mettre une attelle et faire
, mais elle ne pourrait garantir une bonne

-ce que ça fait mal ?

épaule, maîtresse. Je ne peux bouger mon bras.

Ils s'installèrent devant la cheminée, et Amy retira les manteaux de la jeune fille. Même sous sa robe simple, Amy voyait l'angle étrange de son épaule. Cependant, elle ne saignait pas, ce qui était bon signe. Amy palpa son épaule et son bras pour s'assurer qu'il n'y avait pas de fracture.

Elle soupira de soulagement.

— Bonne nouvelle, pas de fracture, seulement une luxation. Je vais la remettre en place.

Les yeux de Caoimhe s'écarquillèrent de peur.

— Ça ne fera mal qu'un moment, ma chérie, expliqua Amy. Puis la grosse douleur s'arrêtera, mais tu auras encore mal un moment, et tu devras porter une écharpe et ne pas bouger ton bras pendant quelques semaines. Et tu ne devras surtout pas grimper aux arbres.

Caoimhe se tendit et s'éloigna un peu.

— Écoute, ma chérie. Tu es courageuse, n'est-ce pas ? Une fille des Highlands qui monte aux arbres... Je sais que tu as un peu peur, j'aurais peur aussi à ta place. Mais tu es en sécurité. Ton grand-père est là. Je suis là. Et regarde ton nouveau seigneur, Craig Cambel. As-tu déjà vu de plus grand guerrier ? Tu crois qu'un homme comme ça laisserait quoi que ce soit t'arriver ?

Caoimhe lança un regard vers Craig, et Amy fit de même. Il avait le dos droit et raide, et un rose à peine visible lui était monté aux joues. Il regardait Amy d'un air stupéfait et déconcerté. Leurs regards se croisèrent un instant, et quelque chose passa entre eux, comme un accord, de l'adoration, et comme un baiser chaleureux une froide soirée d'hiver.

— *Aye*, maîtresse, répondit Caoimhe. Faites-le. Je suis prête.

Amy hocha la tête et lui sourit, bien qu'elle se sente nerveuse.

En temps normal, elle laissait les ambulanciers s'occuper ...
luxations. Mais il arrivait parfois que les muscles et les vaisseaux
sanguins commencent à s'atrophier avant qu'une ambulance ne
soit disponible. Amy avait fait cela trois fois : deux pendant une
tempête et une à un endroit où il n'y avait pas de réseau. Cela
s'était toujours bien passé, mais il était quand même possible
qu'elle tire trop fort ou dans le mauvais sens, et qu'elle fasse plus
de mal que de bien.

Elle devrait faire attention.

— Très bien, ma chérie, il faut que tu t'allonges sur la table.
Craig, pouvez-vous pousser le banc, que je puisse accéder à son
épaule ?

— *Aye*.

Il retira le banc et approcha la table de la cheminée.

— Merci, dit Amy. Caoimhe, Craig va t'aider à monter sur la
table. Allonge-toi sur le dos de façon que ton épaule soit
vers moi.

Caoimhe s'exécuta. La chaleur devrait aider ses muscles à se
détendre ; plus longtemps l'épaule resterait luxée, plus ils seraient
raides.

— Je vais te prendre le bras maintenant.

Il était important de dire au blessé ce qu'on lui faisait. Amy
lui prit le bras et le mit dans une position droite. Lentement, elle
le tourna jusqu'à ce qu'il soit à quarante-cinq degrés par rapport
au flanc de la jeune fille. Sans changer l'angle, Amy lui empoigna
la main et tira fermement. Une fois le muscle assez détendu, la
tête de l'humérus devrait se remettre dans la glène de l'omoplate.

Une grimace de douleur tordit les traits de Caoimhe, et la
pauvre petite fille cria.

— Je sais, ma chérie, encore un peu.

Son bras bougea de lui-même et émit un bruit sec à peine
audible.

— Ahhh !

Amy la lâcha en douceur et posa son bras le long de son flanc.

— Je crois que c'est bon. Ne bouge pas par contre, ma chérie, d'accord ?

Amy tâta l'épaule de la jeune fille sous sa robe. Les os étaient bien en place. Elle aida Caoimhe à se redresser.

— Peux-tu bouger un peu ton bras pour moi ? Ça va faire mal, donc va doucement s'il te plaît. Je dois simplement voir si tu peux le bouger.

La petite fille acquiesça d'un signe de tête et leva le bras en grognant.

— Excellent ! Maintenant, garde le bras comme ça, contre ton corps, et tiens-le à une main, comme ça, dit Amy en lui montrant. Et ne le bouge pas. Je vais te chercher une écharpe, et ensuite tu pourras rentrer chez toi.

— Je vais m'en occuper, maîtresse, proposa Erskine. Où ?

— Oh, merci, Erskine. Dans le bâtiment d'à côté, dans la cuisine. Il devrait y avoir du linge propre dans un des coffres.

— *Aye*.

— Dites-leur que je l'ordonne, lança Craig.

— *Aye*, mon seigneur.

Erskine partit. Amy regarda Craig. Il la fixait d'un regard dur et brûlant. Il semblait perplexe, comme si elle était une merveille qu'il venait de découvrir.

La gorge d'Amy se dessécha.

— Qu'y a-t-il ?

— Sur le champ de bataille, on pousse l'os pour le remettre en place. Mais souvent, il se casse. Où avez-vous appris à le faire doucement ainsi ?

Amy baissa les yeux vers ses mains. Était-ce un compliment ? Ou simplement de la curiosité ?

— Eh bien, vous savez. On apprend des choses en Irlande...

Ses yeux verts étaient de la couleur de la mousse au soleil, et elle fut incapable de détourner le regard. Elle eut le souffle court, se sentant toute chose, comme quand elle regardait les vastes montagnes du Vermont, comme quand elle avait vu les Highlands pour la première fois. En son for intérieur, elle savait que c'était sans l'ombre d'un doute le début d'un désastre.

Pourtant, elle était incapable de détourner le regard.

---

1. Prénom irlandais prononcé Keeva.

CHAPITRE 15

Plus tard ce soir-là, Craig savourait le ragoût chaud à la viande, qui le faisait se sentir chez lui. Sa belle-mère en faisait souvent préparer, et il aimait les sensations que lui apportait ce plat copieux. Les voix des hommes satisfaits de leur premier bon repas depuis plusieurs semaines résonnaient dans la grande salle. L'atmosphère était presque festive, comme s'il y avait quelque chose à célébrer.

D'une certaine façon, c'était le cas. Pour la première fois depuis qu'ils avaient pris le château, il y avait du ragoût, le château était propre et des gens travaillaient à la cuisine.

Craig ne pouvait s'empêcher de fixer sa belle épouse, assise à ses côtés à la table du chef. Il la sentait, comme si elle était entourée d'une sorte de halo chaleureux qui le touchait même quand leurs corps étaient séparés.

— Eh bien ! Ce n'est point du poison. C'est le meilleur repas que j'ai mangé depuis que j'ai quitté la maison, déclara-t-il.

Amy se tourna vers lui, sourcils arqués et un demi-sourire aux lèvres.

— Vraiment ? Je ne suis pas très bonne cuisinière. Ce doivent être vos hommes qui ont fait ça. J'ai simplement organisé qui faisait quoi.

— Tant que vous mettez un tel repas sur ma table tous les jours, je n'ai cure de qui le cuisine.

— Juste un peu de sel et quelques herbes, ce que j'ai pu trouver...

— Du sel ? l'interrompit Craig. Vous avez ajouté du sel ?

— Oui. Autant qu'il fallait, je ne sais pas, deux ou trois cuillères...

— Comment osez-vous vous permettre de gâcher tant de sel ?

— Gâcher ? Pourquoi ? Le sel est-il si précieux...

Elle se tut, ses yeux s'écarquillant comme si elle venait de prendre conscience de quelque chose.

— *Aye*, peut-être les MacDougall nagent-ils dans le sel, mais c'est très coûteux pour nous autres.

Craig chercha un signe d'arrogance, attendant qu'elle dise qu'elle n'avait que faire de gâcher, qu'il ne pouvait lui interdire d'utiliser ce qu'elle voulait, peu importe combien c'était cher.

Elle rougit, comme si elle était gênée.

— Je suis désolée. Je ne savais pas. Je croyais que vous pourriez juste en racheter.

Aye, les MacDougall étaient plus riches et plus puissants que les Cambel, mais elle devait avoir vu qu'il restait peu de sel. C'était comme si elle ignorait que c'était du gâchis. Comme si tout le monde pouvait acheter autant de sel qu'il souhaitait. Il était certain qu'une riche jeune fille MacDougall, même une ayant été élevée à l'étranger, le saurait.

— En acheter où ?

Elle déglutit, le regard habité par la panique.

— Je ne sais pas, Craig ! Oublions ça. Je ne me servirai plus du sel, d'accord ? Y a-t-il quoi que ce soit d'autre de précieux que vous ne voulez pas que j'utilise ?

— Je pensais que ce serait vous qui me diriez de faire plus attention avec le savon, les herbes médicinales, le linge de lit, les vêtements.

Elle sembla sous le choc.

— Oui. Bien sûr. Tout ça.

Il y avait quelque chose de très étrange chez elle, comme si elle ne comprenait pas les choses les plus simples. Elle ne lui semblait pas folle. Elle avait cuisiné un délicieux ragoût et avait aidé pour le bras de la jeune fille. C'était comme si elle *ignorait* certaines choses. Elle parlait bien étrangement ; il n'avait jamais entendu qui que ce soit parler ainsi. Les vêtements qu'elle portait lorsqu'il l'avait rencontrée, le drôle d'objet en métal dans sa main...

— Pourquoi êtes-vous si différente de tous ceux que je connais ?

Elle laissa échapper un soupir tremblant.

— Suis-je différente ? De quelle façon ?

— Ce n'était pas une insulte. Mais vous ignorez des choses que tout le monde connaît. Vous parlez drôlement. Quand je vous ai rencontrée, vous portiez des vêtements que je n'avais encore jamais vus.

Elle regarda ses mains, à plat sur la table, et haussa une épaule.

— Vous n'êtes pas non plus le genre d'homme que je rencontre tous les jours.

— Et qu'y a-t-il de si différent chez moi ?

Elle soupira, puis rencontra son regard, ses yeux tels deux bassins sombres.

— Tout.

Il soutint son beau regard un instant, sa gorge s'asséchant. Semblait-elle aimer ce qu'elle voyait en lui ? Ou n'était-ce que son imagination ? L'esprit embrumé, incapable de réfléchir, le sang échauffé, il se pencha vers elle.

— Vous êtes un mystère, murmura-t-il. En temps ordinaire, je sais très bien résoudre les mystères. Pourquoi en suis-je incapable avec vous ?

Elle s'approcha de lui.

— Parce que vous ne devriez pas essayer.

Avec un gémissement qu'il ne put contenir, il plaqua sa bouche sur la sienne. Ses lèvres étaient comme des pétales de velours, sa langue enflammée. Elle était délicieuse et il en voulait plus. Une vague de désir ardent le parcourut. *Mienne, mienne, mienne*, proclamait son cœur.

Il la désirait. Elle était son épouse. Elle lui appartenait.

Il tourna son siège vers lui et l'attira contre son corps. Sa taille était délicate et puissante sous ses mains, comme la courbe d'un arc. Son aine le lançait, le besoin qu'il ressentait pour elle brûlant en lui.

— Mon amie, dit-il contre ses lèvres. Si vous ne me désirez point, dites-le-moi. Je ne puis plus me contenir.

Elle se figea, et il la sentit battre des paupières alors qu'elle ouvrait les yeux. Elle se pencha en arrière et le regarda en fronçant les sourcils.

— Je pense qu'il vaudrait mieux que vous vous conteniez, Craig.

Il expira et un pli lui barra le front. Les lèvres d'Amy étaient rouges et gonflées tandis qu'elle essayait de reprendre son souffle.

— Pourquoi ? N'aimez-vous point mes baisers ?

— Je... ce n'est pas pour ça.

— Vous êtes mon épouse. Je suis votre époux. J'ai le droit de coucher avec vous. Ou vous préservez-vous toujours pour le comte de Ross ?

La jalousie le tirailla à cette idée.

— Quoi ? Non.

— Alors pourquoi ?

— Je pense simplement que ça compliquerait les choses.

— Qu'y a-t-il à compliquer ? Cela rendra notre temps ensemble bien plus agréable que maintenant.

Elle se lécha les lèvres.

— Je vous montrerai toutes les façons dont un homme peut aimer une femme. Tous les plaisirs que vous ne croyiez possibles.

Elle soupira lentement. Sa poitrine s'élevait et s'abaissait rapidement. La veine dans son cou palpitait. *Aye*, elle le désirait. Il tendit la main vers la sienne, mais elle s'éloigna brusquement et sauta sur ses pieds.

— Je suis très fatiguée, Craig. Je vais me coucher.

— Vous avez à peine mangé...

Mais elle se détourna et partit. Se sentant perplexe et rejeté, il fronça les sourcils.

Il alla se coucher dans la chambre sous la leur dans la tour Comyn, mais il ne put se reposer. Ses pensées dérivèrent vers Amy, le désir insatisfait brûlant dans ses muscles. *Aye*, il la désirait, bien qu'elle soit son ennemie. Quel idiot. C'était une belle femme, mais il commençait à voir plus loin. Il commençait à voir son cœur généreux et ses talents. Sa force et son intelligence.

Mais tenir à elle ne ferait qu'obscurcir son jugement, lui ferait oublier le danger, rater la lame dans son dos.

Il ne pouvait donc pas lui faire confiance. Il ne pouvait pas l'aimer. Pas seulement, car elle était une MacDougall, mais parce qu'elle cachait quelque chose. Ses mains tremblantes, sa nervosité à l'idée de sa différence, les choses simples qu'elle ignorait. Elle lui mentait. Soit parce qu'elle voulait le blesser, ou entraver la cause de Robert Bruce, ou parce qu'elle avait peur de quelque chose ; il ne saurait dire.

Une ombre le couvrit, et il glissa sa main vers la dague sous son oreiller.

— C'est moi, Hamish, murmura l'homme. Je vois que vous ne pouvez vous assoupir non plus. Peut-être un peu *d'uisge* nous aidera-t-il tous deux à dormir ?

Une ride creusa le front de Craig. De l'*uisge* pour ralentir son esprit et l'aider à dormir semblait être une bonne idée.

— *Aye*.

Craig se leva de sa paillasse et mit son manteau.

— C'est la seule bonne idée que j'aie entendue ces dernières semaines.

Ils montèrent les marches et se rendirent sur le mur. S'appuyant contre le parapet, ils expirèrent des nuages de vapeur. De là, la rivière et le loch étaient noirs contre la rive et les collines de l'autre côté que la fine couche de neige rendait grisâtres.

Hamish lui tendit l'outre et il but volontiers plusieurs gorgées. Il grogna alors que le liquide lui brûlait la bouche et regarda l'autre homme boire à son tour.

— Votre épouse refuse que vous couchiez avec elle ?

Craig lui lança un regard prudent. Hamish contemplait la vaste obscurité, le visage très calme et indifférent.

— Je ne souhaite parler de mon épouse.

— *Aye*. Pardonnez-moi. Parler des choses qui me troublent m'aide quand je n'arrive à dormir.

Craig s'éclaircit la voix. Il ressentait de la possessivité envers Amy. Hamish avait souvent été avec elle, et à présent, sa première question était à son sujet... Pourquoi était-il si intéressé ? Il ne l'aurait jamais tant qu'elle lui appartenait.

— Pourquoi ne parvenez-vous point à dormir ?

Craig tendit la main vers l'outre, et Hamish laissa échapper un petit rire.

— Je ne peux m'empêcher de penser à une femme.

Craig serra les dents. Amy ?

— Une femme ?

— Eh bien, pas une femme. Une fille. De quand j'étais enfant.

Craig haussa les sourcils et but une gorgée.

— *Aye* ?

— J'ai grandi dans une ferme après la mort de mes parents. Elle aussi. C'était la seule personne à être gentille avec moi. Nous étions comme larrons en foire. Mes parents adoptifs étaient durs avec nous deux, mais étant une fille et plus jeune, elle était plus faible. Ils la battaient. Elle en est tombée malade et est morte.

Craig s'agita d'un pied sur l'autre, puis lui tendit l'outre. Hamish but plusieurs grandes gorgées.

— Je suis vraiment désolé d'entendre cela, Hamish.

— Je pense souvent à elle, à ce qui se serait produit si je l'avais protégée. Serait-elle devenue belle et forte en grandissant ? L'aurais-je épousée ? Ma vie aurait-elle été différente si elle avait vécu ?

Craig expira. *L'uisge* lui brûlait agréablement le ventre, apaisant enfin son esprit. Il soupira. Il comprenait ces pensées, cette douleur. Il n'avait pas perdu Marjorie, mais il avait laissé d'horribles choses lui arriver. Comment serait sa vie si elle n'avait été enlevée et meurtrie ?

— J'ai juré de ne jamais laisser une femme souffrir après cela, déclara Hamish avant de se tourner vers lui. Je suppose que cela me fait me sentir très protecteur envers votre épouse.

Craig le comprenait également.

— Ne vous inquiétez pas pour mon épouse. C'est moi qui suis responsable de sa protection, je ne laisserai rien lui arriver.

— *Aye*. Je sais. Mais je ne puis m'en empêcher. Quand quelqu'un lève la voix sur une femme, quelque chose s'éveille en moi. Craig, je vous jure que je n'ai point eu de pensées déplacées envers elle. Elle vous appartient, et jamais je ne verrai la femme d'un autre ainsi. J'espère que vous me croyez.

Craig l'examina. Son ton était insistant, peut-être un peu trop, mais ses yeux sombres brillaient de sincérité sous ses sourcils froncés. Il n'avait aucune raison de ne pas lui faire confiance. À vrai dire, il comprenait très bien l'instinct protecteur de Hamish.

Craig lui tapota l'épaule.

— *Aye*, Hamish. Je vous crois.

— Merci bien.

— Et si vous voyez quelqu'un tourner autour du pigeonnier ou quoi que ce soit d'étrange, venez me voir, *aye* ?

Hamish se redressa.

— Pourquoi ? Qu'y a-t-il au pigeonnier ?

Craig lui faisait confiance, mais pas à ce point.

— Rien. Je ne peux simplement permettre qu'elle envoie de message à son père. *Aye* ?

La joue de Hamish tressaillit très légèrement sous son œil. Il n'aimait probablement toujours pas l'idée que quelqu'un puisse voir Amy d'un mauvais œil.

— *Aye*, finit-il par répondre avant d'avaler une gorgée d'*uisge*.

CHAPITRE 16

TROIS JOURS PLUS TARD...

Amy se réveilla tôt après une nuit agitée. Elle n'arrivait pas à oublier le baiser qu'ils avaient partagé trois jours auparavant... et son corps non plus. La sensation de ses lèvres contre les siennes, sa délicieuse langue qui la caressait et lui promettait des choses coquines. La chaleur de son corps lorsqu'il l'avait tirée tout contre lui.

Ce baiser lui avait fait tout oublier. La promesse d'un bonheur pur l'avait fait fondre contre lui. Ses muscles durs sous ses paumes quand elle avait posé ses mains sur son torse. Son odeur... Oh, son odeur. Elle voulait la respirer, *le* respirer pour toujours.

Oh Seigneur. Elle en pinçait pour un maudit highlander du quatorzième siècle.

Il n'était pas venu dans leur chambre, et Amy ne pouvait le lui reprocher. À vrai dire, il était absent depuis trois jours. Il était parti avec quelques hommes percevoir les rentes et les impôts de ses nouvelles terres.

Elle ne l'avait vu que la veille au soir, quand il était rentré. C'était mieux ainsi de toute façon. Elle s'était retenue lorsqu'il l'avait embrassée, mais s'il revenait et qu'ils étaient dans la chambre, avec un lit, des fourrures et la cheminée... et qu'il commençait à se déshabiller et...

Non. Arrête de penser à lui torse nu !

Amy sauta du lit et s'habilla. Elle mettait plus de temps à enfiler les vêtements médiévaux : le fourreau, les lacets, puis la robe. Pas de soutien-gorge, ce qui ne lui manquait pas, contrairement aux sous-vêtements. Il y avait des espèces de pantalons fins en laine qu'elle ne voulait pas mettre, car la femme à qui avait appartenu la chambre les avait portés. Même si elle les lavait, elle n'aimait pas l'idée de mettre les sous-vêtements de quelqu'un d'autre.

Amy se rendit à la cuisine et commença à préparer le petit-déjeuner. Ces trois derniers jours, elle avait mis en place une routine : petit-déjeuner, ménage, préparer un grand chaudron de ragoût, et faire du pain, qui serait servi au déjeuner et au dîner. Les highlanders mangeaient toujours du porridge pour le petit-déjeuner, alors elle leur en préparait.

Il faisait encore sombre tandis qu'elle apportait deux seaux d'eau du puits. Elle fit le feu, puis versa l'eau et l'avoine dans le chaudron, qui avait été soigneusement lavé la veille.

Elle alla chercher un autre seau d'eau pour le ménage plus tard. L'aurore pointait, et le château se réveillait. Les hommes vaquaient à leurs occupations du matin et commençaient à se rassembler dans la grande salle. Quelqu'un cria derrière les portes.

— ... parler au seigneur... besoin d'un cheval...

Au moment où les gardes ouvrirent les portes, une femme et un homme se précipitèrent à l'intérieur. Ils parcourent éperdument du regard la cour, puis la femme se précipita vers Amy.

— Je vous en prie, où est le seigneur ? Le nouveau seigneur.

Amy posa le seau d'eau sur le sol.

— Je suis son épouse. Qu'y a-t-il ?

— Nous sommes du village d'Inverlochy. Je m'appelle Alana, et mon mari Diarmid. Ma mère...

La femme sanglota.

— Nous ne parvenons pas à la trouver. Il lui arrive d'aller se promener et d'oublier certaines choses. Nous l'avons cherchée hier soir et ce matin, mais elle n'est pas revenue. Elle est probablement partie cueillir des herbes dans les montagnes et a oublié le chemin de la maison. Nous avons besoin d'un cheval. L'armée a pris tous les chevaux du village. Je vous en prie...

Amy hocha la tête. Une mission de sauvetage. C'était ce qu'elle faisait. Elle pourrait trouver la femme, elle pouvait essayer. Ce serait bien sûr plus difficile sans voiture. Y aller à cheval lui faciliterait la tâche. Elle savait monter à cheval, elle avait appris à la ferme. Mais Craig ne la laisserait pas quitter le château. Eh bien, elle devrait le forcer.

— Attendez ici. Je vais chercher Craig.

Elle partit en courant vers la tour Comyn. Il avait sûrement dormi avec son clan dans la salle du seigneur sous la chambre à coucher. Alors qu'elle se ruait vers l'entrée, il sortit et s'approcha d'elle.

Le souffle coupé, elle s'arrêta comme si elle avait percuté un mur invisible. Le haut de la tunique de Craig n'était pas encore fermé, révélant quelques poils sombres sur son torse. L'air endormi et les cheveux ébouriffés, il était en train d'enfiler son manteau. Il la fixa, son expression indifférente contrastant avec son regard de braise.

Tout à coup, Amy eut soif et le sol trembla sous ses pieds. Craig s'arrêta juste devant elle, la dominant de toute sa hauteur.

— Bonjour. Je vous cherchais.

— *Aye*, vous m'avez trouvé. Qu'y a-t-il ?

Sa voix était telle une caresse. Amy désigna l'homme et la femme derrière elle.

— Ces gens sont venus demander votre aide. La mère de la femme a disparu. Je pense qu'elle souffre de démence. Je veux dire, elle a sûrement oublié comment rentrer chez elle. Ils ont besoin d'un cheval pour aller la chercher dans les montagnes.

Une ride creusa le front de Craig, et il étudia les deux visiteurs.

— D'où viennent-ils ?

— Du village. Apparemment, il n'y a plus de chevaux. Je peux aller voir. La femme pourrait mourir de froid si elle a passé la nuit dans les montagnes. On doit se dépêcher, ou on pourrait arriver trop tard.

Il arqua un sourcil.

— On ?

Amy baissa le nez. Très bien.

— Écoutez, je vous ai dit que j'ai trouvé et secouru beaucoup de gens. Je sais comment aider à soigner des blessures, vous m'avez vue faire avec Caoimhe. Je ne m'enfuirai pas.

Elle le regarda droit dans les yeux, et il soutint longuement son regard. Amy eut l'impression de sentir un détecteur de mensonges invisible fouiller jusqu'au plus profond de son âme. Ces yeux verts perçants... Un frisson la traversa alors qu'elle se demandait s'il était parvenu à découvrir la vérité simplement en la regardant.

— Vous me donnez votre parole ?

— Oui.

Il resta silencieux un moment, telle une statue.

— Je suis probablement fou d'accorder ma confiance à une MacDougall après avoir juré de ne plus jamais le faire, mais je serai avec vous à chaque instant. Si vous tentez quoi que ce soit, comme de vous enfuir ou d'envoyer un message à quelqu'un, je vous enfermerai à nouveau. Une fois perdue, ma confiance ne peut être retrouvée. *Aye* ?

Amy acquiesça d'un signe de tête. Au moins, elle ne mentait pas à ce sujet. S'il découvrait un jour tous les mensonges qu'elle lui avait racontés — et elle savait qu'il l'apprendrait un jour —, il ne lui pardonnerait jamais. Il l'avait dit lui-même, il ne lui ferait plus jamais confiance.

Pour une raison qu'elle ignorait, elle voulait qu'il lui fasse confiance. Comme s'il s'agissait d'un précieux cadeau fragile qu'elle voulait protéger. C'était possible, du moins, pour le moment.

— *Aye*, répondit-elle machinalement. Si je tente quoi que ce soit, vous pourrez m'enfermer.

Craig hocha brièvement la tête et se dirigea vers le couple.

— Je vous aiderai. Je partirai personnellement à la recherche de votre mère, accompagné de mon épouse.

Leurs expressions inquiètes s'effacèrent, remplacées par des sourires ravis. La femme prit la main de Craig.

— Merci, mon seigneur. Merci.

Amy le suivit et se tint à ses côtés.

— Quel chemin emprunte-t-elle habituellement pour se rendre dans les montagnes ?

— Elle suit le ruisseau vers la cascade. Nous nous y sommes rendus hier, mais elle n'était point là-bas.

Craig opina du chef.

— Vous pouvez nous montrer où c'est. Nous devrions aller chercher des chevaux. De combien d'hommes avez-vous besoin ? demanda-t-il à Amy.

— Seulement vous. On sera assez de deux. Il faut savoir où chercher. Ce serait inutile d'avoir des gens qui ne savent pas quoi faire.

— En êtes-vous sûre ? Ils peuvent crier son nom.

— Je serai plus rapide. Sans savoir où regarder, ils pourraient détruire sa piste, et nous ne la trouverions jamais.

— Je vais au moins demander à Owen de venir...

— Il sait suivre une piste ?

— Seulement pour chasser.

— Et vous ?

— Aussi pour chasser.

— Nous suffirons, vous et moi.

Nous... Elle aimait cela. Un petit sourire courba les lèvres de Craig, comme s'il pensait la même chose.

Amy secoua la tête et soupira.

— Je vais chercher des couvertures. Nous aurons aussi besoin de nourriture et d'eau.

— *Aye*.

Bientôt, les chevaux étaient sellés, et les provisions pour le sauvetage préparées. Amy prit même son sac à dos avec sa trousse de soins, caché sous la cape en fourrure qu'elle avait trouvée dans le coffre de dame Comyn.

Retenant sa respiration, Amy monta sur le cheval. Elle quitterait enfin le confinement du château, et elle pourrait faire quelque chose qu'elle savait faire.

Les portes s'ouvrirent, Craig et Amy traversèrent le pont au-dessus des douves et rejoignirent le village. Bien qu'Amy se soit déjà habituée au fait d'être au Moyen-Âge, elle étudia les maisons au toit de chaume, les gens et les charrettes. Au-delà de l'enceinte du château existait un monde médiéval qu'elle n'avait pas encore vu. Une vague d'enthousiasme la traversa.

Ils chevauchèrent pendant une demi-heure, jusqu'à ce que les collines se transforment en montagnes. Là, Alana et Diarmid leur montrèrent le chemin que prenait habituellement Elspeth, la mère d'Alana.

Ils gravirent le sentier, autour duquel se dressait une dense forêt de pins, de bouleaux et de trembles. Le sommet des hautes montagnes était couvert de neige. Amy respira le délicieux air froid, ses poumons la brûlant. Le soleil se levait, et elle savait que la fine couche de neige qui recouvrait le sol et les feuilles fondrait bientôt.

Amy arrêta son cheval et mit pied à terre. Juste là, dans la boue gelée couverte de neige, se trouvait une empreinte de pied de taille moyenne.

— Je vois une empreinte.

Craig sauta de son cheval, et Amy étudia le sol et les arbres autour d'eux.

— Que cherchez-vous ?

— J'ai besoin d'un bâton droit de quarante pouces pour suivre les traces de pas.

Il trouva une branche plus ou moins droite.

— Cela suffira-t-il ?

— Oui. Pouvez-vous couper les plus petites branches, s'il vous plaît ?

Il opina du chef, puis les retira avec son couteau et lui tendit le bâton.

— Puis-je avoir le couteau ?

Un éclair d'inquiétude traversa le regard de Craig.

— Pourquoi ?

— Je dois faire des marques sur le bâton pour mesurer la taille du pied et la longueur des pas. Afin de m'assurer que c'est bien elle que nous suivons et pas quelqu'un d'autre.

Craig l'observa, ainsi que l'empreinte, avec méfiance.

— Je n'ai jamais entendu parler d'une telle méthode. Si c'est un piège…

— Je vous dis que je suis douée pour ce genre de choses. Nous la trouverons. Dépêchons-nous.

Il lui donna le couteau. Elle posa la branche sur l'empreinte et marqua la longueur. La semelle était plate. Bien sûr, à cette époque, les gens n'avaient pas de chaussures avec des semelles à motifs en caoutchouc.

Amy s'accroupit et fit lentement glisser le bâton parallèlement au sol de dix heures à deux heures. Concentrée sur l'extrémité, elle chercha le prochain signe.

— Là !

À moins de trente centimètres devant elle se trouvait la prochaine empreinte. Elle n'était pas aussi profonde que la première et par conséquent, moins visible. Elle s'approcha et s'agenouilla en faisant attention à ne pas toucher la piste. Ce n'était qu'une empreinte partielle, mais elle voyait le talon. Elle marqua la distance entre le talon de la première et celui-ci.

— Assurément une personne âgée. Vous voyez la façon dont sont les bords des talons ?

Craig s'accroupit à côté d'elle.

— *Aye.*

— Elle traîne les pieds. Elle est peut-être fatiguée, mais c'est sûrement à cause de son âge.

Craig hocha la tête.

— Vous avez raison. Je n'aurais su quoi chercher. Comment avez-vous appris tout ceci ? Qui vous a appris ?

Le centre de sauvetage en montagne du Vermont, répondit-elle dans sa tête.

— Il y avait un homme chez moi. Il a fait cela toute sa vie, et il me l'a enseigné.

— Mais pourquoi cela vous intéressait-il ?

Elle poussa un soupir tremblant, sa poitrine se comprimant au souvenir de la grange abandonnée, des nuits froides, de la faim qui lui tenaillait le ventre, et de la soif qui lui gerçait les lèvres.

Mais elle ne pouvait pas le lui raconter. Pas seulement, car elle ne pouvait pas révéler qu'elle venait d'une autre époque, mais aussi parce qu'elle était incapable d'en parler à qui que ce soit. Incapable d'admettre sa honte et la lâcheté qui l'avaient mise dans cette situation.

Quelque chose d'autre, bien plus tard, lui avait fait décider de devenir secouriste.

— Un enfant s'est perdu.

C'était à New York, où elle avait emménagé pour devenir vétérinaire. Le fils de son voisin s'était égaré.

—Je ne pouvais pas le laisser attendre seul, désespéré, affamé et dans le froid. J'ai trouvé le garçon, par chance plus que grâce à mes connaissances. J'ignorais comment faire tout ceci. Mais quand je l'ai trouvé, quand j'ai vu les larmes de soulagement sur son visage, quand il m'a prise dans ses bras tremblants et ne voulait plus me lâcher jusqu'à ce que je l'amène à sa mère... C'est là que j'ai su que c'était ce que je voulais faire. Que c'est ce que je suis destinée à faire. Ne jamais laisser quelqu'un se perdre comme ça. Assurer qu'il y aura toujours quelqu'un pour venir les chercher.

Craig, qui la considérait, cligna des yeux.

— C'est très noble de votre part, Amy. Très généreux.

Elle haussa les épaules.

— J'aimerais que plus de gens soient capables de faire ça. Mais même une personne peut faire la différence. Même si je n'arrive à sauver qu'une vie, je pense que ça en vaut la peine.

Craig expira brusquement.

— Êtes-vous certaine d'être une MacDougall ?

Elle pouffa.

— Ouais. Vous n'en croyez pas vos oreilles, hein ?

— Et votre père vous a laissée faire ça, vous, une femme ? Il vous laisse vagabonder seule dans les montagnes, dans les bois ?

Amy s'humecta nerveusement les lèvres. Ah oui, les femmes de cette époque n'avaient probablement pas le droit d'aller beaucoup dehors.

— Eh bien, le plus souvent, mon professeur était avec moi.

Craig plissa les yeux.

— Je n'avais jamais entendu parler d'une telle chose. C'est très étrange.

— Vous ne me croyez pas ?

— Étrangement, si. Je vois que vous me dites la vérité, mais je ne puis imaginer John MacDougall laisser sa seule fille se mettre en danger ainsi. À moins qu'il n'en ait cure ?

Amy baissa le nez. *Son* père n'en avait rien à faire d'elle.

— Oui, vous avez raison, Craig. Mais nous devons nous dépêcher. La pauvre Elspeth nous attend.

Elle regarda la piste et tourna le bâton au-dessus du sol pour trouver la prochaine empreinte. Ils continuèrent ainsi tant qu'elles étaient bien visibles dans la boue. Craig s'assurait que les chevaux suivaient.

Ils parlèrent un peu plus, de pistage, comparant ce que Craig savait en ce qui concernait les animaux avec les connaissances d'Amy. Ils discutèrent d'autres choses, de Craig et de sa famille. De quand il s'était rendu en Angleterre avec son père et ses oncles pendant les quatre ans où Robert Bruce était allié à Édouard Ier pour s'opposer à la restauration de Jean Balliol en tant que roi des Écossais. Alors, les Cambel s'étaient battus pour

Édouard Ier, et Neil, l'oncle de Craig, avait reçu des terres dans le Cumberland en remerciement pour son service. Il avait également parlé des différences entre l'Angleterre et l'Écosse. Bien qu'elle soit focalisée sur la piste d'Elspeth, faire la conversation avec Craig était simple et agréable, et elle aurait voulu qu'elle continue éternellement.

Environ une heure plus tard, le terrain était plus rocailleux et la forêt plus éparse. Les empreintes de la femme semblaient plus confuses. Elle avait piétiné à un endroit, comme si elle regardait autour d'elle. Puis elle avait changé de direction, quitté le chemin et était partie dans les bois.

Il n'y avait plus beaucoup de neige, et les empreintes étaient à présent enterrées sous des feuilles, de l'herbe pourrie, et dissimulée par de petites pierres. Elles étaient plus difficiles à voir, mais Amy savait ce qu'elle cherchait. La femme avait monté la pente avant de s'arrêter pour se reposer sur un rocher et de repartir dans une autre direction. De toute évidence, elle était confuse ou perdue. C'était une bonne chose qu'elle se déplace lentement : les traces devenaient plus récentes. Amy vit également des brindilles cassées sur les buissons et de courts fils de laine coincés dans les branches.

— Je pense qu'elle n'est pas loin, dit-elle. Je le sens dans mon âme.

Ils accélérèrent le pas. Les traces étaient parfois à peine visibles et dans une direction qu'Amy n'aurait pas imaginée. Puis ils se retrouvèrent au pied d'une falaise, où se trouvait une grotte. Ils échangèrent des regards.

Amy monta la colline en direction de la grotte.

— Elspeth ! Elspeth !

— Elspeth ! répéta Craig.

Il attacha les chevaux à un arbre et la suivit. Amy s'arrêta à l'entrée de la grotte. Lorsque ses yeux se furent habitués à l'obscurité, elle vit quelque chose de gris appuyé contre la paroi à environ un mètre d'elle.

Elle se précipita à l'intérieur.

Une vieille femme était assise par terre, adossée au mur. Ses cheveux étaient décoiffés sous son capuchon, sa cape était sale, déchirée et couverte de feuilles et d'herbe. Elle était blême, et elle tremblait. Elle ouvrit des yeux injectés de sang remplis de larmes.

— Qui est Elspeth ? demanda-t-elle.

Craig s'arrêta à côté d'Amy.

— C'est elle, déclara cette dernière. Elle ne se rappelle plus qui elle est, mais c'est elle.

Elle sentit le regard de Craig sur son corps.

— Vous avez tenu votre promesse. Vous l'avez trouvée.

Si Amy ne se trompait pas, elle avait entendu une pointe d'admiration dans sa voix.

Enroulée dans des couvertures, Elspeth était assise devant Amy sur son cheval. Elle ressentait le besoin de la protéger et avait insisté pour qu'elle soit avec elle afin de pouvoir réagir vite si elle remarquait qu'elle avait besoin de soins. Ils redescendirent prudemment la colline, laissant les chevaux choisir leur chemin. Craig ouvrait la marche, et Amy ne pouvait s'empêcher de regarder sa large et puissante carrure, et les cheveux ondulés noirs sur ses épaules. À quoi pensait-il à présent ? Elle avait tenu sa promesse de ne pas s'enfuir. Elle avait trouvé la femme.

Le ventre d'Amy se noua. Elle avait désespérément envie qu'il l'apprécie, qu'il lui fasse confiance, car son imbécile de cœur avait un très gros faible pour lui.

— Il est beau garçon, dit Elspeth.

Amy regarda l'arrière de la tête de la femme.

— Ouais. Il est pas mal.

— *Ouais* ? D'où venez-vous, ma chère ? Je n'avais encore jamais entendu quelqu'un parler comme vous.

Oh zut. Son accent, encore. Elle devrait probablement

apprendre à parler comme une Écossaise si elle restait plus longtemps.

— Euh. Je suis Amy MacDougall.

Elspeth pouffa.

— Non, ma chère, vous n'êtes point Amy MacDougall.

Le sang d'Amy se glaça. Cette femme était atteinte de démence ou avait Alzheimer. Elle ne se rappelait plus où elle vivait ni qui elle était quand ils l'avaient trouvée. Amy et Craig l'avaient réchauffée et lui avaient donné à boire et à manger. Craig avait voulu lui donner de l'*uisge*, mais l'alcool était une des pires choses à donner à quelqu'un souffrant d'hypothermie. Il lui avait demandé où elle vivait, et la femme lui avait demandé s'il était le roi des fées qui allait l'emmener dans son royaume.

Amy pouvait-elle vraiment prendre ses dires au sérieux ? Un frisson la parcourut néanmoins.

— Si, je le suis.

— Attendez, j'ai déjà entendu une voix comme la vôtre.

La femme semblait se remémorer quelque chose.

— Ah oui ?

— *Aye*. Un homme, un réparateur qui est passé au village et est resté chez nous. C'était il y a si longtemps, ma fille n'était qu'une enfant. Il a raconté de nombreuses histoires, et une parlait d'une femme ayant emprunté le passage sous la rivière du temps. Il l'a rencontrée lui-même. Il a dit qu'elle parlait bien étrangement, et il a parlé exactement comme vous quand il l'a imitée.

Amy déglutit. Elle jeta un coup d'œil à Craig, mais il semblait n'avoir rien entendu.

— Qu'est-il arrivé à la femme ? murmura-t-elle rapidement.

— Alors j'ai raison, n'est-ce pas ?

Elspeth se tourna légèrement et la regarda. Ses yeux bleus n'avaient plus rien de confus.

— Je ne peux pas vous le dire.

— Ne craignez rien, ma chère. Je n'en parlerai pas à âme qui vive.

— Parlez-moi de cette femme.

— Je ne me souviens pas de grand-chose d'autre, seulement qu'elle a traversé le temps et qu'elle venait du futur. Elle s'est servi de la pierre du temps picte. Il y en a une sous le château Comyn, si je me rappelle bien. Ce sont mes ancêtres, les Pictes, qui l'ont construit. *Aye*, les miens vivent ici depuis la nuit des temps. Ils ont construit le bastion qu'il y avait avant le château, puis le château que vous voyez maintenant.

Amy n'en croyait pas ses oreilles.

— Que lui est-il arrivé ?

— Elle aurait dû garder le secret, je vous dis. Les gens ne l'ont point crue. Elle a été déclarée folle. Les gens ne voulaient rien avoir à voir avec elle. Personne n'osait l'aider ni lui ouvrir sa porte. Il a dit qu'elle a été trouvée la gorge tranchée dans les rues d'un village. Quelqu'un l'avait tuée, peut-être par peur que ce soit la vérité. Par peur qu'elle ouvre le passage du temps et laisse d'autres étrangers du futur venir.

Le ventre d'Amy se crispa violemment. Une goutte de sueur roula entre ses omoplates. Si la vérité à son sujet éclatait, son destin serait-il le même ?

Elle se racla la gorge pour apaiser la tension qui l'habitait.

— Alors, vous savez comment fonctionne cette pierre ? Comment on peut l'activer et voyager dans le temps ?

— Êtes-vous ici par erreur ?

— Oui. Par erreur. Je dois rentrer. Je vous en prie, aidez-moi, Elspeth.

— Si je me rappelle bien, et je dois admettre que ma mémoire n'est plus très bonne, la femme a touché la pierre et est tombée dedans, tombée dans le temps.

— Oui, c'est ce que j'ai fait... J'ai posé la main sur une empreinte sur la pierre. Si je la retouche, ça fonctionnera ?

Elspeth resta silencieuse.

— Elspeth ?

Toujours rien.

Amy lui secoua légèrement l'épaule.

— Elspeth ?!

— Qui est Elspeth ?

Amy grogna légèrement.

— Vous souvenez-vous de notre conversation ?

— Et qui êtes-vous ?

Elle se tourna, les yeux voilés par la confusion. Il semblerait que ce moment de clarté avait pris fin. Il était impossible de savoir si Elspeth avait dit la vérité ou si ses paroles n'étaient que le fruit de sa maladie. Pauvre femme.

Ça doit être horrible de ne pas contrôler ses souvenirs et de ne pas savoir si ce qu'on connaît est vrai.

Amy soupira.

— Je m'appelle Amy. Nous vous ramenons à votre famille.

Quand ils arrivèrent à Inverlochy, Alana et Diarmid les attendaient dans la chaleur de la grande salle. Alana avait la tête appuyée sur l'épaule de Diarmid, l'air inquiet. Elle se tourna et écarquilla les yeux, au bord des larmes.

— Oh, mère !

Elle se couvrit la bouche et courut vers Elspeth, Diarmid à sa suite. Elle étreignit la femme confuse.

— Dieu merci, vous allez bien, murmura-t-elle contre sa chevelure blanche.

Elle regarda Craig.

— Merci, mon seigneur. Oh, vous êtes un bon seigneur, nous avons de la chance de vous avoir. L'ancien seigneur n'aurait pas fait ça...

— Ce n'est pas moi que vous devriez remercier, mais mon épouse. Je n'aurais jamais trouvé votre mère sans elle.

Alana lâcha Elspeth, et Diarmid prit la femme par les épaules. Alana s'approcha d'Amy et lui saisit les mains.

— Merci, maîtresse. Merci de tout mon cœur.

De la chaleur monta aux joues d'Amy, et elle lui serra les mains en retour. C'était pour cela qu'elle faisait ce qu'elle faisait, pour que les gens aient ce sourire heureux et soulagé aux lèvres.

— Il n'y a pas de quoi. Je suis contente que nous l'ayons trouvée à temps.

Alors que la famille réunie quittait la grande salle, Amy poussa un long soupir. Elspeth ne se souvenait plus de leur conversation, mais, et si elle lui revenait ? Les poils sur la nuque d'Amy se dressèrent.

Elle devait faire tout son possible pour atteindre la réserve et toucher cette maudite pierre. Elle devait partir d'ici. Partir de ce monde où elle serait déclarée folle ou tuée parce que les gens auraient peur de sa différence.

Elle considéra Craig à nouveau.

Seulement... plus elle passait de temps avec *lui*, moins elle voulait retourner dans un monde sans Craig Cambel.

CHAPITRE 17

Amy quitta la cuisine avec deux bols de ragoûts, marchant dans la pénombre de la soirée. Plus tôt dans la journée, le temps était passé d'ensoleillé et glacial à venteux et plus doux. Il allait pleuvoir ; elle sentait l'odeur de l'humidité.

Le souper était sur le point d'être servi, et tout le monde se rassemblait dans la grande salle. Elle vit Craig s'y rendre avec les jeunes guerriers qu'il venait d'entraîner. Il les avait fait travailler sur le maniement de l'épée ces derniers jours. Il était souriant, et ses cheveux collaient légèrement à son front en sueur.

Une image traversa son esprit coquin : son corps musclé nu, ses abdos comme des plaines sur lesquelles elle pouvait se perdre, ses pectoraux fermes. Elle ne l'avait pas encore vu torse nu, mais c'était ainsi qu'elle avait imaginé son corps puissant lorsqu'il l'avait embrassée. Elle voulait lécher ses muscles, le faire gémir.

Craig mit une tape sur l'épaule de l'un des garçons, puis le laissa entrer dans la grande salle. Il s'arrêta un moment et la regarda.

Elle eut le souffle coupé.

Il lui sourit. Ce sourire fut si charmant et désarmant qu'elle faillit lâcher les bols de ragoût pour se jeter dans ses bras.

Il lui fit signe de le rejoindre d'un air décontracté, comme si elle était son amie. Comme si elle était réellement son épouse bien aimée. Comme si elle ne lui mentait pas depuis leur rencontre.

Elle n'arrivait pas à respirer ni à s'empêcher de lui rendre son sourire. De la joie et du bonheur se répandirent en elle comme des rayons du soleil, comme le printemps.

D'un signe de tête, elle lui indiqua d'entrer. Il acquiesça silencieusement, son regard toujours braqué sur elle, mais il n'était plus soupçonneux. C'était comme s'il tenait à elle, comme s'il voulait s'assurer qu'elle allait bien, qu'elle n'avait pas besoin d'aide.

Et elle le contemplait, tenant compte de chaque détail de son beau visage : la magnifique courbe de ses sourcils, ses yeux vert foncé, sa barbe de trois jours brun-roux.

Elle lui disait au revoir.

Quand il entra, Amy expira lentement, à la fois soulagée et triste que ce moment ait pris fin.

Bien qu'il lui soit difficile de partir, elle n'avait pas le choix. Jenny avait besoin d'elle. Elle ne pouvait pas abandonner sa sœur et la laisser s'occuper de leur père seule. En outre, après avoir entendu l'histoire d'Elspeth, elle avait encore plus conscience du danger qu'elle courait. Que lui feraient les gens quand ils découvriraient la vérité, qu'elle avait voyagé dans le temps ?

Que penserait Craig... ?

Au mieux, il la croirait folle. Au pire, il la mettrait au cachot ou la tuerait. Non, non. Elle devait s'enfuir, retourner auprès de Jenny.

Si tout se passait bien, ce soir-là, elle serait de retour à son époque. Elle devait simplement accéder à la réserve, même une minute.

Les bols lui brûlaient les mains. Elle ferait mieux de se dépêcher.

Elle traversa la cour en direction de la tour est. Ouvrant la porte avec son dos, elle se glissa à l'intérieur.

Comme prévu, il y avait deux gardes : Hamish et Irvin. Eh bien, Hamish semblait l'apprécier. Il serait peut-être plus disposé à suivre son plan.

Elle posa les bols sur un tonneau.

— Bonsoir, vous deux, dit-elle joyeusement.

Ils jouaient à une sorte de jeu, mais se levèrent quand elle entra.

— Bonsoir, maîtresse, répondit Irvin.

Après que Craig et elle étaient rentrés de la mission de sauvetage, Amy avait apporté du ragoût et des galettes d'avoine au miel dans la tour, pour voir si elle pouvait se lier d'amitié avec les gardes. Elle avait découvert qu'Irvin et Drummond étaient de garde le soir. Alors pourquoi Hamish était-il là ? C'était bon signe, un coup de chance, espérait-elle.

— De quoi manger pour vous deux. Irvin, je vous ai apporté quelque chose de spécial. Vous avez dit que vous aimez la volaille farcie hier. Eh bien...

Elle sortit un petit paquet de la poche de sa robe et l'ouvrit. Il contenait deux pièces de volailles farcies et rôties. Elle les avait mises de côté quand les chasseurs avaient apporté le gibier la veille, et elle les avait préparées elle-même pour Irvin et Drummond. Après avoir demandé à Fergus comment faire, bien sûr.

Les yeux d'Irvin s'illuminèrent.

— *Aye ?*

Elle lui sourit.

— À vrai dire, il y en a une pour vous et une pour Drummond. Où est-il ?

Irvin se lécha les lèvres.

— Il est malade. Plus de volaille farcie pour moi.

Une ride creusa le front d'Amy.

— Allons, ce ne serait pas très gentil. Il doit avoir faim. Pourquoi ne lui apportez-vous pas ? Vous pourriez manger avec lui et lui tenir compagnie un moment. Je suis certaine que Hamish peut monter la garde seul un moment.

Le garde lança un regard à l'autre homme, qui haussa une épaule.

— *Aye*, je peux monter la garde seul. Non pas que j'aie vraiment besoin de vous, s'esclaffa-t-il.

Hamish avait raison ; il était bien plus grand et musclé qu'Irvin.

— *Aye*, *aye*, moquez-vous. On verra bien qui rira quand je vous battrai aux cartes en revenant.

Il prit les pièces de volaille, le bol et sortit de la tour.

Amy sourit à Hamish.

— Quel est votre plat favori ? Je pourrais vous en faire la prochaine fois.

L'homme lui rendit son sourire.

— Merci bien, maîtresse. Votre ragoût. C'est mon plat préféré. Je n'ai jamais rien goûté d'aussi bon. Je le jure devant Dieu.

Amy secoua la tête. Elle se sentait désolée de devoir se jouer de lui.

— C'est si gentil de votre part de dire ça. Écoutez, j'ai vu du porc salé en bas, et j'aimerais en ajouter au ragoût de demain. Pourquoi ne mangeriez-vous pas votre souper pendant que je vais en chercher ?

L'expression d'Hamish passa du contentement à l'inquiétude.

— En bas ? Mais maîtresse, le seigneur a été très clair, vous n'avez pas le droit d'y aller.

— Vous pouvez venir avec moi si vous ne me faites pas confiance. Qu'est-ce que je vais bien pouvoir faire en bas ? Je veux simplement ajouter du porc salé au ragoût de demain. Ça serait délicieux, non ?

Il l'observa, hésitant. Puis une émotion fugace traversa son visage, comme une sorte de prise de conscience.

— Du porc salé...

Il mit étrangement l'accent sur ce mot, comme si c'était un code secret qu'eux seuls comprenaient.

— Ahh. Bien sûr. Allons voir ce porc salé alors.

Amy fronça les sourcils. Sa réaction était étrange, mais elle n'était pas en position de poser des questions. Il ouvrit la porte menant à l'escalier, lui tendit la torche et s'effaça pour la laisser passer.

— Merci.

L'odeur familière de la pierre humide et de la nourriture l'enveloppa tandis qu'elle descendait. Son cœur accélérait à chaque pas. Touchait-elle réellement au but ? Serait-elle de retour à son époque dans seulement quelques minutes ?

Elle balaya la réserve du regard, approchant la torche des tonneaux, des fûts et des morceaux de viande séchée suspendus.

— Il n'y en a pas ici. Je sais que j'en ai vu. Il doit y en avoir dans la pièce du fond.

Un pli barra le front de Hamish.

— La pièce du *fond*... *Aye*. Allons-y.

Amy ouvrit la lourde porte d'une main tremblante. Cette pièce était entièrement plongée dans la pénombre, contrairement à la précédente où filtrait un peu de lumière. Il faisait froid. De la vapeur s'échappait de sa bouche quand elle respirait. Son cœur battait la chamade. L'odeur de la roche et de la terre humide, du bois, et de quelque chose de légèrement pourri l'atteignit. Il y avait des piles de bois à brûler, des tonneaux et des sacs.

La pierre.

Hamish verrait en une seconde qu'il n'y avait pas de porc salé ici. Elle devait se dépêcher. Des pas rapides résonnaient derrière elle. Vite ! Amy se précipita vers le rocher, tombant à genoux.

Les pas se rapprochaient. Pourquoi Hamish ne faisait-il rien ?

Il y avait la gravure de la rivière et de la route... et l'empreinte de main ! Amy lança un regard derrière elle. Hamish la fixait, bouche bée et les yeux écarquillés. Irvin se rua dans la pièce.

Elle posa la main sur l'empreinte. Son pouls lui battait les tempes.

Mais le rocher ne vibra pas. Il ne brilla pas. Sa main ne s'y enfonça pas. Il était seulement froid.

— Que faites-vous ici ? grogna-t-il derrière elle.

Des bras puissants la relevèrent brusquement et l'éloignèrent du rocher. Irvin darda sur elle un regard noir.

— Le seigneur doit être mis au courant. Allons-y.

Avant qu'elle ne puisse faire quoi que ce soit, il la tira hors de la chambre souterraine.

CHAPITRE 18

— **P**ourquoi étiez-vous là-bas ? rugit Craig.

Irvin avait finalement trouvé Craig dans la chambre à coucher du seigneur, où il était allé chercher Amy après avoir fini son ragoût. Il pensait qu'elle le rejoindrait dans la grande salle, mais elle n'était jamais venue. Il savait pourquoi à présent.

Craig voyait rouge. Il ne se rappelait pas la dernière fois qu'il s'était senti si furieux et trahi.

Non.

Une minute.

Si.

Quand Alasdair MacDougall avait enlevé et violé Marjorie.

Amy était bouche bée, désolée, déconcertée, déçue.

— Elle regardait un rocher avec une sorte de gravure païenne et une empreinte de main dessus.

— Je n'ai jamais rien vu de tel.

Craig secoua la tête et serra les dents.

— Merci, Irvin. Veuillez disposer.

Une fois l'homme parti, Craig se tourna vers son épouse et s'approcha.

— Que faisiez-vous là-bas ? demanda-t-il lentement.

Elle ne dit mot.

— Cherchiez-vous le...

Il mit un coup de pied dans le lit pour se retenir de finir sa phrase. Il ne pouvait pas révéler ce genre d'information.

— Quoi ?

— Un moyen de vous échapper, termina-t-il en baissant la voix.

Amy ressemblait à un voleur pris la main dans le sac.

— Alors ?

Elle était pantelante, sa poitrine s'élevant et se baissant rapidement.

— Je cherchais simplement du porc salé.

— Il n'y a pas de porc là-bas ! Et pourquoi Hamish vous a-t-il laissée entrer ?

— Je l'ai piégé.

Craig baissa la tête, ferma les yeux et expira.

— Cherchiez-vous un moyen de vous échapper, oui ou non ?

Elle resta silencieuse, se contentant de le fixer de ses magnifiques grands yeux.

— Un peu de courage, Amy.

Elle baissa le nez d'un air coupable.

— Dites-moi la vérité. Au moins une fois dans votre vie !

Elle plongea son regard dur et larmoyant dans le sien.

— Oui. Oui, je cherchais un moyen de m'échapper.

Craig secoua lentement la tête. Il sentait l'aigreur monter en lui. Il mourait d'envie de frapper quelque chose. Pourquoi n'y avait-il jamais de bonne bagarre quand on en avait besoin ?

— Bien sûr. Encore une trahison, alors que je vous pensais différente.

Elle haussa les sourcils.

— Eh bien, à quoi vous vous attendiez ? Vous m'avez épousée et m'avez promis la liberté, et pourtant, vous me traitez comme une prisonnière. Car je suis votre prisonnière, n'est-ce pas ? Rien qu'une ennemie envers qui vous vous sentez obligé d'être courtois. Vous remettez en question tout ce que je fais. Si vous me traitiez en égal, comme votre épouse...

Elle devint écarlate, et sa bouche était de la couleur des framboises de fin d'automne. Ses cheveux étaient emmêlés, sa robe de travers ; il laissa ses yeux descendre le long de l'arrondi de sa poitrine, puis sur sa taille fine et les courbes de ses hanches.

Qu'est-ce qui n'allait pas chez lui ? Il désirait toujours la femme qui venait de trahir sa confiance. Il devait avoir perdu l'esprit la première fois qu'il l'avait vue dans les quartiers des soldats.

Il prit soudain conscience que près d'eux se trouvait un grand lit, avec des fourrures, et que de la chaleur émanait de la cheminée. Il l'imagina nue sur ces fourrures, leurs chairs glissant l'une contre l'autre alors qu'il était au-dessus d'elle, le goût de sa bouche, sa voix criant son nom avec plaisir.

Pas avec colère. Pas de déception. Pas de douleur.

Avec plaisir, avec affection.

Craig secoua la tête et s'approcha de la cheminée. Lui tournant le dos, il posa une main sur la pierre et regarda les flammes danser, essayant de brûler les images qui le hantaient.

— Vous m'avez dupé. Quels autres mensonges m'avez-vous dits, Amy ?

— Je mens parce que j'ai peur de ce que vous me ferez. Je mens parce que j'ai peur que vous ne me laissiez jamais partir. Je mens parce que... Vous pensez que je ne veux pas tout vous dire ? Vous n'êtes pas exactement des plus compatissants non plus. Si vous vous étiez assuré que je n'avais aucune raison d'avoir peur...

Il se tourna vers elle.

— Mais vous devriez avoir peur, Amy. Pas de moi. Mais de ce qui arrivera à votre famille. Nous sommes en guerre. Et vous n'êtes pas de notre côté.

Elle ferma les yeux un moment, puis expira.

— Et si vous vous trompiez ?

— De quoi parlez-vous ?

— Et si je ne voulais pas être votre ennemie ?

Il fronça les sourcils.

— Alors vous devrez le prouver.

Elle secoua la tête.

— C'est vraiment dur de vous prouver quoi que ce soit quand vous êtes constamment sur la défensive, toutes griffes dehors. Vous ne cessez de me donner des ordres. Je n'ai pas le droit de quitter le château, et même dans son enceinte, je n'ai pas le droit d'aller où je veux. Vous ne ratez pas la moindre occasion de faire remarquer que je suis votre ennemie.

Son sang échauffé palpitait sous sa peau.

— Mais comment puis-je arrêter de vous traiter comme mon ennemie quand vous faites ce genre de chose ?

Il désigna la porte d'un signe de la main.

— Au moment où je commençais à vous faire confiance, vous avez piégé mes hommes et essayé de quitter le château !

Elle secoua la tête.

— Eh bien, c'est l'œuf ou la poule, vous ne croyez pas ?

— Quoi ?

— La question éternelle : qui est arrivé en premier, l'œuf ou la poule ? Vous ne pouvez pas me faire confiance parce que je suis une MacDougall, et vous me traitez donc comme une prisonnière. J'essaye de m'enfuir parce que vous me traitez comme une prisonnière.

Perdait-il la tête ou y avait-il une once de vérité dans ses paroles ?

— Que suggérez-vous ?

— Qu'on reparte de zéro. Et si on arrêtait un moment ? Et si on faisait quelque chose de plaisant ? Si on oubliait nos noms et qu'on passait du temps ensemble, comme…

Elle s'interrompit, ouvrant et fermant la bouche. Elle semblait ne pas trouver les bons mots.

— Comme des époux ?

Il coula un regard vers le lit. C'était ainsi que des époux passaient du temps ensemble sans se souvenir de leurs noms. Elle suivit son regard, ses joues plus rouges que le ciel au lever du soleil.

— Ce n'est pas ce que je voulais dire !

— Mais je dois vous dire, Amy, déclara-t-il d'une voix éraillée en s'approchant. Si c'est ce que vous voulez, je serai heureux de m'exécuter. Je vous l'ai dit dès le début.

À son plaisir, ses yeux s'écarquillèrent. Il caressa sa joue chaude du revers de la main. Elle entrouvrit les lèvres et ferma les paupières.

— Ce n'est pas ce que je voulais dire, répéta-t-elle doucement. Je voulais dire, on pourrait aller quelque part. J'ai adoré les montagnes, les bois qu'on a vus hier, bien que je n'aie pas eu le temps d'en admirer la beauté comme il se doit. Mais je ne m'étais pas sentie aussi bien depuis longtemps.

Craig aussi adorait les montagnes.

— Vous voulez aller dans les montagnes ?

— Oui. Et si on prenait les chevaux, que je préparais un pique-nique, et qu'on y passait la journée ? Laissez-moi me sentir un peu libre. Laissez-moi voir la campagne qui nous entoure. Laissez-moi vous montrer que je ne suis pas votre ennemie. Et montrez-moi que vous n'êtes pas le mien.

— Et si vous essayez de vous enfuir ?

— Je n'essayerai pas. Et si je le fais, enfermez-moi pour toute l'éternité. Je veux seulement un peu de liberté. Est-ce trop demander ?

Craig examina ses yeux bleu vif. Ses lèvres étaient si proches qu'il pourrait simplement se pencher et les embrasser. Elle semblait sincère, mais il s'était déjà laissé duper.

Pourtant, son instinct lui disait qu'elle ne mentait pas cette fois. L'idée de passer du temps seul avec elle dans les montagnes, qui lui manquaient également, était bien plus délicieuse qu'il ne voulait l'admettre.

Si elle commençait à se sentir chez elle, elle pourrait peut-être réellement être son épouse. Peut-être le laisserait-elle venir dans son lit ?

Son bas-ventre s'échauffa et sa verge durcit à l'idée. Il se pencha et l'embrassa. Elle accepta son baiser sans hésitation et avec un gémissement à peine audible. Sa bouche était chaude et douce, et il y sombra comme dans les eaux d'un loch. Il posa ses mains autour d'elle et l'attira tout contre lui, respirant l'odeur de sa peau et de ses cheveux propres et le léger parfum du ragoût qu'elle avait préparé. Elle sentait le foyer, elle sentait comme une femme, et il la désirait.

Incapable de résister au désir qui brûlait dans son sang, il l'embrassa de plus belle. Il fit glisser sa langue contre la sienne, lui mordilla les lèvres, la goûta.

Et elle répondit. Elle noua ses bras autour de son cou, pressant sa douce poitrine contre lui. Il fit courir ses paumes sur sa taille fine, puis empoigna ses seins. Ses pouces tournèrent autour de ses mamelons durs. Elle gémit, frissonna et se colla contre lui. Il libéra sa bouche et lui embrassa le menton avant de descendre dans son cou, sentant sa veine battre violemment contre ses lèvres.

Il mourait d'envie de la déshabiller, de goûter la peau nue de son ventre, de lui lécher les mamelons. Plongeant dans son regard, il tomba à genoux et fit descendre ses mains de ses hanches à ses chevilles pour lui montrer ses intentions. Le seul moyen de lui retirer sa robe serait de la passer par-dessus sa tête.

— Amy, je te désire depuis la première fois que je t'ai vue.

Elle cligna des yeux, appuyant ses mains sur ses épaules.

Prenant cela pour une invitation, il fit tendrement remonter ses mains le long de ses bas en laine. Il dépassa les jarretières sous ses genoux et caressa la douce peau nue de ses cuisses. Ses jambes tremblèrent.

Il mit les mains sur ses hanches, puis remonta de plus en plus. Il empoigna ses fesses et les serra, savourant la sensation de sa chair ferme sous ses doigts. Sa peau était soyeuse, ses paumes calleuses devaient la gratter.

Mais elle ne se plaignit pas. Au contraire, elle pencha la tête en arrière et poussa le plus délicieux des gémissements.

Il grogna en réaction. Il voulait l'entendre lorsqu'il serait en elle. Il enfouit sa tête en haut de ses cuisses, mordillant l'étoffe de sa robe.

Il lui caressa les hanches, ses doigts se frayant un chemin sous sa robe à la même hauteur que sa bouche. Elle inspira vivement quand il trouva ses douces boucles.

Puis elle recula.

Perdu, déconcerté, il leva les yeux vers son visage. Elle secoua la tête, comme pour chasser un rêve. Elle fit un autre pas en arrière.

— Je... Je ne pense pas que ce soit une bonne idée pour le moment.

L'endroit où elle se tenait un instant plus tôt semblait froid et vide. Il expira et ferma les yeux. Son membre le lançait, le faisait souffrir. Sa belle épouse était là. Le lit était là. Qu'attendait-il ?

Il hocha la tête.

— Je respecte ton refus. Mais pourquoi ? Est-ce un test ?

— Non. Non. Ce n'est pas ça. Juste... Je ne te connais pas vraiment. Tu es mon mari, mais je ne te connais pas du tout, je ne sais pas quel genre de personne tu es. Tu sais ?

— Je suis une personne faite de chair qui te désire, et de sang que tu échauffes, répondit-il d'une voix tremblante.

Le besoin et la déception le disputaient en lui, tels du feu et de la glace.

— Écoute, on va faire cette sortie, on va passer du temps ensemble et on verra où ça nous mène. OK ?

« OK »... Ce mot étrange qu'elle aimait utiliser.

Néanmoins, il voulait aller dans les montagnes avec elle. *Aye*, il avait hâte de passer du temps avec son épouse. Lorsqu'ils avaient cherché Elspeth, lorsqu'il l'avait regardée alors qu'elle suivait les traces, il avait oublié le temps et où il était. Il avait aimé l'écouter et lui parler, et il avait cru savoir quel genre de personne elle était.

Elle était peut-être simplement inquiète à propos de sa première fois.

— *Aye*, Amy, dit-il finalement. Allons chevaucher et pique-niquer dans les montagnes. Tu me promets que ce n'est point un piège ?

— Oui, je te le promets, Craig.

Il soutint son regard et expira de nouveau. Sa verge commençait seulement à se calmer.

— Alors je te souhaite la bonne nuit. Je dois aller dormir en bas. Je ne pourrai me contenir si nous sommes dans la même pièce.

Les joues rougies, Amy hocha la tête.

— Bonne nuit, alors.

Cela lui demanda autant d'effort que soulever une pierre du château, mais Craig opina lui aussi du chef, puis quitta la chambre.

CHAPITRE 19

Le matin suivant, Craig se précipitait impitoyablement sur Killian avec son épée en criant :

— Tenez bon !

Le fracas des claymores emplissait l'air mordant de la cour alors qu'une trentaine d'hommes s'entraînaient. Craig était pantelant. L'activité physique était la meilleure distraction de la douleur qui lui avait tiraillé le bas ventre toute la nuit.

Cela l'aidait également à ne pas penser à Amy.

Amy qui avait préparé un délicieux porridge avec une cuillère de beurre et de miel ce matin-là... rien que pour lui.

Amy qui lui avait souri pendant tout le repas.

Amy qui n'aurait pas pu être plus belle avec ses cheveux attachés en une longue et gracieuse tresse et ses joues rosies par le sommeil.

Il n'aurait pas dû penser à elle pendant l'entraînement, car soudain, le petit Killian passa à l'attaque.

Bang, bang, bang. Craig para son épée à gauche, à droite, à gauche.

— C'est bien, mon garçon !

Une mèche de cheveux humide de sueur lui bloquait la vue.

— Arg !! hurla Killian.

Il s'élança pour transpercer l'espace près du rein de Craig. Ce dernier sauta hors de portée juste à temps.

— Cavalier ! cria le veilleur au-dessus de la porte.

Craig leva les yeux, ce qui lui valut un grand coup de la partie plate de l'épée à l'épaule.

— Aïe !

Il leva une main à son épaule avant de tapoter la tête du garçon.

— Bien, mon garçon. Tu seras un grand guerrier un jour. Va te trouver quelqu'un d'autre avec qui t'entraîner. Je dois aller voir ce qu'il est de ce cavalier.

Un grand sourire se dessina sur le visage de Killian.

— *Aye*, mon seigneur.

Craig se dirigea vers la tour sud pour monter sur le mur, mais avant même qu'il ne l'atteigne, le veilleur annonça :

— Il dit être un messager de votre père !

Craig s'arrêta et se retourna.

— Laissez-le entrer !

Alors qu'il s'approchait des portes qui s'ouvraient, un homme à cheval entra au galop. Le cavalier sauta sur le sol, et Craig vit son visage rouge et buriné. De toute évidence, cela faisait longtemps qu'il était à cheval.

— Quelles sont les nouvelles ?

— Une lettre de votre père.

L'homme fouilla dans son manteau pour en sortir un parchemin.

— Merci, mon ami. Qu'en est-il de mon père, va-t-il bien ? Et mon frère Domhnall ?

— *Aye*, mon seigneur. Votre père, vos oncles et votre frère vont tous bien. Je viens de Garioch.

Garioch était le domaine de Robert Bruce près d'Aberdeen, dans l'est de l'Écosse.

— J'ai chevauché pendant cinq jours. Le roi est tombé malade.

— Quoi ?

Craig déplia le parchemin, mais avant qu'il n'ait le temps de le lire, Owen le rejoignit.

— Quelles sont les nouvelles ?

Craig balaya la cour du regard. Les hommes avaient arrêté de s'entraîner et le considéraient avec angoisse. Il ne voulait pas annoncer de mauvaises nouvelles ni causer de panique avant de savoir ce que contenait le message et ce qu'il devait faire.

Il mit une tape sur l'épaule du messager.

— Vous êtes las. Vous avez bien fait de venir ici si vite. Allez à la grande salle, trouvez mon épouse, elle vous servira de quoi boire et manger.

— *Aye*, merci, mon seigneur.

Lorsqu'il fut parti, Craig se tourna vers Owen, qui le regardait avec inquiétude.

— Viens, allons voir ce que dit père.

Ils se rendirent dans la tour Comyn, dans les quartiers du seigneur, où ils dormaient. La pièce était vide et fraîche, le feu éteint, et les couvertures défaites. Craig ouvrit les volets pour laisser entrer plus de lumière, puis ils prirent tous deux place à la grande table au milieu de la pièce.

Craig déplia le parchemin et le lut à voix haute.

Deux décembre de l'an de grâce mille trois cent sept.

Salutations, Craig Cambel.

Je vous écris avec de bonnes et de mauvaises nouvelles. Grâce à Dieu, votre père, votre frère et vos oncles sont en bonne santé.

Notre roi est vainqueur. Nous avons suivi le Great Glen et avons saisi le château d'Urquhart sur le Loch Ness. L'évêque de Moray s'est joint à nous, et nous avons pris le château d'Inverness et avons brûlé Nairn. Le roi a signé un traité de paix temporaire avec le comte de Ross.

À présent, un autre Comyn, le comte de Buchan, est en chemin vers nous. Avec sept hommes, nous sommes en bonne position pour vaincre, mais il y a de mauvaises nouvelles.

Le roi est tombé gravement malade. Il ne peut ni marcher ni chevaucher. Il est très faible, et nous n'avons ni nourriture ni abri dans les bois. Nous l'emmènerons à Inverurie afin qu'il puisse se reposer. Priez pour la santé de votre roi, car sans lui, tout ceci aura été vain.

Avec le comte de Ross écarté pour le moment, le Great Glen sous le contrôle de Robert Bruce, votre place à Inverlochy permet de contrôler l'accès ouest aux terres de Robert Bruce, et la position du château est plus importante que jamais pour notre victoire. Il semble que la chance ait tourné pour nous.

Maintenant, tout dépend de la santé du roi.

Vous êtes son bras gauche à l'ouest. Je sais que vous préféreriez mourir plutôt que le décevoir.

Que Dieu vous bénisse, Owen, votre garnison et vous.

Votre père.

Craig leva les yeux vers Owen. Un pli lui barrait le front alors qu'il observait le parchemin.

— Nous sommes la clé de l'ouest de l'Écosse à présent, déclara Craig. J'aurais dû trouver des maçons et faire réparer les murs sur le champ. Mais il n'est point trop tard.

— *Aye.*

— Et je dois prévoir une défense au cas où les MacDougall ou les Anglais viendraient.

— *Aye*, mon frère.

— Alors, laisse-moi réfléchir. Va préparer les chevaux. J'irai chevaucher avec Hamish et quelques hommes pour trouver un maçon et engager des travailleurs pour les réparations. Tu seras mon bras droit, Owen.

Celui-ci opina du chef, soudain sérieux. Craig ne l'avait pas vu ainsi depuis longtemps.

— Quand je serai parti, si je suis blessé ou tué, tu devras t'occuper de la défense. *Aye* ?

Owen hocha la tête.

— Tu ne t'en penses point capable ? Je pense que tu en es capable. Si je doutais de toi, je ne t'aurais point confié cette tâche. C'est en toi que j'ai le plus confiance dans ce château.

Owen acquiesça et quitta la pièce. Regardant la porte, Craig se demanda s'il aurait dû lui révéler l'existence de l'entrée secrète.

Non. S'ils se faisaient attaquer, il lui en parlerait. Bien qu'Owen soit un bon guerrier, Craig avait vu l'hésitation dans ses yeux, les signes du doute sur son visage. Il avait de l'expérience au combat, mais pas en stratégie.

En outre, son frère avait toujours été quelque peu imprudent ; Owen pourrait se saouler et en parler à quelqu'un. Même s'il lui faisait confiance, révéler son secret pourrait attendre.

CHAPITRE 20

Amy respira l'air frais et pur empli d'odeurs de mousse et d'herbe.

Craig et elle contemplaient la vaste chaîne de montagnes, les vallées loin en contrebas, et les parois rocheuses érodées par le vent et les pentes grises couvertes d'herbe jaune, vert et marron. De l'autre côté du vallon, le plus haut sommet, Craig l'avait appelé Ben Nevis, était entouré de nuages noirs bas. Une forêt de pins assombrissait la pente sur laquelle ils se trouvaient, et des buissons d'un gris argenté poussaient non loin de là. Le vent sifflait le long des pentes et faisait frémir l'herbe.

C'était la liberté. Où qu'elle regarde, le ciel et la nature l'entouraient.

Mais dans toute cette beauté et cette liberté, Craig était ce qu'il y avait de mieux. Son beau profil : son nez droit, ses cheveux ondulés sombres, ses yeux émeraude, sa bouche large, et ses lèvres sensuelles entourées d'une barbe naissante sexy. Sa cape rembourrée faisait ressortir sa haute carrure, ses larges épaules et ses hanches fines. Les entrailles d'Amy tressaillaient, son pouls battant la chamade dans sa gorge.

— C'est un merveilleux endroit pour un pique-nique, tu ne penses pas ? demanda Amy.

— *Aye*.

Craig posa la couverture qu'ils avaient apportée sur le sol, ainsi que le panier de nourriture qu'Amy avait préparé.

Il maintint le tartan afin qu'il ne s'envole pas le temps qu'Amy puisse s'asseoir. Ils avaient laissé les chevaux paître près du ruisseau avant que la pente ne devienne trop raide.

Amy ouvrit le panier et en sortit du pain, des galettes d'avoine, du fromage, du beurre, des prunes et des pommes fraîches de la dernière récolte, et une bouteille de vin. Le château fourmillait d'activité quand ils étaient partis ce matin-là. Après trois jours de recherches, Craig et ses hommes étaient revenus avec un maçon qu'ils avaient trouvé plus loin sur le Loch Linnhe. Il ne leur restait à présent qu'à trouver assez de pierres et de rochers. Pour le moment, ils faisaient construire des échafaudages sous la surveillance attentive du maçon et d'Owen.

Craig lui avait expliqué que c'était un bon moment pour laisser Owen en charge une journée. Il voulait donner une chance à son frère d'assumer les responsabilités pendant son absence.

— Merci d'avoir préparé cela, Amy. En raison de la guerre, je ne m'étais pas rendu dans les montagnes depuis longtemps, et je suis content d'être de retour. Elles me manquent.

— Moi aussi. Tu as grandi quelque part dans les montagnes ?

— *Aye*, sur le Loch Awe. Tu ignores où se trouvait le bastion du clan Cambel ? Le château d'Innis Chonnel appartient à ton clan depuis environ dix ans.

Amy s'humecta les lèvres et joua avec la jupe de sa robe.

— Oui, eh bien, je veux dire... Je ne sais pas où tu as grandi.

— *Aye*, j'ai grandi là-bas. J'escaladais les rochers, je pêchais dans le loch et je chassais.

Craig mordit dans un morceau de pain qu'il venait de rompre.

Elle l'étudia pendant qu'il mâchait et regardait d'un air pensif au loin. Il y avait toujours une pointe de tristesse dans ses yeux, quelque chose de sombre qu'il dissimulait. Elle voulait connaître son cœur, ce qui faisait qu'il était l'homme qu'il était. Puis elle se remémora pourquoi il détestait les MacDougall.

Craig lui avait dit : «Je ne désire point que vous ressentiez la même chose que ma sœur». Cela devait vouloir dire que les MacDougall l'avaient emprisonnée.

C'était donc courant dans sa famille, d'emprisonner des gens, pensa-t-elle gravement. Son père l'avait enfermée. Ses ancêtres avaient emprisonné la sœur de Craig.

— J'ai entendu quelqu'un dire que c'est là que ta sœur a été enlevée.

C'était risqué, de partir du principe qu'elle avait été enlevée. Craig s'arrêta de mâcher et sembla retenir son souffle, puis il lui lança un regard, sourcils froncés.

— *Aye*. Juste à côté du château. Elle était sortie cueillir des fleurs avec sa servante. La servante est revenue seule en criant.

De la douleur traversa Amy alors que sa poitrine se serrait. Elle secoua la tête.

— Ta pauvre sœur.

— C'est pour cela que je ne comprends pas pourquoi ton père te laisse vagabonder avec seulement un homme pour te protéger, et parfois même seule. Les belles demoiselles seules dans les bois ont tendance à se faire enlever par des rustres.

Amy inspira. Quelle époque barbare !

— Comment s'appelle ta sœur ?

— Tu ne l'as pas vue pendant qu'elle était à Dunollie ?

Amy s'éclaircit la gorge. Elle devrait continuer à faire semblant.

— Non.

— Marjorie. N'étais-tu point là quand nous l'avons libérée ? Je me rappelle être monté dans la chambre de ta mère, il y avait des garçons et des filles. N'étais-tu parmi eux ?

Amy baissa les yeux.

— Non. J'étais en Irlande.

— *Aye*. Eh bien, heureusement que tu n'étais pas là. N'es-tu pas en colère que j'ai tué ton frère ?

Craig avait tué le frère d'Amy... Elle déglutit. L'Amy MacDougall de ce siècle l'aurait su.

— Était-il responsable de l'enlèvement ?

— Tu ne sais donc vraiment rien ?

Il plissa les yeux et elle secoua la tête. Il soupira.

— Je suppose que ta famille n'en est point fière. Alasdair ne l'a pas seulement enlevée, Amy. Il l'a retenue prisonnière et l'a violée. Tout cela, car elle a refusé de lui donner sa main.

Le corps entier d'Amy fut saisi de choc. Violée... retenue prisonnière...

Par un des grands ancêtres MacDougall dont son grand-père était si fier. Une fierté qu'il lui avait inculquée quand elle était enfant. Elle comprenait maintenant pourquoi Craig détestait tant les MacDougall. La honte lui enflamma les joues et le cou. La pauvre fille.

— *Aye*, j'ai tué Alasdair quand notre clan est venu libérer Marjorie. Ton père l'a bien vengé deux ans plus tard en tuant Ian.

— Ian ?

— *Aye*. Mon cousin. Ta famille l'a tué pendant une bataille entre nos clans et ne nous a jamais rendu le corps. Pourquoi étais-tu absente aussi longtemps ? J'ai parfois l'impression que tu ignores tout de ces choses, pourtant, je suis certain que ton clan nous haït et ne ressent que fureur à notre égard. Non ?

Amy expira.

— Comme je te l'ai dit, je ne suis pas ton ennemie, Craig. Je n'ai rien fait de tout ça.

— *Aye*. C'est vrai. Tu n'as rien fait. Il m'est toujours difficile de croire que tu es si différente de ton père. De ton frère.

Son père... Elle espérait certainement qu'elle n'avait rien en commun avec cet homme. Peut-être que l'Amy MacDougall de ce siècle comprenait ce qu'elle ressentait. Un père capable de permettre à son fils d'enlever et de violer une femme était aussi coupable que son fils.

— Je comprends un peu ce que ta sœur a dû ressentir.

— Quoi ?

Il releva brusquement la tête, des éclairs dans les yeux.

— Tu as été violée ? Qui...

L'inquiétude et la colère dans ses yeux étaient sincères, et elles lui réchauffèrent le cœur. Elle but une gorgée de vin à la bouteille pour se donner du courage. Elle voulait le lui raconter. Elle n'en avait parlé à personne à part sa sœur, et encore, elle était restée vague. Elle n'en avait jamais vraiment parlé, bien qu'il lui soit arrivé de penser qu'elle devrait voir un psy ou quelque chose du genre.

Mais Craig avait été témoin de quelque chose de similaire qui était arrivé à sa sœur : l'enfermement, le désespoir à l'idée d'être emprisonné et de ne jamais être trouvé.

Elle avait besoin de le lui dire. Elle voulait qu'il sache qu'elle était de son côté. Peut-être qu'ensuite, quand il saurait ce qui lui était arrivé, elle lui dirait toute la vérité. Qu'elle n'était pas l'Amy qu'il croyait.

Et peut-être qu'il lui pardonnerait.

Elle avait mal dans la poitrine alors qu'elle cherchait les souvenirs qu'elle avait délibérément refoulés pendant vingt ans. Elle eut la chair de poule, et ses yeux la brûlèrent.

Et elle se laissa aller.

— Je n'ai pas été violée. Quand j'avais dix ans, j'ai commencé à faire des cauchemars. J'imaginais qu'il y avait des fantômes et des monstres sous le lit et je n'arrivais pas à dormir.

À vrai dire, cela avait commencé après la mort de sa mère, plus tôt cette année-là. Perdue, triste, ayant peur pour l'avenir, Amy était allée voir la seule personne qui lui restait à part Jenny : son père.

— Je suis allée voir mon père, pour lui demander de les chasser. Mais la plupart du temps, je le trouvais à moitié inconscient tant il picolait.

— Picolait ?

— Il était saoul, se reprit-elle. Puis, un soir, il en a eu assez. Il était encore saoul, mais assez sobre pour trouver une solution créative. « Tu es une lâche, Amy MacDougall ! avait-il crié. Il n'y a pas de fantômes. Il n'y a pas de monstres. Retourne te coucher. » Mais quand j'ai soutenu que je ne pouvais pas, il a dit : « Il est temps que tu apprennes à affronter tes peurs. Tu sais comment mon père m'a appris à nager ? Il m'a jeté dans un lac. J'ai failli me noyer, mais j'ai appris à nager. C'est comme ça que tu vas apprendre à ne pas avoir peur du noir. »

Amy essuya une larme sur sa joue. Craig l'écoutait en silence, avec franchise, se contentant de la laisser parler. Et cela aidait. Elle se sentait acceptée. Elle avait l'impression qu'il comprenait.

Elle lui était tellement reconnaissante.

— Il était fort, même quand il était complètement saoul. Il était grand, les bras comme des troncs d'arbre, et l'haleine sentant l'alcool. Il m'a traînée hors de la maison et m'a emmenée quelque part au beau milieu de la nuit. J'étais terrifiée. Je pensais qu'il allait me tuer parce que j'avais peur des monstres sous mon lit. Mais il m'a emmenée dans une grange abandonnée de notre ferme, je veux dire, de nos terres. Et il m'y a enfermée.

Amy se rappela les lumières aveuglantes des phares du pick-up contre les champs de maïs pendant que son père conduisait, les rugissements du vieux moteur, l'odeur du whisky et de l'essence dans l'habitacle. La force terrifiante dont il avait fait preuve quand il l'avait traînée dans le bâtiment sombre alors qu'elle se débattait et criait. Le claquement impitoyable du verrou de l'autre côté de la porte.

Et les ténèbres qui l'enserraient comme dans un cercueil.

— J'y suis restée deux nuits et un jour, et je me souviens de chaque instant, bien que j'aimerais n'en avoir aucun souvenir. Si c'était possible, je les aurais effacés de ma mémoire, comme s'il ne s'était rien passé. J'avais tellement faim que j'ai mâché du vieux foin. Il n'y avait pas de nourriture ni d'eau. Tu sais combien de temps on peut survivre sans manger ? Vingt et un jours. Mais sans eau ? Trois.

Un pli barra soudain le front de Craig, ses yeux sombres remplis d'empathie.

— Personne ne t'a cherchée ? Pas même ta mère ?

Il n'y avait que Jenny, qui avait six ans, et son père à la ferme. Le lendemain, il avait complètement oublié. Il s'était contenté de continuer à boire comme un trou. Jenny lui avait demandé où elle était, mais il lui avait dit qu'elle devait être à l'école.

Le troisième jour, l'école les avait appelés et Jenny avait dit qu'elle ne l'avait pas vue depuis trois jours. Ils avaient ensuite appelé la police. Un policier l'avait trouvée déshydratée, frissonnante et désespérée.

— Si, elle m'a cherchée, mentit-elle. Mais ils ne m'ont pas trouvée. Ils ne m'ont trouvée que trois jours après. J'aurais pu mourir s'ils étaient arrivés ne serait-ce que quelques heures plus tard.

— Ton père n'avait pas le droit de faire une telle chose à une petite fille.

— Tu as raison. J'ai appris deux choses là-bas : l'obscurité et les espaces restreints me terrifient. Et tant que je peux y faire quelque chose, je ne laisserai pas une autre âme se sentir perdue et abandonnée comme moi. Tu sais ce que ça fait d'appeler à l'aide pendant des heures sans que personne ne vienne ? C'est pour ça que je ne supporte pas d'être enfermée dans ce château, surtout dans une seule pièce.

Craig posa une main sur la sienne, sa chaleur la calmant.

— Je suis désolé, Amy. Je l'ignorais. Et c'est moi qui t'ai attachée et enfermée... Si j'avais su...

— Tu ne pouvais pas le savoir. C'est mon secret. Je devrais avoir tourné la page à présent, mais j'ai toujours peur d'être perdue et enfermée. Et c'est pour ça que je n'ai pas de but dans la vie, je suppose.

— Mais tu sauves tous ces gens.

— Oui, mais après ? Que fera Amy MacDougall ensuite ? La plupart des femmes veulent se marier, avoir des enfants. Je ne veux pas.

— Ah bon ? Et le comte de Ross ?

Elle ignora sa question.

— Tu sais que j'ai déjà été mariée avant ?

— Ah ?

— Oui. Par amour. Je le pensais parfait, je pensais que je ne trouverais jamais mieux que lui. Mais bien qu'il soit merveilleux, j'avais l'impression d'étouffer. Je n'arrivais pas à respirer, à avancer. J'avais l'impression d'être de retour dans la grange. Alors on a divorcé. J'ai demandé le divorce. Il y a quelque chose qui ne va pas chez moi, Craig. Si jamais je rentre chez moi, je consacrerai ma vie à chercher des gens dans les montagnes.

— Amy, ce que ton père a fait est horrible. J'ai l'impression que tu t'es perdue dans cette grange et que tu ne t'es pas encore trouvée. J'ai l'impression que c'est toi que tu cherches à chaque fois que tu vas sauver quelqu'un. Tu dois te trouver d'abord.

Un frisson la parcourut tandis que ses paroles résonnaient en elle.

Tu t'es perdue dans cette grange...

Elle le regarda. Comment était-il possible qu'un inconnu vivant des siècles avant elle la comprenne mieux qu'elle ne se comprenait elle-même ? Mieux que tout le monde à son époque ?

Elle posa une main sur sa mâchoire légèrement barbue. Au moment où elle était sur le point de l'embrasser, une pluie battante se mit soudain à tomber.

Amy poussa un petit cri et éclata de rire. Un sourire insouciant et joyeux se dessina sur les lèvres de Craig. Il l'attira contre lui, la glissa sous son corps et l'embrassa, brièvement mais passionnément, déclenchant un frisson en elle.

— Je vais te protéger de la pluie.

Mais ses cheveux étaient trempés et des gouttes de pluie tombèrent dans les yeux d'Amy.

— Protège-moi de la pluie au château, s'il te plaît, rit-elle.

— *Aye.*

Après un autre rapide baiser, il l'aida à se relever.

Pendant qu'ils rangeaient le pique-nique dans le panier, Amy oublia qu'elle venait du vingt et unième siècle et lui du quatorzième. Elle se sentait simplement comme une femme à un rendez-vous avec un bel homme sous la pluie.

CHAPITRE 21

Craig ne pensait pas avoir quitté Amy des yeux une seconde ; la pluie était une distraction bienvenue tandis que son cœur martelait violemment.

La femme qui venait de se confier à lui ne pouvait être une traîtresse. Elle ne pouvait être une menteuse, une meurtrière. Après cette prise de conscience, il eut l'impression qu'un lourd poids lui fut retiré. Elle ne pouvait avoir inventé cette histoire ; il avait vu la douleur et le désespoir sincères pendant qu'elle lui parlait de la grange.

L'homme l'avait laissée seule pendant trois jours, sans eau ni nourriture. Il l'avait laissée mourir. Il doutait qu'Amy puisse être loyale à un homme comme John MacDougall, et qu'elle ait hâte d'épouser le comte de Ross.

Elle avait divorcé, ce qui signifiait qu'elle avait de l'expérience. Cela ne le dérangeait pas qu'elle ne soit pas vierge ; ce genre de choses n'avaient pas d'importance à ses yeux. Elle s'était probablement mariée selon les vieilles traditions celtes, que l'Église interdisait. Elles autorisaient la séparation et le divorce, contrairement à la nouvelle Église catholique. Mais cela voulait également dire que son époux avait été généreux ; une femme ne pouvait demander la séparation. Amy avait donc dû le convaincre de la laisser partir.

Mais ce serait l'Église qui la marierait au comte de Ross. Il n'y aurait pas d'échappatoire.

Peut-être son mariage avec Craig apportait-il une agréable perturbation. Peut-être pouvait-il lui faire confiance, après tout. Peut-être pourraient-ils partager plus que la cérémonie des mains liées s'il apprenait à mieux la connaître.

Il soupçonnait qu'il était en train de tomber amoureux d'elle.

Craig et Amy étaient trempés quand ils arrivèrent au château. La cour s'était transformée en marécage boueux. L'arôme du souper — du ragoût et du pain frais — flottait dans l'air, mais ce n'était pas de nourriture qu'il avait envie. Il faisait déjà sombre ; seules des torches illuminaient les bâtiments. Craig vit Owen et quelques autres sortir de la grande salle...

Avec... Non, impossible...

Craig plissa les yeux pour voir malgré la pluie battante.

— Ce sont des femmes ? demanda Amy.

— Soit ça, soit la poitrine et la chevelure de mes hommes ont soudain poussé.

Owen courut vers la tour Comyn en tenant une femme par la main.

— Owen, Owen, grommela Craig en secouant la tête. Cela ne peut être que sa faute.

— Quand le chat n'est pas là, les souris dansent. J'imagine qu'il a organisé une fête et a invité des filles. Tu vas aller les arrêter ?

Craig s'émerveilla à la vue du visage humide d'Amy brillant à la lueur d'une torche, ses longs cils collés par la pluie, ses lèvres si rouges et voluptueuses qu'il brûlait de les goûter.

— M'occuper d'Owen est la dernière chose que j'ai envie de faire. J'ai d'autres choses en tête. Notre pique-nique n'est point terminé.

Elle haussa les sourcils et lui fit un doux sourire, qui illumina la soirée.

— Emmenons d'abord les chevaux à l'écurie, dit-il.

Dans les écuries sombres, l'odeur du foin et des animaux les enveloppa, si simple, primitive, naturelle.

— Tout va bien ? demanda-t-il. Cela ne te dérange pas d'être ici ?

— Non, répondit-elle en souriant. La sortie est juste là. Et tu es avec moi.

De la chaleur l'envahit. Amy brossa doucement l'encolure de son cheval, le caressant et lui murmurant des paroles apaisantes, comme si elle avait fait cela toute sa vie. Comment cela serait-il de sentir sa paume ainsi sur son corps ? Il posa sa main sur la sienne et elle s'immobilisa.

Lorsqu'elle se tourna vers lui, ses yeux scintillèrent dans l'obscurité.

Sans un mot, il posa une main sur sa taille et l'attira tendrement contre lui. Elle glissa une main sur son torse sous sa cape mouillée. Sa main était froide et le brûla quelque peu.

— Je te remercie pour cette journée, Amy. Cela faisait bien longtemps que je n'avais pas passé une journée ainsi. Tout ce que tu m'as raconté... Je sais que ce n'était pas aisé d'en parler. Je protégerai ta confiance comme un bien précieux.

Elle cligna des yeux pour en chasser les petites larmes. Il caressa sa joue de son pouce.

— Je suis incapable d'arrêter de penser à toi. Ce que tu as fait l'autre jour, ça m'a blessé. Me blesseras-tu à nouveau comme tu l'as fait quand tu as essayé de t'échapper ? Me trahiras-tu ?

Elle cligna encore une fois des paupières, ses cils tremblant. Elle posa une main sur sa mâchoire, et il embrassa rapidement sa paume.

— Je ne veux plus penser. Je ne veux plus m'inquiéter. Je veux vivre. Ici et maintenant. Je ne veux pas promettre, prévoir, ni me souvenir.

Elle déposa un doux baiser sur ses lèvres, ce simple geste enflammant son sang.

— C'est toi que je veux, déclara-t-elle.

Il observa ses yeux, pour s'assurer qu'elle était sérieuse, qu'elle lui donnait enfin la permission. Il y vit un désir sombre, une envie, et une promesse.

— Oh, petite friponne.

Il lui enlaça la taille, la souleva, puis plaqua sa bouche sur la sienne. Elle lui répondit avec presque autant de passion. Il ne pouvait plus attendre. Il devait la posséder sur-le-champ. Avant de lui faire peur et qu'elle ne change d'avis. Leur trêve semblait encore fragile.

Sans mettre fin au baiser, il détacha sa cape, puis celle d'Amy. Il posa ses mains sous son beau cul et leva ses jambes pour qu'elle les enroule autour de lui. Surprise, elle gémit doucement, mais elle resserra ses bras autour de son cou.

Il la porta vers le gros tas de foin dans le coin de l'écurie. S'agenouillant, il l'y allongea.

Une femme hurla, un homme jura, puis deux personnes sautèrent du foin en tenant leurs vêtements devant eux.

— Que diable ? cria Craig.

Il redressa vivement Amy et la mit derrière lui.

— C'est moi, Lachlan ! dit l'homme en enfilant sa tunique.

La femme derrière lui s'habilla tout aussi rapidement. Craig secoua la tête en reconnaissant son cousin éloigné dans la pénombre.

— Pourquoi ne vous êtes-vous point montrés plus tôt ?

— Je pensais que vous quitteriez l'écurie, répondit la femme.

— Nous ne vous attendions point si tôt, dit Lachlan. Nous pensions que nos invités seraient parties avant votre retour.

Craig secoua la tête et grogna.

— Partez.

— Où ? C'est le seul endroit qui n'est pas occupé.

— Je vais tuer Owen. Allez n'importe où. Allez dans ma chambre et prenez mon lit, je n'en ai cure. Laissez-nous, mon épouse et moi.

— *Aye*, mon cousin.

Ils s'enfuirent en courant, main dans la main. Les cheveux de la femme étaient longs et roux, comme ceux d'Amy, mais elle était loin d'être aussi belle.

Craig secoua la tête et regarda autour de lui.

— Y a-t-il qui que ce soit d'autre ici ?

Il n'entendit rien à partir les petits renâclements des chevaux. Amy et lui échangèrent un regard. Dieu merci, elle semblait amusée et non effrayée ni dégoûtée. Elle éclata de rire, et ce fut le plus beau bruit qu'il ait jamais entendu. Il sourit aussi en la voyant rire, puis l'hilarité le prit à son tour. Ils restèrent à se regarder en riant.

Craig ne s'était jamais senti aussi heureux.

Avec quelques derniers gloussements, ils reprirent lentement leur souffle.

— Viens là, dit-il en l'attirant vers lui.

— Ici ?

— *Aye*, Amy Cambel, ici. Tu l'as entendu, tout le reste du château est occupé. Je ne partagerai de chambre avec personne. Je te veux rien que pour moi.

Elle se glissa dans ses bras.

— Eh bien, il se trouve que je suis du même avis que toi.

— Dieu soit loué. Si je ne peux t'avoir maintenant, mes testicules vont éclater.

— Il ne faudrait certainement *pas* qu'une telle chose se produise, murmura-t-elle tendrement avant de l'embrasser.

CHAPITRE 22

L e baiser était lent, comme du miel qui s'écoulait. Amy prit son temps, profitant de sa bouche chaude, douce et délicieuse.

Il lui rendit avidement son baiser, comme s'il n'avait jamais rien goûté d'aussi bon et qu'il ne voulait pas s'arrêter. Il l'allongea de nouveau sur le foin, dans lequel elle s'enfonça. Il s'étendit à côté d'elle. L'odeur du foin frais les enveloppa.

Ressentait-elle une quelconque angoisse à l'idée d'être dans une grange obscure ? Non. Avec Craig, elle se sentait en sécurité et au chaud. Elle était prête à ce que les mauvais souvenirs soient remplacés par des bons, des agréables.

Le foin la piquait à travers sa robe, ajoutant un petit quelque chose en plus à son excitation. Il posa une main sur sa joue, puis fit courir l'autre sur son corps. Son contact lui picotait la peau même à travers ses vêtements. Ne voulant pas qu'il arrête de la toucher, elle se cambra contre sa main. Il couvrit son sein et le massa, faisant tourner son pouce autour de son mamelon, qui durcit, habité d'une délicieuse douleur.

— Oh, tu aimes ça ? murmura-t-il dans son cou, ses lèvres frôlant sa peau.

— Hummm.

— Et ça, ça te plaît ?

Il descendit vers sa poitrine et prit son téton entre ses dents à travers la robe, mouillant le tissu. Un éclair de douceur la traversa. Arquant le dos, elle cria plus fort :

— Ohhhh !

— Je savais que tu aimerais ça. Et si je fais ça ?

Il enfonça un peu plus son sein dans sa bouche et le suça tout en tenant l'autre et en faisant glisser son téton entre ses doigts.

Des vagues d'une délicieuse torture l'envahirent et elle gémit, incapable de se retenir.

— Oh Seigneur, oui !

Elle passa ses doigts dans ses cheveux soyeux et humides, puis sur ses puissantes épaules. Il descendit le long de son ventre en l'embrassant à travers la robe, et curieusement, c'était plus érotique que si elle avait été nue. Cela avait quelque chose de simple. Les écuries. L'homme. La femme. Leur désir.

Sa peau la picotait de plaisir là où il la touchait, comme s'il connaissait les secrets que renfermait son corps alors qu'elle-même les ignorait.

Craig mit une main sous sa jupe et lui toucha la jambe. Elle l'éloigna instinctivement ; elle n'était pas rasée, mais cela ne sembla pas le déranger.

Ah oui. Les femmes du Moyen-Âge ne devaient pas s'épiler. Hum. Elle pourrait s'habituer à ne pas devoir se raser.

Il fit courir ses doigts le long de sa jambe, embrasant sa peau. Plus il s'approchait du haut de sa cuisse, plus elle se crispait d'impatience. Elle souffrait, son corps la brûlait, mouillait.

Il leva les yeux vers elle en posant sa main sur son sexe.

— Ahhh.

Elle pencha la tête en arrière.

— Regarde-moi, Amy.

Elle ouvrit les yeux et s'exécuta. Son regard était sombre, brûlant dans la pénombre des écuries. Il fronçait les sourcils, et ses lèvres étaient entrouvertes et légèrement gonflées. Il y avait tant de chaleur, tant de promesses dans ses yeux qu'elle se crispa un peu plus.

— Tu es mienne, et je suis tien.

Il écarta ses lèvres. Elle poussa un petit cri, mais elle ne savait pas ce qui était plus doux de ses paroles ou de ses doigts. Il appuya légèrement sur son clitoris et se mit à tourner autour, attisant son extase.

Elle serra les poings sur le foin. Elle avait besoin de s'accrocher quelque part, sinon elle volerait en éclats dans ses bras.

Il remonta sa jupe jusqu'à ses hanches de son autre main. Ses jambes et son bassin furent secoués d'un petit frisson sous l'air froid. Il se pencha en avant et s'installa entre ses cuisses avant de la regarder droit dans les yeux.

— Amy...

Sa voix résonna en elle, si basse et dangereuse. Comment pouvait-il y avoir tant de chaleur dans un seul mot ?

Puis il posa sa bouche sur elle, et l'intensité du doux plaisir qui la parcourut lui fit pousser un petit cri.

— Ahhhh !

Et sa langue... sa belle langue coquine et experte commença à bouger, à tourner, à laper, à titiller. Amy se laissa aller, à la fois détendue et raide ; perdues dans des sensations qu'elle n'aurait jamais cru ressentir un jour.

Elle n'était pas vierge, elle se pensait bonne au lit. Mais ça... Lui... C'était plus que physique. C'était quelque chose d'autre. Quelque chose qui lui faisait voir des étoiles.

Elle sursauta.

— Non, souffla-t-elle.

— Quoi ?

Il se redressa.

— T'ai-je fait du mal ?

— Tu ne m'as pas fait de mal. Au contraire, Craig. Mais je ne vais pas tenir longtemps. Je te veux. Je veux te sentir en moi.

Son regard s'assombrit.

— Oh, *aye*, ma douce ? Ne t'ai-je point dit que tu dois demander ?

Amy secoua la tête et pouffa.

— Oui. Je t'en prie.

Il hocha la tête, un sourire satisfait aux lèvres.

— Seulement parce que tu le demandes.

Se levant, il défit nonchalamment son pantalon, le laissa glisser le long de ses jambes, puis le retira d'un coup de pied. Il se tint devant elle, ses magnifiques jambes sculptées, et...

Elle eut le souffle coupé.

Une longue et épaisse érection pleine de désir continuait à grandir sous ses yeux. Elle s'humecta les lèvres.

— Viens là.

Il se laissa tomber à genoux sans la quitter des yeux. Elle avait l'impression que quelque chose d'invisible les liait, comme s'ils étaient enroulés dans un grand plaid bien chaud. Elle ne savait plus où son corps prenait fin et où commençait celui de Craig.

Il resta au-dessus d'elle.

— Tu es mienne, Amy. Laisse-moi t'aimer comme un homme peut aimer une femme.

— Oui, je t'en prie.

Il appuya sa verge contre sa féminité, déclenchant en elle une décharge de plaisir. Puis il s'enfonça lentement, l'étirant délicieusement avant de la combler entièrement.

Il la serra dans ses bras lorsqu'elle se cambra et enroula ses jambes autour de lui. Son regard était braqué sur elle, comme s'il pouvait la caresser, lui aussi.

Puis il se retira, accentuant les sensations en elle. Il se mit à faire des va-et-vient de plus en plus rapides. Touchant son point G, il l'emmena de plus en plus haut. Elle n'avait jamais ressenti une telle chose.

Oui, elle avait eu des orgasmes, mais rien qui s'approchait de cette connexion cosmique, électrique qui la touchait jusqu'au plus profond de son âme.

C'était comme s'il la sentait, sentait ses désirs, ce qui la faisait réagir.

Ses coups de reins se firent plus puissants, plus rapides. Il l'ouvrit, libérant quelque chose au plus profond d'elle.

Elle avait le souffle court. Ils pantelaient, gémissaient, grognaient.

Le doux plaisir fit se raidir quelque chose en elle.

Et bientôt, bien trop tôt, il l'emmena au septième ciel.

— Oh, Craig ! Oh, Craig !

— *Aye*, ma douce, jouis.

Après deux autres coups de bassin exquis, elle explosa autour de lui, secouée de spasmes, avant de se détendre.

Suivant son rythme, il s'enfonça en elle, avec elle. Il jouissait aussi ; son corps se tendit, ses mouvements se firent plus abrupts, il serra les doigts sur les hanches d'Amy, l'agrippant.

Un frisson traversa son corps entier et il s'effondra sur elle.

— Mon épouse, murmura-t-il.

Amy passa ses bras autour de ses larges épaules. Ils respirèrent en harmonie, son torse s'élevant et retombant avec le sien.

Alors qu'elle s'endormait, paisible et heureuse pour la première fois depuis bien longtemps, une pensée lui vint à l'esprit. Comment pourrait-elle partir et lui briser le cœur alors qu'elle était en train de tomber amoureuse de lui ?

CHAPITRE 23

Hamish se blottit dans sa cape sur le mur sud. La pluie n'était pas si terrible sans le vent, mais cette maudite humidité le pénétrait jusqu'à l'os. Il était de garde depuis plusieurs jours ; son châtiment pour avoir laissé Amy MacDougall entrer dans la réserve souterraine.

Enfin.

Elle cherchait le passage secret, elle aussi. Il le savait.

Il ne l'avait jamais vue avant de venir à Inverlochy. Il ignorait même que John MacDougall avait une fille nommée Amy. Il n'avait rencontré le chef de clan et ses gardes que deux fois, dans la forêt, il n'avait donc pas rencontré sa famille.

Il trouvait cela inquiétant que John ne l'ait pas prévenu que sa fille serait au château. Peut-être était-elle censée être partie avant son arrivée.

Ou peut-être MacDougall se fichait-il de sa fille. C'était bien possible, au vu du regard froid et distant de l'homme. Hamish connaissait des gens comme lui. Ses parents adoptifs les avaient regardés ainsi, sa sœur adoptive Fiona et lui.

Comme s'ils regardaient des outils pour travailler à la ferme.

Hamish se sentait désolé pour Amy.

Cependant, elle était de son côté. Elle feignait si bien qu'il avait douté d'elle jusqu'à ce qu'il la voie fouiller dans la réserve.

Le passage secret était là, quelque part. Peut-être sous ce rocher avec les gravures. Peut-être ailleurs. Mais cela devait être pour cette raison que Craig avait posté des gardes là-bas. Il craignait qu'Amy s'enfuie et que quelqu'un d'autre puisse trouver le passage secret.

Maintenant qu'il savait où se trouvait l'entrée, il n'avait plus besoin de Craig.

Il pouvait libérer la jeune femme.

Il avait regardé Craig et Amy traverser le village à cheval. Bien qu'il n'ait pu voir leur visage dans la pénombre, ils semblaient détendus. Après avoir mis pied à terre, ils étaient restés proches. Ils avaient même eu l'air heureux.

Puis Craig l'avait embrassée.

La pauvre femme.

Hamish serra les poings. Elle devait faire semblant de tolérer ses caresses dans l'espoir d'obtenir sa liberté.

Comme Fiona avait fait comme si le travail n'était pas trop dur, comme si elle n'était pas fatiguée, comme si elle ne souffrait pas. Tout pour que leurs parents adoptifs ne la battent pas. Il avait fait son travail aussi. Autant que possible sans qu'ils le remarquent.

Mais Fiona était faible. Elle avait besoin de repos et de soins. Elle n'avait reçu aucun des deux.

Puis il avait enterré la seule personne qui avait été gentille avec lui, qui avait tenu à lui, qui était comme lui.

Réprimée. Emprisonnée. Utilisée.

Comme Amy.

Ce soir-là, Owen était parti au village avec Lachlan et quelques autres, et avait invité la moitié des villageois pour un festin. Hamish n'aurait de meilleure occasion de faire ce qu'il était venu faire. La plupart des hommes seraient saouls et occupés à séduire les femmes.

Personne n'aurait de soupçons.

Il était temps d'accomplir sa mission. Ce soir-là. D'obtenir son argent de John MacDougall, de lui ramener sa fille.

Ensuite, Hamish pourrait enfin s'acheter un peu de terres avec des fermes et un donjon ou un château. Peut-être une île. Et il y vivrait paisiblement.

Il avait déjà abandonné la seule femme qu'il se serait vu épouser. Voilà neuf ans, à la frontière avec l'Angleterre, il était tombé amoureux de Deidre Maxwell, fille du chef du clan Maxwell à Caerlaverock. Elle était noble. Il n'était personne. Il venait de commencer à chercher des missions à l'époque, pas un sou en poche. Pourtant, il l'avait séduite et elle lui avait offert sa virginité. Leur liaison avait été le temps le plus heureux de sa vie.

Il l'avait ensuite quittée. Il s'était enfui, car elle voulait l'épouser.

Il ne pouvait pas s'attacher à quelqu'un ainsi seulement pour le perdre comme il avait perdu Fiona.

Il secoua la tête pour chasser les souvenirs douloureux. Il devait se concentrer sur sa mission. Rejoindre l'armée de Robert Bruce et l'ébranler de l'intérieur en faisait partie. Le seigneur Comyn avait appris à John MacDougall qu'il y avait un passage secret, mais pas où il était.

Et si le vieux seigneur MacDougall ne tenait pas à sa fille, cela ne lui donnait que plus de raisons de la protéger.

Aye, sa misère prendrait fin ce soir-là.

Amy et Craig se rendirent dans les écuries, et après un temps, ils coururent vers la tour Comyn, main dans la main, leurs vêtements froissés et couverts de foin.

Sa mâchoire se crispa et il serra les dents. La pauvre fille. Elle avait dû coucher avec lui.

Hamish la libérerait.

Quand le couple disparut, il quitta son poste. Il vérifia que la dague que lui avait donnée *Sir* Williams était bien dans sa botte. C'était un beau cadeau d'adieux après des années de loyaux services en tant que son écuyer. Des années durant lesquelles il s'était entraîné pour devenir un guerrier invincible. Des années durant lesquelles il s'était entraîné pour obtenir sa liberté. Quand personne d'autre n'aurait l'audace de lui dire quoi faire.

Il courut vers la grande salle. Il jeta un coup d'œil vers les gardes qui pourraient l'avoir vu. Il savait que certains d'entre eux étaient probablement en train de dormir et que les autres ne prêtaient pas attention.

Il entra dans la grande salle, où résonnaient rires et musique, et qui sentait l'odeur corporelle et l'alcool. Les gens dansaient. Il salua quelques hommes afin d'être vu. Puis il détacha sa cape et la laissa dans un coin. Il but une coupe d'*uisge*, riant et chantant bruyamment. Après qu'assez de gens l'avaient remarqué, il se glissa dehors. Il courut vers la tour Comyn et monta les marches jusqu'au premier étage.

Derrière la porte, dans les appartements privés du seigneur où dormaient les Cambel, les bruits d'une femme satisfaite et d'un homme à l'extase le firent rire.

Owen, Owen. C'est bien que je tue Craig ce soir. Car il vous aurait fait tuer demain.

Hamish continua sa montée de l'escalier jusqu'à atteindre la porte de la chambre du seigneur. Un homme poussait des gémissements sonores et rythmés, mais la femme semblait avoir des difficultés.

Un grognement bas lui échappa. Sortant la dague de sa botte, il ouvrit la porte en silence. Deux silhouettes bougeaient sous les couvertures. La tête sombre de Craig était au-dessus, et les cheveux roux d'Amy étalés sur l'oreiller. Il retenait ses mains sur l'oreiller au-dessus de sa tête.

Hamish s'approcha sans un bruit et s'arrêta près du lit. Leurs yeux étaient fermés.

Il prit Craig par les cheveux, lui tira la tête en arrière et lui trancha la gorge d'un mouvement rapide. Du sang se déversa en jets sur Amy.

Elle écarquilla les yeux et ouvrit la bouche pour crier, mais Hamish était prêt. Il posa une main sur ses lèvres pour étouffer le bruit.

— Chut ! Tout va bien, Amy…

Il ouvrit de grands yeux. Ce n'était pas Amy. Elle avait les mêmes cheveux roux, mais il n'avait jamais vu cette femme.

Il jura. C'était sa seule règle : ne jamais faire de mal à une femme innocente.

— Grands dieux, marmonna-t-il.

Il regarda le visage de l'homme.

Lachlan !

Il avait tué un innocent. Il appréciait réellement Lachlan. Son ventre se serra, un nœud se forma dans sa gorge.

Il lança un regard à la femme, qui était sur le point de crier.

— Si vous tenez à la vie, taisez-vous et venez avec moi.

Il devrait se séparer d'une grande quantité de ses économies, mais c'était la seule règle qu'il ne pouvait enfreindre : les femmes et les enfants innocents étaient intouchables.

Ou il ne pourrait jamais se le pardonner.

CHAPITRE 24

Craig entrelaça ses doigts à ceux d'Amy et examina sa main féminine. Ils étaient à présent habillés et allongés dans le foin. Les chevaux dormaient, la pluie tombait doucement sur les murs et le toit. Elle était allongée sur lui, son poids plaisant et apaisant. Sa poitrine se mouvait en rythme avec la sienne alors qu'il respirait. L'odeur de ses cheveux et de sa peau, mêlée à celle de l'herbe et de la pluie, l'enveloppait.

Craig se sentait satisfait. Son corps lui semblait avoir crû et s'être alourdi. Un sentiment de légèreté habitait sa poitrine, l'écho de l'espoir qu'il ressentait parfois au printemps.

Amy...

Elle était bien plus que ce qu'il aurait jamais pensé ni espéré. D'ennemie, elle était devenue autre chose. Il ne savait encore quoi.

Il se pouvait toujours qu'elle fasse quelque chose qui brise sa confiance ou le blesse comme il n'avait encore jamais été blessé auparavant.

Parce qu'il voulait vraiment l'appeler son amour.

L'amour de sa vie.

Son épouse.

La femme en qui il pouvait avoir plus confiance qu'en lui-même.

Il avait besoin d'accorder sa confiance à quelqu'un comme cela.

— Ça va ?

Il pouffa.

— Je ne m'habituerai jamais aux mots étranges que tu dis parfois. Ça va ?

Elle sourit.

— Désolée. Je voulais dire, est-ce que tout va bien ? Ton cœur s'est mis à battre plus vite tout d'un coup.

Elle posa son menton sur son torse pour le regarder. Ses yeux étaient grands, doux et brillants. Il prit une mèche de ses cheveux, qui étaient auburn dans l'obscurité.

— *Aye*, je vais bien. Je pensais simplement à toi...

— Oh. Eh bien, tant mieux, car je pensais à toi, moi aussi.

Elle lui embrassa doucement le torse.

— Et à la confiance.

Elle se raidit et leva la tête vers lui, son sourire s'évanouissant.

— Tu penses pouvoir me faire entièrement confiance un jour ?

— Je le veux.

— Mais...

— J'ignore si tu peux comprendre ce que ton clan m'a fait.

Elle se mordit la lèvre inférieure.

— Dis-le-moi alors.

Son murmure était si bas que cela aurait pu être une incantation.

Craig se rallongea, des souvenirs de sang, de bois brûlant et de cris d'hommes mourants envahissant son esprit.

— Je suppose que je n'arrivais pas à croire que leur trahison était réelle jusqu'à ce que je la vois. Marjorie.

Il déglutit dans l'espoir d'apaiser le nœud dans sa gorge, de laisser s'exprimer la tension, la colère qui brûlaient en lui au lieu de les chasser comme d'habitude.

— Je me suis glissé dans le château, j'ai atteint la chambre à l'étage où elle se trouvait, avec ton frère. Son visage était pâle, meurtri, et ses jambes nues éraflées et contusionnées. Je n'arrivais plus à réfléchir. Je devais le tuer, même si cela ne déferait jamais son terrible acte.

Sa gorge tressaillit alors qu'une puissante vague de tristesse et de culpabilité s'élevait en lui. Des larmes lui brûlèrent les yeux.

— Je savais que nous avions été trahis, mais *voir* ce qu'il lui avait fait... Cela a brisé quelque chose en moi. C'est ma seule sœur, la seule à avoir la même mère que moi. Owen et Domhnall sont mes demi-frères, Lena ma demi-sœur. Je les aime, mais Marjorie est spéciale. Elle fait partie de moi. Tu comprends ?

Amy expira doucement.

— Plus que tu ne le sais.

Craig hocha la tête.

— Je n'arrivais à penser qu'à une chose : comment ne l'ai-je point su ? Comment ai-je pu manquer les signes que ces gens n'étaient point dignes de confiance ?

Il expira vivement.

— Nous, les Cambel, étions leurs vassaux. Sous leur protection. Nous avions juré de leur être loyaux. Alasdair était un ami. Nous avons joué ensemble à des réunions quand nous étions enfants. Nous nous sommes entraînés à manier l'épée ensemble. Je l'appréciais. Comment ai-je pu me lier d'amitié avec un monstre comme lui ? Comment ai-je pu laisser ma sœur vagabonder ainsi, sans protection ? C'est quand je l'ai portée hors de ce château et que j'ai vu le corps de mon grand-père, déjà mort bien qu'encore chaud, que j'ai décidé de ne plus jamais accorder ma confiance à quiconque, à moins de bien les connaître. Comme mon clan. Pourtant...

Les yeux d'Amy étaient emplis de chagrin.

— Pourtant, je ne leur dis tout de même pas tout.

Il n'avait parlé à personne du passage secret sous le château.

Il n'avait pas parlé à Owen du message qu'il avait intercepté. Et il avait eu raison. Owen l'avait trahi ce jour-là en amenant les villageois.

— Mais tu veux accorder ta confiance à quelqu'un, n'est-ce pas ?

— Plus que je veux respirer. Je veux te l'accorder à *toi*.

Elle ferma les yeux, comme si quelque chose d'invisible l'avait frappée.

— Je... Je dois te dire quelque chose, Craig...

Il avait l'impression qu'elle l'avait poignardé dans le ventre. Il avait raison. Elle cachait quelque chose...

Des pas se firent entendre dehors. Puis quelqu'un ouvrit la porte et entra dans l'écurie. Craig et Amy se redressèrent.

L'un des gardes s'approcha.

— Dieu merci, vous êtes là, mon seigneur.

— Qu'y a-t-il ?

— Venez, vite. C'est Lachlan. Il a été assassiné dans votre lit.

CHAPITRE 25

Craig suivit du regard le corps de Lachlan, recouvert d'un drap, alors que deux hommes l'emportaient. L'odeur cuivrée du sang pesait dans la chambre. Amy posa une main sur son épaule et la serra. Il ferma brièvement les yeux.

— Je suis vraiment désolée, Craig.

— Tu n'aurais pas dû le voir ainsi. Les femmes ne devraient point voir d'hommes tués.

— J'ai déjà vu des gens morts. Les gens que je trouve ne sont pas toujours en vie.

— *Aye*, j'imagine. Tu es différente des femmes que je connais.

Il s'approcha du lit. Le sang en train de sécher assombrissait les draps et les couvertures. Qui avait fait cela ? L'un des villageois ? La femme avait qui Lachlan était ? Ou l'espion qui cherchait le passage secret ?

Cela ne pouvait être Amy. Elle avait été avec lui, partageant la meilleure nuit de sa vie.

Il lui lança un regard. Elle était à quelques pieds de lui et le regardait avec inquiétude. Comme si elle tenait à lui.

Ce qu'ils s'étaient confié, les choses qu'elle lui avait dites, les choses qu'il lui avait dites... Ces choses étaient secrètes. Sacrées. Leurs pensées les plus sombres. Ce qui rongeait leurs âmes.

Pouvait-elle encore le trahir, même après cela ?

Pouvait-elle avoir fait semblant ?

Il secoua légèrement la tête. Il devait arrêter de remettre tout et tout le monde en question. N'avait-il point pris la décision de lui faire confiance ? Ou au moins d'essayer ?

Elle avait été sur le point de lui dire quelque chose. Il lui poserait la question plus tard.

— Que puis-je faire pour aider ?

— Rien.

Craig prit la torche sur le mur et observa le lit à la recherche d'indices. Le coupable avait tranché la gorge de Lachlan, sûrement par-derrière. À en juger par le fait qu'il était complètement nu, il devait être en train de terminer ce qu'Amy et lui avaient interrompu aux écuries. La femme rousse était donc probablement sous lui. Par conséquent, si c'était elle qui l'avait tué, elle l'aurait poignardé en plein cœur plutôt que de lui trancher la gorge.

Aye. Il y avait de ses longs cheveux roux ondulés sur l'oreiller. Il en prit trois mèches. Deux d'entre elles étaient couvertes de sang.

Craig secoua la tête.

— J'espère qu'Owen est assailli de regrets. Cela ne se serait produit s'il n'avait point invité les villageois.

— Parle-lui avant de le juger. Il pourrait peut-être aider.

— *Aye*. Ce que j'aimerais savoir, c'est où se trouve la rousse avec qui était Lachlan.

— J'espère que son corps n'a pas été jeté dans un fossé.

Craig s'approcha et s'arrêta devant elle. Il posa ses doigts sous son menton pour le redresser. Il plongea dans son regard, essayant de voir ce qu'il renfermait, ses pensées, ses sentiments, si elle disait la vérité.

— J'ai une question pour toi. En l'honneur de notre nuit ensemble et de ce que nous avons partagé, je ne te la poserai qu'une fois et je te croirai, quelle que soit ta réponse.

Elle écarquilla quelque peu les yeux, son expression se teintant d'une pointe de peur presque invisible. Elle déglutit.

— Oui, Craig.

— As-tu quelque chose à voir avec tout ça ?

Elle ouvrit encore plus les yeux, un pli de colère lui barrant le front.

— Quoi ? Bien sûr que non !

Il opina du chef.

— Et sais-tu si ta famille pourrait être responsable ?

— Je n'en ai aucune idée, Craig.

Aye, elle était en colère et semblait sincère. Il lui avait promis qu'il la croirait, et c'était ce qu'il ferait — bien qu'une voix dans sa tête lui dise le contraire.

Il hocha de nouveau brièvement la tête.

— Très bien. Nous n'en parlerons plus. Viens. Je dois parler à Owen et à mes gardes. Et il faut que tu manges quelque chose.

Owen était assis à regarder dans sa coupe dans la grande salle, où se trouvaient les hommes de Craig et des villageois. Ils faisaient peu de bruit, la plupart encore saouls. Plusieurs hommes étaient inconscients ou en train de ronfler sur les tables. Parmi eux se trouvait Hamish, les vêtements et la barbe couverts de vomi.

Craig rejoignit la table d'Owen et prit place en face de lui. Son frère leva les yeux, la bouche tordue en une grimace de chagrin.

— Que pensais-tu ?

Owen secoua une fois la tête avant de baisser les yeux vers sa coupe.

— Tu sais ce que je pensais. Ce que je pense toujours. Tout ira bien. Tout le monde est trop sérieux, surtout toi. La vie est ennuyeuse.

— Je devrais t'envoyer auprès de père si tu t'ennuies trop ici. La guerre chassera bien vite ces pensées.

— Fais ce qui te semble juste.

Craig soupira. Il devrait punir Owen, lui montrer que les

conséquences de telles actions étaient graves. Mais il semblait déjà le comprendre. Il appréciait Lachlan. Tout le monde l'appréciait. La mauvaise conduite d'Owen avait joué un rôle dans sa mort, pas de doute là-dessus. Comme Owen se sentait manifestement coupable, il se punissait déjà lui-même.

— Dis-moi ce qui s'est passé. Je dois trouver qui l'a tué. Et pourquoi.

Owen acquiesça de la tête.

— *Aye*. Je pensais qu'Amy et toi seriez partis toute la journée, alors j'ai décidé d'inviter quelques filles du village à un festin. Lachlan et d'autres sont venus, et le bruit s'est répandu. Certaines mères ne voulaient pas laisser leurs filles partir seules, alors pères, mères et frères se sont joints à nous. Avant que je le sache, la moitié du village était là. Les choses ont dégénéré.

Craig soupira. *Aye*, cela ne le surprenait pas.

— Tu penses, mon frère ? Lachlan était un homme bien.

— Tu penses que je l'ignorais ?

Owen tapa du poing sur la table.

— *Aye*. Eh bien. Maintenant, dis-moi, s'est-il disputé avec quelqu'un ? Un villageois ou l'un de nos hommes ? Quelqu'un lui en voulait-il ?

— Je n'ai rien vu.

— Et la femme avec lui, la connais-tu ?

— La rousse ? Je crois qu'elle était avec cette famille, là.

Un homme âgé et une femme d'âge moyen étaient assis près du feu, les yeux écarquillés.

— Je vais leur parler. Elle n'a été vue depuis ?

— Nenni.

Craig fit courir son doigt sur la coupe vide devant lui.

— Ce que je ne comprends pas, c'est ce que faisait Lachlan dans ta chambre, dit Owen.

— Il y était parce que je l'y ai envoyé.

— Tu l'y as envoyé ? Pourquoi ?

Craig s'agita sur le banc.

— Parce que je voulais passer du temps seul avec mon épouse, bon Dieu.

Il lança un regard vers Amy, qui servait du ragoût et du pain aux villageois et aux guerriers. Sa chevelure brillait dans la lueur du feu, son visage doux et amical.

Son épouse...

Son lit...

Il imagina un instant Lachlan et la femme rousse dans leur lit, à Amy et lui. Le grand Lachlan et ses cheveux foncés au-dessus de la femme, dont les cheveux roux étaient étalés sur les oreillers. Exactement comme il s'était imaginé Amy et lui à maintes reprises.

Quelque chose lui échappait... un détail important.

La prise de conscience le poignarda en plein ventre. Son sang se glaça.

Bien sûr. Lachlan lui ressemblait.

Et les cheveux de la femme étaient comme ceux d'Amy.

Comment n'avait-il pu le voir avant ? Le meurtrier était venu le tuer lui. C'était la même personne qui avait essayé d'envoyer la note.

Craig parcourut la pièce du regard. L'un de ses hommes était un traître, capable de trancher la gorge d'un membre de son clan ou d'un allié.

Les MacDougall étaient responsables, il en était certain. Ils avaient de toute évidence engagé quelqu'un pour infiltrer le château, et Craig devait découvrir qui. Il devait se concentrer sur le comportement de chaque homme, remettre en question son jugement, qui avait été grandement troublé par sa nouvelle épouse.

Aye, les MacDougall étaient connus pour leur perfidie.

Mais Amy était-elle capable d'une telle chose ?

CHAPITRE 26

Les jours qui suivirent le meurtre de Lachlan, Amy sentit
que Craig l'observait encore plus intensément qu'avant. Il
était également attentif et tendre avec elle. Mais la légèreté de
leur rendez-vous galant à la montagne avait disparu. Ses yeux
étaient sombres et perçants chaque fois qu'il la regardait.

Et où qu'elle aille, elle était accompagnée.

Si ce n'était pas par Craig, c'était par l'un de ses hommes.

Elle se sentit incroyablement mal à l'aise, les jambes secouées
de petits tremblements, ses poumons se contractant, et son
pouls s'emballant.

Elle n'était pas emprisonnée, se rappela-t-elle. Elle n'était pas
enfermée. Craig n'était toujours pas au courant pour le voyage
dans le temps. Il tenait manifestement à elle. Il y avait quelque
chose entre eux. La façon dont il lui avait fait l'amour dans l'écurie, et toutes les nuits depuis... ce n'était pas que du désir.

Chaque fois que leurs peaux se touchaient, un lien profond,
au-delà du rapport physique, se formait entre eux.

Chaque murmure emplissait son âme de désir.

Chaque fois qu'elle le regardait, nu, splendide et en sueur, son cœur chantait.

Elle ne devrait pas le laisser se rapprocher autant d'elle. De toute évidence, il la soupçonnait toujours. Bien qu'il ait dit vouloir lui faire confiance, il ne pouvait oublier qu'elle était une MacDougall.

Elle doutait qu'il l'oublierait un jour.

Le pire dans tout cela, c'était qu'elle avait bel et bien un secret à cacher.

Un gros secret qu'il ne pardonnerait jamais. La confiance entre eux était si fragile à présent que leur relation n'aurait aucune chance de survivre s'il découvrait qu'elle n'était pas celle qu'il pensait. Et que depuis le début, elle avait prévu de le quitter. Alors pourquoi pensait-elle à la survie de leur relation ?

Elle ajoutait un peu de sel et une pincée de persil séché supplémentaire à son bol de ragoût afin qu'il soit meilleur. Elle lavait ses vêtements, car il était trop occupé à interroger tous ceux qui s'étaient trouvés au château ce soir-là, soit environ, cent cinquante personnes. Elle lui apportait de la cervoise et de l'eau quand ses paupières se faisaient lourdes et que des cernes sombres ornaient ses yeux.

Elle ne pouvait pas s'en empêcher.

Elle était tombée amoureuse de lui.

Cette prise de conscience la terrifia plus que tout. Leur relation était condamnée depuis le début. Jenny l'attendait de l'autre côté de ce tunnel du temps, abandonnée, seule et inquiète.

Elle ne laisserait jamais sa sœur seule comme son père lui avait fait.

Combien de temps pourrait-elle faire durer cette mascarade de toute façon ? Tôt ou tard, Craig découvrirait qu'elle n'était pas l'Amy MacDougall qu'il croyait. Elle finirait sûrement comme cette femme dans l'histoire d'Elspeth.

Condamnée comme folle.

Ou pire, tuée parce qu'on la prendrait pour une sorcière.

Non. Elle devait partir. Immédiatement.

Plus elle attendait, plus il lui serait difficile de quitter Craig.

Mais comment ? Tout le monde au château était prudent et méfiant à présent. Comment parviendrait-elle à rejoindre à nouveau le rocher ?

De l'aide vint de façon inattendue.

Elle s'était rendue aux latrines, un petit placard adjacent à la chambre à coucher Comyn et qui dépassait du mur. Il n'y avait pas de papier toilette, elle devait utiliser du foin, mais cela ne la dérangeait pas. Elle avait dû aller aux toilettes en forêt de nombreuses fois et était habituée à la simplicité. Ce qui lui manquait, c'était de pouvoir se laver les mains. Elle avait donc apporté une jarre d'eau et un pain de savon, et s'était lavé les mains au-dessus du trou des toilettes.

Son affaire finie, elle avait quitté les latrines pour se rendre à la cuisine et commencer à préparer le dîner, mais il y avait quelqu'un d'autre dans la pièce.

Hamish.

Un pli lui barrait le front alors qu'il observait le lit, qui avait été nettoyé — Amy s'en était assuré. Cependant, Craig et elle ne voulaient pas y dormir et s'installaient plutôt sur le sol devant la cheminée la nuit. Ce n'était pas aussi confortable, mais c'était mieux que de dormir dans un lit où quelqu'un venait d'être tué.

— Qu'y a-t-il, Hamish ?

Il lança un regard vers la porte.

— Est-ce que tout va bien ? Est-ce que Craig a besoin de moi ?

— Je dois vous parler.

— Bien sûr. Pourquoi ne me le diriez-vous pas en chemin pour la cuisine ? Il faut que je prépare le dîner.

— Non. Je ne puis prendre le risque que qui que ce soit nous entende.

Elle inspira, le malaise lui contractant la poitrine.

— Très bien.

Il s'éclaircit la voix.

— C'est à propos de ce que vous cherchiez dans la réserve souterraine.

Son pouls s'affola. Hamish la regarda calmement sous ses épais sourcils.

— Je cherchais du bacon.

— Du bacon ?

— Du porc salé.

— *Aye*, c'était une bonne excuse pour s'y rendre. Mais Craig, vous et moi sachons tous que ce n'était point ce que vous cherchiez.

Amy serra ses mains et jeta un coup d'œil à la porte. Hamish lui bloquait l'accès. Ses entrailles frémirent.

— Qu'est-ce que je cherchais, à votre avis ?

— La même chose que moi.

Elle cligna des yeux. Avait-il aussi voyagé dans le temps ? Non. Il était bien trop médiéval. La façon dont il parlait, se comportait ; tout le monde disait qu'il était un grand guerrier. Les hommes modernes ne sauraient pas se battre à l'épée.

Elle déglutit. Peu importait de quoi il parlait, elle ne lui révélerait pas son secret.

— Et qu'est-ce donc, Hamish ?

Il fronça légèrement les sourcils, plissant un œil.

— La chose qui vous remmènera chez vous.

Il parlait donc du portail, non ? Amy frotta ses mains moites sur sa jupe. S'il était de son côté, il pourrait l'aider.

— Vous pouvez m'aider à y retourner ? Craig surveille le moindre de mes mouvements.

— *Aye*. Je vous aiderai. Quand Craig sera endormi, ce soir, venez à la tour. Je n'ai plus le droit d'y monter la garde, mais je m'assurerai que les gardes ne diront rien. *Aye* ?

— Qu'est-ce que vous y gagnez ? Vous avez aussi...

Elle s'interrompit, incapable de dire « voyagé dans le temps » à voix haute.

— Je ne peux pas parler pour le moment, mais je suis de votre côté.

Ses paroles étaient douces, attentionnées.

Surprise par le changement dans la voix de ce grand guerrier brutal, elle le regarda partir. Hamish avait donc des secrets. Et s'il avait des secrets...

Elle eut des sueurs froides.

Pouvait-il être impliqué dans le meurtre de Lachlan ? Non, elle l'avait vu dans la grande salle, presque inconscient et couvert de vomi. Plusieurs personnes avaient confirmé l'y avoir vu toute la soirée.

Devrait-elle en parler à Craig ? Mais si elle le lui disait, elle pourrait dire adieu à sa chance de retourner au rocher.

Plus tard ce soir-là, allongée, satisfaite, au chaud et entourée d'amour dans les bras de Craig, Amy regretta de ne pas pouvoir rester ainsi jusqu'à la fin des temps.

Elle le pensait endormi, son torse s'élevant et retombant paisiblement sous sa joue, et son cœur battant de façon régulière.

— Tu me rends heureux, Amy, dit-il soudain.

Sa cage thoracique bougea contre son oreille quand il parla, envoyant une vibration en elle. Ses yeux la brûlèrent. Elle se détestait. Elle détenait toujours sa confiance, seulement elle était sur le point de la briser en mille morceaux.

— Toi aussi. Tu me rends heureuse aussi, Craig.

Il se lova tout contre elle et poussa un grand soupir avant de s'endormir.

Amy essuya une larme sur sa joue et s'écarta lentement, précautionneusement de son étreinte. Elle s'habilla en vitesse, essayant de ne pas faire de bruit. Son cœur martelait contre ses côtes. Que faisait-elle ? En était-elle vraiment certaine ? Oui, Jenny avait besoin d'elle. Elle ne pouvait pas abandonner sa sœur.

J'arrive, Jenny.

Elle ne savait pas ce qui l'effrayait le plus : que le portail ne fonctionne pas et Craig la prenne la main dans le sac, ou qu'il fonctionne et qu'elle ne le revoie plus jamais.

Elle sortit en douce. Le château était endormi. Les seuls censés être réveillés étaient les veilleurs sur les murs, mais Amy décida de marcher aussi calmement et avec autant d'assurance que possible. Elle était l'épouse du seigneur, après tout. Elle pouvait aller où elle voulait au beau milieu de la nuit.

N'est-ce pas ?

Elle ouvrit la porte de la tour est et jeta un coup d'œil à l'intérieur. Deux gardes étaient appuyés contre le mur, endormis. Hamish était assis à côté de l'un d'eux, son épée dégainée. Voyant la porte s'ouvrir, il sauta sur ses pieds, mais il baissa son épée lorsqu'elle entra.

— Venez, nous n'avons point beaucoup de temps.

Amy ferma la porte derrière elle.

— Que leur avez-vous fait ? siffla-t-elle.

— Seulement un sédatif. Ils se réveilleront bientôt. Venez.

Hamish avait des sédatifs ?

— Où diable avez-vous trouvé ça ?

Encore quelque chose qu'elle ignorait à son sujet. Elle le considéra attentivement de la tête aux pieds à la recherche de signes d'hostilité ou de malice, mais elle ne vit rien. Il était calme et détaché. Le Hamish qu'elle connaissait depuis son arrivée. Il était le seul à avoir été gentil avec elle au début.

Il prit deux des torches, lui en tendit une, puis descendit les marches à la hâte.

— Je connais les herbes grâce à la femme qui m'a élevé, la fermière de Skye. J'en ai mis dans leur souper. Ils se réveilleront bientôt après un bon sommeil. Ils n'auront que quelques maux de tête.

— Vous avez des talents cachés intéressants, Hamish.

Il lança un regard en arrière.

— Ne craignez rien. Je suis de votre côté, comme je vous l'ai dit. Allez.

— Mais pourquoi voulez-vous m'aider ?

— Je veux vous libérer. N'est-ce point ce que vous désirez ?

— Eh bien, oui, mais n'êtes-vous pas censé servir Craig ?

— Je ne supporte pas de voir une femme innocente souffrir.

Il ouvrit la porte au fond de la réserve.

— Cherchons.

Elle entra. Chercher quoi ? Le rocher était juste là. Que cherchait-il ?

Peut-être que pour voyager dans le temps, elle avait besoin de quelque chose d'autre en plus du rocher ? Quelque chose qui était tombé ou qu'elle n'avait pas remarqué. Ou peut-être qu'il y avait une chose à faire pour activer la pierre.

Elle agita sa torche.

— Vous savez ce qu'on cherche ?

— Nenni. On le saura quand on le verra, je suppose.

Amy balaya les alentours du regard. Son corps entier se tendit. Elle avait l'impression que le plafond l'écrasait et qu'il lui était plus difficile de respirer ici. Elle regarda près du rocher, touchant le mur et les pierres autour, puis s'enfonça dans la grotte.

Hamish cherchait de l'autre côté.

Elle fouilla derrière un tas de bois, qui semblait bien plus petit à présent. Beaucoup avait servi à construire les échafaudages. Il y avait d'autres rochers, et le mur semblait plus brut, moins achevé. Un rocher plat ressemblait en quelque sorte à celui qui faisait voyager dans le temps, mais sans les gravures. Elle fit courir sa main dessus.

Puis elle regarda plus près, sous le rocher. Il y avait un espace, duquel se dégageait une odeur de terre, comme de la boue, et un minuscule courant d'air.

Amy posa la torche sur le sol et poussa.

Le rocher bougea, révélant un escalier et une entrée obscure.

Hamish était déjà à ses côtés, éclairant le trou de sa torche. Il avait l'air de jubiler.

— Qu'est-ce que ça peut bien être ? demanda-t-elle.

— La chose que nous cherchions, vous et moi. Votre liberté.

Déconcertée, elle secoua la tête.

— Une sorte de cellier ?

Il cligna des yeux, une ride lui creusant encore plus le front. Son expression amicale disparut, et un éclair sombre, voire menaçant traversa son regard.

Quelque chose n'allait pas.

Amy se leva lentement, le désir de s'enfuir, de s'éloigner autant que possible lui nouant le ventre.

— *Aye*.

Le visage de Hamish se radoucit.

— C'est un cellier.

Le sentiment de danger disparut, mais elle se sentait tout de même mal à l'aise.

— Alors, comment ça va m'aider à rentrer chez moi ?

Hamish venait d'ouvrir la bouche quand un petit bruit sourd se fit entendre au-dessus d'eux. Il se figea.

— Nous devons partir.

Il la prit par le bras et la tira hors de la pièce. Ils s'arrêtèrent pour écouter, mais n'entendirent rien d'autre. Hamish monta les marches le premier, en silence. Il jeta un coup d'œil par l'ouverture de la porte, puis lui fit signe de le suivre.

Au rez-de-chaussée, l'un des gardes était tombé, causant le bruit sourd. Mais ils étaient toujours inconscients.

Il prit sa torche.

— Allez-y, murmura-t-il. Ils se réveilleront d'un instant à l'autre. Personne ne peut nous voir ensemble. Craig ne peut découvrir que vous êtes revenue ici.

Amy hocha la tête, tremblante. Elle devrait parler à Craig. Elle devrait lui parler de Hamish, et lui dire la vérité.

Elle ne rentrerait pas chez elle ce soir. L'inquiétude qu'elle ressentait pour Jenny, qui restait seule, lui serrait le cœur, mais elle passerait plus de temps avec Craig.

Et il n'y avait rien de plus délicieux que cette perspective.

CHAPITRE 27

— O ù étais-tu ? murmura Craig.

Il attira Amy contre lui. Sa peau était fraîche sous le fourreau. Enveloppé de fourrures et de couvertures, près du feu, il était bien au chaud. Il ne lui manquait qu'une chose : elle.

— Je n'arrivais pas à dormir.

— Quelque chose te trouble-t-il ?

Elle resta silencieuse, et il se redressa sur un coude, complètement réveillé.

— Qu'y a-t-il ?

Il appuya tendrement sur son épaule afin qu'elle se tourne vers lui. Alors, il remarqua les larmes qui brillaient dans ses yeux.

— Quoi ?

— Je dois te dire quelque chose.

Elle soupira et se mordit la lèvre supérieure, les traits tordus en une grimace lugubre.

— Je viens de voir...

Il posa sa main sur la sienne, son cœur martelant dans sa poitrine. Elle baissa les yeux et secoua la tête avant de pousser un profond soupir.

— Ça peut attendre, finit-elle par dire. Il y a plus important, Craig. J'ai peur.

— De quoi ?

— De ce que je ressens pour toi.

Quelque chose sembla fondre dans sa poitrine.

— Qu'est-ce que tu ressens pour moi ?

— J'ai peur de le dire.

— Alors, montre-moi.

Elle ferma les yeux un instant. L'ouverture de son fourreau tomba, révélant la courbe d'un sein généreux. Il brûlait d'envie de le prendre en bouche et de jouer avec son mamelon. Posant une main sur son visage, elle caressa tendrement sa mâchoire. Leurs regards se croisèrent. Les yeux d'Amy étaient d'un intense bleu foncé, comme les profondeurs d'un loch en été.

Et ils brillaient d'une lueur qu'il avait rarement vue dans sa vie : l'amour.

Elle se pencha en avant et planta un baiser sur ses lèvres, si doux et délicat qu'il eut l'impression d'être sur un nuage. Il l'attira plus près de lui, fou de désir.

Elle s'écarta quelque peu et l'observa, comme si elle voulait dire quelque chose. Mais elle ne dit mot. Au lieu de cela, elle l'embrassa de nouveau, plus avidement cette fois, et pourtant toujours avec lenteur. La délicieuse intensité, le besoin qu'il sentait en elle et qui faisait écho avec le sien le firent gémir. Sa verge durcit pour elle, brûlante et prête. Elle roula de sorte à être à califourchon sur lui. Son érection se dressa brusquement contre sa féminité ardente.

Elle caressa son torse nu, puis suivit son menton, son cou et son torse avec ses lèvres. Parvenue à son téton, elle le lécha, envoyant un frisson de plaisir en lui. Personne ne lui avait encore jamais fait une telle chose ; cela lui semblait nouveau, licencieux et interdit.

Intime.

Elle se tourna vers son autre mamelon et le toucha également de sa langue avant de le mordiller. Une décharge de plaisir le traversa. Il inspira, absorbant la sensation.

— Petite dévergondée.

— Tu n'as pas idée.

Elle leva les yeux vers lui, puis reprit son exploration, déposant des baisers ardents sur son ventre. Ses intentions devinrent évidentes lorsqu'elle ne s'arrêta pas aux boucles sombres autour de son érection. Il gémit en sentant sa bouche sur lui, autour de lui, jouant avec lui.

— Oh, Amy !

Il pencha la tête en arrière, les mains dans ses cheveux soyeux. Sa langue fit des va-et-vient sur son membre, le transformant en un miel chaud dont elle ne semblait pas se lasser.

Et bientôt, ce fut lui qui ne put s'en lasser. Sa chair était sensible, il gonflait comme s'il était sur le point d'éclater.

— Amy.

Il se redressa, la tira vers lui et la rassit sur lui.

— À mon tour.

— Oh.

— Laisse-moi te montrer combien je t'aime.

Elle battit des cils.

— Tu m'aimes ?

Non. Il n'avait pas dit cela à voix haute, n'est-ce pas ? Il ne pouvait plus revenir en arrière à présent. La vérité avait été révélée.

— *Aye*, Amy. Je suis tombé amoureux de toi. Mon ennemie. Mon épouse. Ma prisonnière.

Des larmes scintillèrent dans les yeux d'Amy. Elle l'attira vers elle, éperdue.

— Prends-moi, Craig. J'ai besoin de te sentir. J'ai besoin de toi en moi. Prends-moi, je t'en prie.

Il comprit, car le même besoin le consumait. Le besoin d'être ensemble, corps contre corps, âme contre âme, cœur contre cœur.

Sans la quitter des yeux, il la pénétra, son intimité soyeuse l'enserrant avec douceur. Il adorait voir le moment où elle devenait sienne, encore et encore, le plaisir qu'il lui apportait, le lien qui reliait leurs corps jusqu'à ce que leurs âmes ne fassent plus qu'un.

Il se mit à bouger, au même rythme qu'elle, plongeant en elle. Il savait à présent qu'elle aimait d'abord y aller doucement avant d'accélérer et d'y aller plus fort, sans retenue. Elle enroula ses jambes autour de ses hanches, ses bras autour de son torse, lui griffant le dos. Un pur bonheur se dessinait sur son visage alors qu'il allait et venait, les emmenant dans un paradis où il pourrait rester à tout jamais.

Son plaisir crût avec le sien, et bientôt, elle ne put contenir ses gémissements.

— Regarde-moi, dit-il. Je veux que tu me regardes pendant que tu atteins le paroxysme.

Car il la regarderait, lui aussi.

Elle ouvrit les yeux. Son regard bleu foncé brilla dans la nuit, reflétant la lueur du feu.

Il accéléra, sentant ses entrailles frémir, puis elle se raidit et ouvrit la bouche, haletante.

— Oh, Craig ! Oh, Craig.

Elle atteignit le plaisir ultime. Son corps palpita autour de lui et elle agrippa sa peau. Il était perdu, lui aussi. Avec un dernier coup de reins, il jouit également, volant en éclats, tremblant, se noyant dans son regard et découvrant les profondeurs de son âme.

Il s'effondra sur elle, lourd et brûlant. Des frissons continuaient de parcourir le corps d'Amy tandis qu'ils respiraient à l'unisson.

Elle se tourna et le laissa s'allonger sur le flanc avant de presser son dos et son délicieux derrière contre lui.

— Je t'aime, Amy, murmura-t-il dans ses cheveux.

Il l'enlaça et l'attira tout contre lui.

— Je t'aime aussi.

Il sourit et soupira, oubliant toute inquiétude et tout doute. Il n'avait aucune raison de s'inquiéter avec elle.

Alors qu'il s'endormait, il crut l'entendre dire « Et je suis désolée ».

Mais c'était probablement un rêve.

CHAPITRE 28

LE LENDEMAIN...

La ferme était calme si tôt le matin. La maison, l'abri et les écuries étaient plongés dans un brouillard aussi blanc que de la linaigrette. Hamish respira l'air humide et le retint dans ses poumons, appréciant la sensation de sa poitrine qui s'étendait.

Il ne dirait pas non à une bonne coupe d'*uisge*.

Il avait presque réussi. L'air chargé d'humidité et de l'arôme des feuilles pourries et du fumier étaient l'odeur de la liberté.

Hamish avait toutes les informations dont il avait besoin pour envoyer le message.

Il s'approcha de la maison et frappa à la porte. À l'intérieur, un bruit de pas se fit entendre et Amhladh, le fermier, ouvrit. Il fronça les sourcils en le voyant.

— J'ai besoin des oiseaux, déclara Hamish.

Amhladh bougea la mâchoire de gauche à droite comme s'il n'avait plus de dents. Ses yeux brillèrent alors qu'il toisait Hamish.

— Il me faut encore un shilling.

Hamish détestait la cupidité. C'était par cupidité que ses parents adoptifs avaient fait travaillé Fiona jusqu'à ce qu'elle en meure. C'était ce qui poussait les hommes puissants comme John MacDougall à engager des gens comme lui pour tuer leurs ennemis.

Rapide comme l'éclair, il brandit sa dague vers la gorge d'Amhladh. Ce dernier écarquilla les yeux de peur.

— Je vous ai bien assez payé. Je ne serai manipulé ni menacé. Emmenez-moi aux oiseaux. Immédiatement.

— *Aye.*

Amhladh sortit et ferma la porte derrière lui. Avec un regard penaud, il mena Hamish à l'étable. Une cage avec une demi-douzaine de pigeons se trouvait dans un coin à l'intérieur. L'odeur du fumier des vaches et de la merde d'oiseau empreignait l'air. Hamish s'approcha de la cage et en sortit un pigeon.

Il regarda Amhladh.

— Vous pouvez partir.

L'homme hocha la tête et s'en alla, l'air soulagé.

Hamish attendit d'entendre la porte de la grande maison se fermer avant de partir, lui aussi. La ferme était située en périphérie du village, au commencement des bois. Il pénétra dans la forêt et s'arrêta une fois certain d'être assez loin.

Il posa une jambe contre un rocher, puis sortit un petit morceau de parchemin et un fusain.

Passage secret trouvé. Retrouvez-moi au village dans une semaine.

Il préférait ne pas révéler l'emplacement dans le message que transporterait le pigeon. Il y avait toujours le risque que quelqu'un l'attrape. Il attacha le parchemin à la patte de l'oiseau. Amhladh avait reçu des pigeons de Dunollie voilà quelques jours ; celui-ci n'aurait aucun mal à retrouver le chemin de la maison.

Il le laissa s'envoler et il disparut rapidement dans la brume. Il avait de la chance qu'il y ait du brouillard. L'on ne remarquerait sûrement pas l'oiseau. Et si on le voyait, personne ne parviendrait à l'abattre par ce temps.

La veille au soir, il avait versé plus de sédatif dans la bouche des gardes afin d'avoir le temps de voir où menait le passage secret et s'il était sûr. Il avait dû marcher, puis ramper dans l'obscurité la plus totale, mais il était finalement ressorti de l'autre côté des douves.

Il réussirait enfin. Même son erreur avec Lachlan n'avait pas changé grand-chose. Il avait certes dû donner la majeure partie de ses économies à la femme rousse pour qu'elle garde le silence. Il l'avait fait sortir pendant que les gardes étaient distraits par la débauche, et lui avait dit de se rendre en France. Avec l'argent qu'il lui avait donné, elle pourrait refaire sa vie. Il lui avait fait peur en lui disant que si elle en parlait à qui que ce soit, il la trouverait.

Il savait que cette menace la ferait taire au moins jusqu'à ce qu'il découvre le passage ; elle ignorait qu'il ne lui ferait jamais de mal. Il obtiendrait bientôt sa récompense des MacDougall, et il s'en irait. Personne ne le retrouverait.

Il ne ferait pas de mal à la jeune MacDougall non plus. Elle n'avait rien fait de mal et elle n'était pas du côté de Craig. Son instinct lui disait qu'elle ne représentait pas de menace. Au contraire, elle pourrait distraire Craig si besoin se faisait. De toute évidence, l'homme était tombé amoureux d'elle.

Quoi qu'il en soit, elle l'avait aidé à trouver le passage secret. Maintenant, il n'aurait qu'à quitter le château en vie quand les MacDougall arriveraient et que Craig découvrirait que tout était de sa faute.

CHAPITRE 29

— Je veux que tu saches quelque chose, Amy, dit Craig un matin au petit-déjeuner. J'ai décidé de te permettre d'aller seule à la réserve de la tour est. Les gardes te laisseront passer.

Amy s'immobilisa, sa cuillère de porridge dans la main.

— Quoi ?

— J'ai dit que je t'aime, mais je ne l'ai point montré par mon comportement.

Il s'éclaircit la gorge, les yeux doux et lumineux, de la couleur de l'herbe sous le soleil d'été.

Une semaine s'était écoulée depuis le meilleur moment de sa vie. Elle se sentait comme ivre d'amour et de bonheur, bien que la culpabilité à l'idée de cacher quelque chose d'important à Craig lui pèse chaque seconde de la journée.

Mais elle n'arrivait pas à lui dire la vérité. Comment pouvait-elle délibérément lui briser le cœur ? C'était pour cette raison qu'elle n'avait pas réessayé de partir.

Et maintenant, il avait complètement baissé sa garde.

Il la laisserait y aller seule.

Il lui faisait entièrement confiance.

Et elle allait le détruire.

Sa gorge se serra, ses poumons se contractant. Elle ferma le poing sur l'étoffe de sa robe.

Respire.

Respire.

Elle inspira.

Elle était prise au piège par ses propres mensonges.

— Et tu as dit que tu m'aimes aussi. Alors je te fais confiance pour rester. Je te considère comme de mon côté. Bien que tous mes instincts me hurlent de ne pas le faire. Je te fais confiance.

Amy dut fermer la bouche pour s'empêcher de dire « Tu ne devrais pas ».

Parce qu'elle partirait quand même. Pour Jenny. Tôt ou tard, Craig, et tout le monde découvriraient sa véritable identité, qu'elle avait voyagé dans le temps.

Plus important encore, comment pourrait-elle supporter de voir la douleur dans ses yeux lorsqu'il apprendrait qu'elle lui avait menti ?

Il fallait donc mieux qu'elle parte maintenant. Aujourd'hui. La voie était libre à présent. Elle devait seulement trouver comment activer le portail. Elle se demandait pourquoi Hamish n'avait pas suggéré de réessayer.

— Merci, Craig, marmonna-t-elle.

Il posa une main sur la sienne et la serra. Elle était chaude, sèche et si familière. Un simple contact de sa part envoyait une vague de confort et de joie en elle.

Elle était une traîtresse. Son père avait raison ; elle était une lâche. Elle arrivait à trouver et à secourir des gens. Elle arrivait à aller chercher des gens dans des espaces restreints sans laisser ses crises d'angoisse prendre le dessus.

Mais ça. Dire la vérité à Craig. Lui faire du mal.

Elle en était incapable.

Elle sentait le désastre approcher.

Le petit-déjeuner terminé et la grande salle nettoyée, elle se rendit à la hâte à la tour est. Comme Craig l'avait dit, les gardes la laissèrent passer.

Elle jetterait seulement un coup d'œil. Elle ne partirait pas tout de suite. Il fallait simplement qu'elle découvre si le rocher fonctionnait. Peut-être ne marchait-il pas. Cela réglerait le problème. Elle resterait avec Craig. Cette idée fit courir un frisson de soulagement et de joie en elle, mais elle l'écarta.

Les jambes tremblantes, elle prit une torche, ouvrit la porte et descendit les marches.

Elle entendit des cris dehors, des pieds qui martelaient la cour. Bizarre. Craig commençait peut-être un nouvel entraînement militaire. Ce serait encore mieux pour elle. Lorsqu'elle ouvrit la porte de la réserve souterraine, elle vit une autre lumière à l'intérieur, au fond de la pièce. Elle entra.

— Hamish ?

Le grand guerrier aux larges épaules vêtu d'une cape et d'une cotte de mailles était accroupi et se redressa.

— Amy, répondit-il d'une voix étrangement calme. Vous ne devriez point être ici.

— Que faites-vous ?

— Cela n'a pas d'importance. Vous devez partir.

— Pourquoi ? Craig a dit aux gardes de me laisser passer.

— *Aye*, mais ce n'est point sûr ici.

— Je suis simplement venue voir si je peux activer le...

Elle se rendit compte qu'il portait sa cape, et qu'il arborait une expression coupable. *Non, idiote.* Elle s'inquiétait pour rien.

Elle fronça les sourcils. C'était étrange qu'après tout ce temps, après tant d'obstacles, maintenant qu'elle avait libre accès à la pierre, partir était la dernière chose qu'elle voulait faire.

Elle s'approcha du rocher, appuya sa torche contre le mur et s'agenouilla devant le portail.

— Que faites-vous ? demanda Hamish avec inquiétude.

Mais elle l'ignora. Elle suivit du doigt les caractères froids et humides. La dernière fois qu'elle avait fait cela, elle avait pensé à

Craig. À la solitude. Au fait qu'elle comprenait ce que c'était que d'avoir des blessures.

La pierre resta immobile et morte.

Elle posa complètement sa main dans l'empreinte.

Rien.

— Amy ?

Le ton de Hamish était prudent, comme s'il parlait à un chat sauvage. Mais elle ne pouvait lui prêter attention. Elle devait comprendre comment faire fonctionner le rocher.

Et si elle devait penser à quelqu'un à qui elle tenait ? Et si elle pensait à Jenny ? Ou à son père. Elle ne lui parlait plus depuis des années, mais il restait son père. Elle l'aimait quand même.

Jenny. La pauvre, toute seule. Elle avait sûrement appelé la police au moins un mois auparavant. Elle avait probablement abandonné l'espoir de la revoir un jour.

Soudain, la rivière s'illumina de bleu et la route d'un marron doré.

— Amy, que diable ?

Elle entendit Hamish se rapprocher.

La pierre vibra un peu, et sa main commença à s'enfoncer.

Elle fut saisie de douleur, sentant son cœur se serrer.

Des pas rapides se firent entendre derrière elle.

— Amy !

Elle retira sa main et sauta sur ses pieds.

Craig. Vêtu de son manteau et de sa cotte de mailles, une épée à la main. Six hommes, tous vêtus d'armures, se trouvaient derrière lui.

Des cris retentissaient dehors.

Les pieds et les mains d'Amy étaient glacés, tremblants. La sensation écœurante de voyager dans le temps l'habitait toujours, bien qu'elle ait reculé. Elle savait que de l'autre côté de ce rocher se trouvait une vie sans Craig.

— Qu'est-ce que ce rocher brillant ? Pourquoi Hamish est-il ici ?

Elle resta interdite. Le temps s'arrêta, chaque instant

semblant durer une éternité. Elle laissa échapper un soupir fébrile, et ses épaules s'affaissèrent. Sa poitrine se contracta. Elle avait besoin de s'asseoir ou de s'appuyer contre quelque chose.

Elle avait besoin de Craig.

Elle n'avait nulle part où s'enfuir à présent. Il l'avait vue utiliser le rocher.

Elle pouvait toujours mentir, toujours essayer de s'en tirer, de protéger l'amour et la confiance qu'elle avait gagnés au prix de tant d'efforts.

Non. Plus de mensonges. Elle dirait la vérité. Il la détesterait, mais il méritait de savoir.

Son ventre se noua, comme si elle faisait du ski sur une pente raide et ne savait pas si elle atterrirait sur ses pieds ou se briserait le cou.

— Amy, j'exige que tu me le dises ! rugit-il avec rage et désespoir.

Elle inspira, comme si elle pouvait inhaler son amour. Elle voulait que ce dernier instant avant que Craig ne la déteste dure pour toujours.

Puis elle fit le grand saut.

— Je ne suis pas l'Amy MacDougall que tu crois.

Craig grimaça, comme s'il souffrait.

— Quoi ?

— Je viens du futur.

Craig secoua la tête, déconcerté.

— J'ai voyagé dans le temps grâce à cette pierre. Par accident. Je m'appelle bien Amy MacDougall, mais je ne suis pas la fille du chef de clan. Je suis secouriste et je viens des États-Unis d'Amérique. Je suis désolée de t'avoir caché ça, Craig. J'avais peur que tu me tues.

Manifestement perplexe, il la fixa du regard.

— J'ai vu le rocher briller. Ce doit être une sorte de magie...

Elle acquiesça.

— Je viens de l'an 2020.

Il secoua la tête.

— Si c'est vrai que tu n'es point la fille du chef du clan, pour-quoi est-il à notre porte avec cinq cents hommes ? N'est-ce point pour te récupérer ?

Elle sentit le sang quitter son visage. Son cœur battait la chamade. Son ventre la faisait souffrir, comme s'il avait été transpercé.

— Non.

La peine voila le regard de Craig.

— Je ne sais pourquoi tu racontes toutes ces sottises, mais de toute évidence, j'avais raison. Tu m'as trahi. Tu m'as menti tout ce temps alors que je t'accordais toute ma confiance.

Il baissa les yeux un instant.

— Comment ai-je pu attendre quoi que ce soit d'autre d'une MacDougall ?

Amy avait l'impression de s'enfoncer dans de la boue et que sa poitrine était réduite en lambeaux.

— Craig, je suis vraiment désolée...

— Je suis venu t'emmener en lieu sûr. Les MacDougall attaquent. Que faites-vous ici, Hamish ?

L'homme baissa lentement une main vers son épée.

Un pli barra le front de Craig, et il recula. Il lança un regard vers la pierre qui cachait le passage secret, à présent à côté de l'ouverture. Il sembla tomber des nues.

— C'était *vous* ? Vous avez trouvé le passage ? Vous avez envoyé le message ? Vous avez tué Lachlan.

Amy poussa un petit cri et regarda Hamish. Il n'essaya même pas de nier. Ses yeux ne firent que s'assombrir. Craig pointa son épée vers l'homme qui avait été le seul ami d'Amy... elle voyait à présent qu'il se servait d'elle depuis tout ce temps.

CHAPITRE 30

— Travailliez-vous ensemble ? demanda Craig malgré le nœud atroce dans sa gorge.

— Mon seigneur, nous devons nous hâter, dit Owen derrière lui. Les portes...

Craig hocha la tête, mais fut incapable de la quitter des yeux. Un abîme sans fond s'ouvrait en lui. Il voulait connaître la vérité, l'étendue des mensonges qu'elle lui avait racontés. Il ignorait de qui il était amoureux : de ses tromperies ou d'elle.

Il avait besoin de savoir.

— Nous n'avons point travaillé ensemble, mon seigneur, mais j'emmène votre compagne avec moi.

Il prit la main d'Amy et la tira brusquement vers lui, posant la pointe de sa dague contre sa gorge. La jeune femme poussa un petit cri et ouvrit de grands yeux désespérés.

— Hamish ! cria-t-elle, indignée.

— Laissez-nous partir, ou je lui trancherai la gorge, comme à Lachlan.

Un grondement bas échappa à Craig. Il devrait simplement attaquer Hamish avant qu'il ne s'échappe. Les MacDougall n'étaient pas passés par le passage secret, il ne leur avait donc pas encore dit où il était. Cela ne devrait pas avoir d'importance qu'Amy soit blessée ou que Hamish la tue. Elle ne l'aimait pas. Elle avait menti à propos de tout.

Personne ne l'avait blessé comme elle.

Et personne ne le blesserait plus jamais.

Mais il se sentait incapable de la laisser souffrir.

— Craig, murmura Owen, on peut...

— Reculez, dit Craig.

— Lâchez-moi, Hamish, aboya Amy en se débattant. Vous ne me tuerez pas.

Celui-ci se dirigea vers le passage, la tirant à sa suite.

— Vous ne me connaissez point. Je vous tuerai si je le dois.

C'était comme si Hamish arrachait le cœur de Craig à mains nues. Il fit entrer Amy dans le passage, le cœur de Craig se déchirant alors que la femme qu'il aimait disparaissait. Il ne ressentait plus que douleur. Interminable, atroce, telle une plaie béante.

Il regarda le couvercle se fermer et resta immobile pendant ce qui lui parut être une éternité. Il devrait les poursuivre, la sauver. Il le ferait, malgré sa trahison. Il donnerait tout de même sa vie pour sauver la sienne. Mais il devait protéger le château, les hommes qui dépendaient de lui.

— Mettez des rochers, des tonneaux et des tables sur le couvercle. Quand Hamish dira aux MacDougall où se trouve le passage, ils essayeront d'entrer. J'ai besoin d'au moins une dizaine d'hommes. Même s'ils parviennent à déplacer le couvercle, ils ne pourront entrer qu'un par un. Maintenant que nous savons qu'ils vont passer par ici, ils ont perdu leur avantage.

— *Aye*, Craig, dit l'un des hommes.

— Allons-y, Owen. Vous autres, commencez à recouvrir l'ouverture.

Ils hochèrent la tête, puis Craig et Owen montèrent les marches à la hâte.

— Tout va bien, mon frère ? C'était...

— Pas maintenant, Owen. Ne me pose plus de questions sur

elle. Plus jamais. Je ne veux ni entendre son nom ni me souvenir de son existence. J'ai un château à protéger.

Le cœur d'Amy tambourinait dans sa poitrine, et elle respira difficilement l'air froid et étouffant. Ce tunnel était comme un cercueil, un désespoir sombre et sans fin.

Mais son chagrin et sa panique n'étaient pas dus à l'étroitesse du tunnel.

Le pire était arrivé de la pire façon possible.

Craig savait la vérité.

Elle avait vu la douleur insupportable dans ses yeux, la mise à mort de leur amour. C'était ce qu'elle avait ressenti aussi : les lacérations implacables de ses mensonges déchirant son âme et son cœur.

— Tenez bon. Je sais que c'est désagréable ici, dans la pénombre, mais j'ai votre main.

— Vous n'alliez jamais me tuer, n'est-ce pas ? J'aurais dû me contenter de courir auprès de Craig.

Il resta silencieux un moment, avant de lancer sèchement :

— Vous ne me connaissez pas du tout.

— Manifestement. Comment avez-vous pu tuer Lachlan comme ça ? Et qu'en est-il de la femme qui était avec lui ?

— Je pensais que c'était Craig. Qui d'autre aurait pu être dans sa chambre à coucher, avec une femme rousse ?

Elle secoua la tête.

— Alors, vous travaillez pour les MacDougall ?

Il ne dit mot, comme s'il choisissait quoi admettre. Puis elle le sentit hausser les épaules.

— *Aye*. Ils m'ont engagé pour trouver le passage secret et tuer Craig. Mais j'ai échoué aux deux.

— Pourquoi ? Vous avez trouvé le passage.

— *Aye*, mais maintenant que Craig sait, ils ne pourront pas s'en servir. Il n'est utile que pour une attaque secrète de l'intérieur.

— Et maintenant ? Vous allez me livrer aux MacDougall ?

— Nenni. Je ne puis montrer mon visage aux MacDougall à présent. Ils me tueraient. Non, nous devons nous enfuir, vous et moi.

— Nous ?

— *Aye*, j'ai besoin de vous comme protection au cas où Craig décide de se lancer à ma poursuite. Il ne laisserait rien vous arriver.

Amy eut l'impression qu'un poignard lui transperçait la poitrine.

— Vraiment ? demanda-t-elle avec un rire amer. Peut-être avant. Mais je l'ai trop blessé à présent. Je l'ai trahi. Il me déteste.

Hamish soupira ou pouffa ou quelque chose entre les deux.

— Si je connais les hommes, et je les connais, j'en suis un ; il ne vous déteste pas. Je ne m'en étais pas aperçu, mais je le vois à présent. Il donnerait sa vie pour vous.

Elle sembla s'étrangler de tristesse.

— Plus maintenant.

Bientôt, l'air devint plus frais, et elle vit un peu de lumière par-dessus les épaules de Hamish.

— Nous y sommes presque, dit-il.

Quelques secondes plus tard, ils s'arrêtèrent, un demi-cercle lumineux à peine visible au-dessus d'eux. Hamish monta les marches et poussa le couvercle. De la lumière se déversa dans le tunnel, aveuglant Amy un instant. Elle ferma les yeux pour leur donner le temps de s'habituer. Quand ils arrêtèrent de lui faire mal, elle respira l'air frais.

Hamish regarda aux alentours.

— Il commence à neiger. Nous ferions mieux de nous dépêcher.

CHAPITRE 31

Ils partirent au nord. Amy mémorisa les signes distinctifs en chemin afin de pouvoir rentrer. Mais au bout d'un moment, tout sembla se fondre dans la brume blanche. Elle devait retourner au château et à son époque. Elle supplierait, soudoierait ou se battrait.

Bien que cette dernière option soit folle.

Mais sans Craig, elle n'avait pas de raisons de rester. Elle devait rentrer chez elle, là où elle pouvait aider les gens au lieu de les blesser.

Il neigeait de plus en plus, et le vent du nord lui mordait le nez et les lèvres. Dieu merci, elle avait sa cape, mais le reste de ses vêtements n'étaient vraiment pas adaptés pour une expédition en montagne dans la neige. Les jupes de sa robe s'emmêlaient dans ses jambes et limitaient ses mouvements. Les semelles en cuir de ses chaussures étaient plates et glissantes ; elle ne cessait de trébucher.

Elle ne savait pas combien de temps s'était écoulé quand Hamish s'arrêta et observa les alentours.

Ils étaient haut sur une montagne. La neige était épaisse et il y faisait bien plus froid qu'en bas. Quelques pins poussaient ici et là, mais ils étaient principalement entourés par la neige.

— Je vais vous laisser ici. C'est à vous de choisir ce que vous ferez. Je ne pense point que Craig nous a suivis.

— Bien sûr qu'il ne nous a pas suivis, répondit Amy, la gorge serrée par l'amertume.

Il haussa une épaule.

— Il se pourrait que le siège dure longtemps. J'ignore ce que feront les MacDougall. Mais je dois me cacher à présent, alors je ne peux vous emmener avec moi. Ils sont puissants et me trouveront s'ils le souhaitent.

Elle poussa un petit cri.

— Vous ne pouvez pas m'emmener avec vous ? Espèce de salaud. Vous avez essayé de tuer Craig et vous avez tué un innocent.

Elle serra et desserra désespérément les poings.

— Je devrais vous tuer.

Il arqua un sourcil.

— Nous savons tous les deux que vous êtes incapable de tuer quelqu'un.

Il soupira.

— Je ne vous oublierai jamais. Je n'avais jamais rencontré quelqu'un comme vous. J'espère que vous trouverez le bonheur, où que vous finirez.

Il attendit qu'elle dise quelque chose, mais son corps entier était pris de torpeur. Elle espérait que c'était à cause de froid et pas de la rage, de la culpabilité et du chagrin éperdus qui la brisaient.

— Allez au diable. Je ne veux plus jamais vous revoir.

Hamish baissa la tête, quelque chose semblable à des remords traversant son regard.

— Dépêchez-vous de retourner par là. La tempête commence à se calmer. Si vous vous dépêchez, vous trouverez le château.

Il lui fit un signe de tête avant de partir. Elle le regarda une minute avant qu'il ne disparaisse derrière une pente.

Une solitude accablante l'envahit, la neige faisant rage à ses oreilles et le froid mortel s'infiltrant jusqu'à ses os.

Il fallait qu'elle bouge, ou elle mourrait de froid.

Elle se tourna et repartit vers le sud, en direction du château, en suivant leurs traces dans la neige. Elle avait froid aux pieds et bientôt, elle ne sentit plus ses orteils. C'était peut-être à cause de cela, ou parce qu'elle descendait la pente qu'elle tomba encore plus souvent.

Elle était mouillée, la neige fondue alourdissant ses jupes et sa cape. Au bout d'un moment, son esprit s'embruma ; son cerveau et son cœur semblèrent s'engourdir.

C'était peut-être pour cette raison qu'elle ne remarqua pas qu'elle marchait bien trop près du bord. Elle posa le pied sur une pierre plate et glissa. Elle glissa, puis tomba en heurtant des rochers tout en essayant de protéger sa tête.

Jusqu'à ce qu'elle s'arrête enfin.

Elle resta immobile, allongée sur le flanc, examinant son corps. La bonne nouvelle, c'était qu'elle n'était plus engourdie. La mauvaise, elle avait mal partout. Elle bougea les bras et les jambes. Rien n'avait l'air cassé. Elle se redressa en grimaçant. Sa tête la lançait. Elle toucha son crâne : pas de sang.

Bien. Elle pouvait s'estimer heureuse.

Elle regarda autour d'elle, et déglutit.

À tout juste trente centimètres d'elle se trouvait le bord irrégulier de la plateforme rocheuse sur laquelle elle se trouvait. Et en dessous, rien que du néant blanc.

Elle avait du mal à voir avec la neige, mais elle était probablement au sommet d'une falaise. Le vent était plus fort ici, projetant violemment la neige dans son visage.

Elle leva les yeux vers l'endroit d'où elle venait. Une pente raide, rocheuse, couverte de neige et de glace menait à la petite corniche.

Un désespoir froid s'empara d'elle.

Elle était seule.

Comme dans la grange.

Et personne ne viendrait la chercher.

Il n'y avait ni murs, ni portes verrouillées, mais elle était tout autant prise au piège.

Ses poumons se contractèrent, ses doigts s'engourdissant comme ses orteils. Son ventre se noua et de la bile lui monta dans la gorge.

Elle s'approcha à quatre pattes de la pente, s'éloignant de l'immensité implacable au-delà de la petite plateforme rocheuse.

Bien qu'elle ne soit pas dans un espace restreint, elle sentait plus abandonnée, plus seule, plus perdue que jamais.

Elle suffoquait ; ses poumons n'obtenaient pas assez d'oxygène. La tête lui tourna, et de la sueur perla sur sa peau alors qu'elle était frigorifiée. Tout autour d'elle semblait l'écraser, l'enterrer dans le désespoir.

Personne ne la trouverait.

Personne ne viendrait.

Comme pendant ces deux horribles nuits.

Et la voix de Craig lui vint.

J'ai l'impression que tu t'es perdue dans cette grange... Tu dois te trouver d'abord.

Elle mit sa tête entre ses genoux et respira.

Se trouver d'abord...

Qu'avait-elle perdu dans la grange ?

Elle avait été certaine que son père et sa mère seraient toujours là pour elle. C'était évident. Peu importait combien elle avait peur, si elle faisait des bêtises, si elle était malade ; ses parents étaient là pour elle.

Jusqu'à ce que sa mère meure et laisse Amy, Jenny et leur père seuls. Peu importait combien elle avait besoin de sa mère. Sa mère n'était pas là et ne le serait jamais.

Et puis il y avait son père.

Il avait changé, lui aussi. Comme s'il avait également disparu et avait été remplacé par quelqu'un d'autre. De point de repère, de protecteur, il était devenu un ivrogne. Il avait cessé d'exister, perdu dans son propre oubli. Au lieu d'être un protecteur, il était devenu un agresseur. Il était devenu celui qui avait failli tuer Amy.

Alors, qu'avait-elle perdu dans cette grange ?

Oui, elle s'était perdue elle-même. La fille qui croyait que quelqu'un viendrait la chercher quoi qu'il arrive, que quelqu'un la soutiendrait, l'aimerait de façon inconditionnelle.

À sa place, c'était une fille qui avait peur de la vie et qui pensait ne pas mériter une personne aimante qui serait toujours là pour elle qui était sortie de la grange. Une fille qui croyait mériter d'être abandonnée, trahie, et enfermée, qu'on la laisse mourir seule.

Des larmes lui brûlèrent les yeux.

Mais à présent, elle savait que cette fille s'était trompée. Elle s'était tenue pour responsable de ce qu'avait fait son père. N'ayant ni les ressources ni la capacité d'affronter la mort de son épouse, il avait emprunté un chemin destructeur. Un chemin qui l'avait non seulement détruit, mais qui avait également failli détruire leurs vies, à Jenny et elle.

Amy se sentait triste pour lui. C'était un homme bien, mais il n'avait pas affronté son chagrin, à sa perte. Au lieu de chercher de la force parmi sa famille, il avait cherché une échappatoire dans l'alcool.

Qu'aurait fait Amy, si elle avait eu assez de ressources pour ne pas paniquer ? Elle lui aurait parlé. Et s'il l'avait quand même enfermée, elle aurait calmement cherché un moyen de sortir. Elle aurait peut-être essayé de passer par ce trou dans le plafond, de monter sur le toit et d'appeler à l'aide. Elle aurait peut-être trouvé de l'eau...

Elle aurait pu tenter de nombreuses choses.

Comme à présent. Au lieu de se laisser aller à paniquer, elle pouvait prendre conscience qu'elle était à la fois la fille perdue et abandonnée dans la grange, et la fille débrouillarde qu'elle avait besoin d'être. Ces deux aspects faisaient d'elle qui elle était, une femme entière.

Ces deux parts d'elle unies, elle leva les yeux et vit un sentier sans neige ni glace qu'elle pouvait emprunter. Elle n'attendrait pas que quelqu'un vienne la chercher.

Elle se secourrait elle-même.

CHAPITRE 32

La bataille était terminée. Craig regarda l'armée MacDougall faire demi-tour et partir.

Le combat avait été rapide et sanglant. Le château offrait une bonne défense, bien qu'il soit encore abîmé. Certains d'avoir l'avantage en se faufilant dans le passage secret, les MacDougall n'avaient pas apporté de bélier ni beaucoup d'échelles de siège. Sans cela, et sans avoir accès au passage, la chance n'était pas de leur côté, surtout pendant qu'il neigeait.

Craig se tenait sur le mur sud, regardant les troupes battre en retraite dans la neige.

Il avait protégé le château sans perdre d'hommes ; il n'y avait eu que quelques blessures superficielles. Il avait rempli son devoir.

Il se tourna vers l'est, où se trouvait la sortie du passage secret, où Hamish avait emmené Amy.

Le trou dans sa poitrine à l'endroit où avait été son cœur le faisait souffrir et le brûlait comme si l'on y avait versé du vinaigre. Allait-elle bien ? Que lui avait fait Hamish ?

Il serra les poings. Sa sœur avait été enlevée, et maintenant Amy. Son ventre se noua et un goût amer lui monta dans la gorge.

Il ne savait plus différencier la vérité du mensonge.

Il y avait tant de choses étranges dans les Highlands. Enfant, il avait entendu des histoires sur les kelpies, les fées et les guerriers légendaires.

Mais voyager dans le temps ? Nenni. Ce devait être un autre mensonge.

Owen se tenait à ses côtés.

— Nous sommes en sécurité, mon frère. Et maintenant ?

Craig ferma les doigts contre la pierre glacée du parapet. Owen suivit son regard.

— Tu veux la trouver, n'est-ce pas ?

Il ne répondit pas. L'affreuse et sombre sensation lui enserrait les entrailles. Il lui était arrivé quelque chose. Il le sentait. Elle avait des ennuis. Il ne savait pas d'où venait ce sentiment, mais il savait que c'était vrai. Peut-être Hamish lui ferait-il du mal. Peut-être des MacDougall les avaient-ils suivis. Peut-être était-ce autre chose...

Mais Craig savait en son for intérieur que s'il ne partait pas à la recherche d'Amy sur-le-champ, si elle périssait ou que quelque chose lui arrivait, il ne se le pardonnerait jamais.

Peu importait combien elle l'avait blessé, il l'aimait toujours.

— *Aye*. Je veux la trouver.

Owen lui mit une tape sur l'épaule.

— Alors, allons-y.

Craig prit Owen et deux autres hommes. Ils partirent à cheval et suivirent les restes de la piste d'Amy et de Hamish, toujours visibles dans la neige. Ils étaient partis au nord-est, dans les montagnes, suivant le vallon. Le chemin était traître pour les chevaux quand il neigeait, ils progressèrent donc doucement, laissant leurs montures se frayer un chemin sur le sentier glissant.

Il ignorait depuis combien de temps ils étaient partis, mais les traces devinrent bientôt difficiles à voir. Craig dut mettre pied à terre plusieurs fois et se servir d'un bâton, comme Amy, pour trouver la trace suivante.

La tension dans son ventre se transforma en spasmes d'inquiétude.

Sans savoir ce qu'il faisait, il pria silencieusement Dieu. *Faites qu'elle survive. Faites qu'elle survive.*

Après un temps, la nuit commença à tomber, le crépuscule les enveloppant. Craig savait qu'il ne pourrait suivre la piste dans l'obscurité, et son cœur s'emballa à l'idée qu'Amy ait froid et peur en cet endroit reculé. Alors, une silhouette noire sur la neige blanche sortit de derrière un pin.

Elle portait le capuchon de sa cape, mais il l'aurait reconnue entre mille. Elle boitait et s'appuyait sur un long bâton.

Levant la tête, elle s'arrêta. Bien qu'il ne puisse voir son visage sous le capuchon, il savait que ses beaux yeux seraient écarquillés et lumineux.

Il sauta de son cheval et la rejoignit, les jambes tremblantes.

— Oh, Craig.

Elle sanglota et se laissa tomber dans ses bras. L'enlaçant, il la serra fort contre sa poitrine. Elle était froide, mouillée et lourde, ses vêtements imprégnés de neige fondue et partiellement gelés. Elle frémissait, et sa joue était froide et humide contre la sienne.

Du soulagement et du chagrin le submergèrent et tourbillonnèrent en lui en un mélange étourdissant. Quoi qu'il ressente pour elle, elle était manifestement gelée et blessée, et avait besoin d'aide.

Son intuition avait eu raison.

— Je te tiens, murmura-t-il. Tu es en sécurité.

— Merci d'être venu me chercher, dit-elle entre deux sanglots. Je n'étais pas certaine de survivre.

— *Aye*, bien sûr que je suis venu te chercher.

Il irait toujours la chercher, pensa-t-il. Il irait toujours la chercher, quoi qu'elle lui fasse.

— Viens, on doit vite te réchauffer. Monte sur mon cheval.

Il la souleva sur sa monture. Assis derrière elle, il la serra contre son corps pour lui tenir chaud.

~

Amy était allongée paisiblement dans les bras de Craig, des flammes dansant dans la cheminée de leur chambre. Ses doigts et ses orteils lui faisaient mal tandis que la chaleur y retournait. Mais elle était sèche, en vie, et en sécurité dans les bras de l'homme qu'elle aimait.

Dehors, l'averse se transformait en tempête de neige, le vent hurlant contre les volets et aspirant la chaleur par les petites fentes.

La dernière chose qu'elle voulait, c'était quitter le confort du corps de Craig. Ils étaient toujours sur leur lit de fortune, incapables de s'allonger sur le vrai. Craig avait juré qu'il le brûlerait, mais il avait besoin d'un nouveau lit, et il devrait le commander à un charpentier.

Ils s'embrassèrent, mais ne firent pas l'amour, Amy était trop faible. Et ce qui s'était passé entre eux, le poids silencieux et pesant des mensonges et des faux-semblants était comme une barrière invisible.

— Voudrais-tu de nouveau du thé ? demanda-t-il.

La théière était suspendue au-dessus du feu, son contenu prêt à être servi.

— Non.

Elle frotta l'arrière de sa tête contre son torse.

— Ça va.

Il pouffa, mais ne dit rien.

— Quoi ?

— Rien. C'est simplement cette expression... « ça va ».

— Eh bien, quoi ?

Elle se doutait de ce qu'il dirait. C'était une expression du futur. Le sujet qu'ils évitaient tous les deux.

— Je ne veux en parler pour le moment, pas pendant que tu récupères.

Son ventre se noua douloureusement, comme si elle se faisait poignarder. L'heureuse et paisible dérive avait disparu. Elle se redressa, enroula le tartan autour de ses épaules et se tourna vers lui. Le visage de Craig était calme, mais elle voyait de petites rides de douleur et d'inquiétude autour de ses yeux.

— Dis-le, Craig.

Évidemment que c'était à propos de ses mensonges, du voyage dans le temps. Il voulait savoir quelle était la vérité et quand elle avait fait semblant.

Il soutint son regard, une tempête sombre dans le sien.

— *Aye*. Bien. Je veux savoir, pourquoi m'as-tu trompé ? Pourquoi ne pouvais-tu me dire dès le début que tu n'étais pas l'Amy MacDougall que je croyais ?

— Pour que tu me fasses tuer pour sorcellerie ? Comment est-ce que j'aurais pu te dire directement que j'ai voyagé dans le temps ? Comme si c'était normal. Je n'y croyais pas moi-même au début, et tu ne m'aurais jamais crue. Tu m'aurais traitée de folle et virée du château, ou simplement tuée.

— Je ne t'aurais point tuée, marmonna-t-il.

— Mais tu ne m'aurais pas crue, si ?

— Probablement pas. Je ne te crois toujours pas.

— Exactement. Parce que c'est fou.

Il soupira.

— Comment cela peut-il être vrai ?

— Tu ne m'as pas demandé d'où venait mon accent ?

— *Aye*. Tu portais des vêtements que je n'avais encore jamais vus, et tu parlais étrangement. Ton accent, je ne l'avais encore jamais entendu...

— C'est parce que je suis américaine. Je m'appelle bien Amy MacDougall, mais je suis née en 1989, dans un pays qui n'existe même pas encore, sur un continent dont tu n'as jamais entendu parler, car il ne sera découvert que dans quelques siècles.

Craig continua de la fixer.

— *Aye*, c'est difficile à croire.

— Je sais. Attends. Je vais te montrer quelque chose.

Elle s'extirpa des couvertures et des fourrures, frissonnant en sentant l'air frais. Elle sortit son sac à dos et les vêtements avec lesquels elle était arrivée du fond de l'un des coffres contre le mur avant de retourner auprès de Craig et de se blottir dans la chaleur des couvertures et de son corps.

Elle lui montra sa veste, puis ouvrit et ferma à plusieurs reprises la fermeture Éclair.

— Tu vois ? Tu as déjà vu une telle chose ?

Il fronça les sourcils, étudiant la fermeture. Il la prit ensuite et essaya de l'ouvrir et de la fermer.

— C'est fort pratique, admit-il.

Il prit la veste, observa attentivement le tissu et fit glisser ses doigts dessus.

— C'est lisse et léger, pourtant, ce doit être chaud à en juger par l'épaisseur.

— Exactement.

Elle lui montra son sac à dos et ouvrit également la fermeture Éclair. Elle révéla sa lampe torche, qu'elle avait récupérée, puis l'alluma. Craig sursauta un peu.

— Ce n'est que de la lumière, Craig. Il n'y a pas de feu.

Il tendit lentement la main et la prit. Il considéra la lumière, puis posa prudemment un doigt dessus.

— *Aye*, c'est seulement un peu chaud. Et l'on ne dirait pas du feu.

— Non. C'est de l'électricité, quelque chose qui sera inventé à la fin du dix-neuvième siècle, si je me souviens bien. Ça permet d'alimenter différents objets et mécanismes, comme celui-là. On peut s'en servir pour faire de la lumière, de la chaleur pour cuisiner, et faire des choses pour les gens, comme mélanger, coudre ou retirer de la saleté.

Il pointa la lampe torche vers un coin sombre de la pièce.

— Oh, *aye*, c'est très pratique.

Il tourna la lampe vers les autres murs de la chambre, le plafond et la porte, puis l'éteignit. Il regarda le sac.

— Quoi d'autre ? demanda-t-il d'une voix teintée de curiosité.

Amy gloussa et lui présenta sa trousse de secours. Elle avait l'impression d'être le père Noël.

Elle ouvrit la fermeture Éclair du sac en synthétique rouge et lui montra le contenu. L'air émerveillé, il sortit et examina les boîtes avec des bandages pour les brûlures, les traumatismes, les blessures graves, de la gaze, un cache-œil, des ciseaux, de l'ibuprofène et de l'aspirine, et d'autres choses. Elle lui expliqua rapidement ce que c'était et à quoi cela servait. Puis elle lui montra son paquet de tampons, le paquet de mouchoirs qu'elle emportait partout, son téléphone portable à plat, et son passeport.

Après avoir tout étudié, il secoua la tête, son regard se perdant dans le vide.

— Alors ? Tu me crois maintenant ?

Il la regarda.

— *Aye*, je te crois.

Mais sa façon de le dire donnait l'impression qu'en prouvant qu'elle disait vrai, elle avait empiré les choses.

— J'ignore toujours qui tu es vraiment. Pourquoi es-tu ici ? Qu'est-ce qui était vrai, et qu'as-tu inventé ?

Amy hocha la tête, les joues écarlates.

— Je suis désolée, Craig. Vraiment. Je me suis détestée à chaque fois que je t'ai menti. J'ai si souvent voulu te dire la vérité, mais je me suis comportée en lâche. Comment je me suis retrouvée ici... J'étais en voyage scolaire avec ma sœur et sa classe. Nous visitions l'Écosse, et j'ai rencontré cette femme, Sìneag, qui m'a parlé de toi...

Elle lui raconta tout. Les mots jaillirent de ses lèvres comme l'eau d'un robinet. Elle trouva sa main, la prit, et il serra la sienne. Elle lui dit qu'elle était née dans une ferme. Que sa vraie mère était morte quand elle avait dix ans. Que son père l'avait bel et bien enfermée dans une grange. Elle lui parla de sa sœur. Des années où elles avaient vécu chez leur tante et leur oncle après que leur père avait été condamné pour violence et négligence. Puis de l'école vétérinaire à New York. De comment elle avait trouvé ce garçon perdu et avait su qu'elle n'était pas née pour être vétérinaire, mais secouriste. De son mariage avec Nick — de comment elle avait d'abord été heureuse avant de se sentir prise au piège et étouffée quand il était trop proche, et qu'elle n'avait pas été prête à croire que quelqu'un pouvait vraiment l'aimer et qu'elle méritait de l'amour et du bonheur.

Ensuite était venu le divorce.

Et enfin, la situation actuelle.

Elle se tut et regarda Craig. Il observait le feu, l'air pensif. Il fit courir ses deux mains dans ses cheveux et les y laissa, baissant la tête entre ses genoux. Amy dut se faire violence pour ne pas lui demander ce qu'il pensait. La croyait-il à présent ? Lui pardonnait-il ?

Si oui, que se passerait-il ensuite ? Un avenir était-il possible pour eux ? Si oui, quel avenir ?

Elle ne pouvait pas rester là.

Il ne pourrait jamais aller au vingt et unième siècle avec elle.

Qu'y avait-il pour eux ?

Il la regarda en secouant lentement la tête.

— *Aye*, je te crois à présent, Amy. Je crois que tu es une bonne personne. Je crois que tu pensais ne pas avoir le choix et ne point pouvoir me confier la vérité. Et je m'excuse de t'avoir fait ressentir une telle chose.

Son pouls palpitait dans ses tempes.

— Et je t'aime. Malgré tes mensonges, je ne puis cesser de t'aimer. Je ne pense pas en être capable un jour.

Amy glissa une mèche de cheveux derrière son oreille d'une main tremblante.

— Mais ? On dirait que tu vas dire « mais »...

— Mais je ne puis te pardonner. Je ne puis te faire confiance. Et je douterai toujours de toi.

Elle opina du chef. Il avait rendu son verdict. Elle avait l'impression qu'un bloc de béton était tombé sur elle, écrasant son corps et son cœur.

Tu savais qu'il ne te pardonnerait pas, et même s'il te pardonnait, alors quoi ? Tu aurais brisé son cœur de toute façon et tu serais partie dès que possible.

Car c'était comme une peine de prison pour elle de rester à

une époque où elle aurait autant de contraintes, où elle ne pouvait pas être elle-même.

— Parce que j'ai menti ?

Il ferma les yeux un instant, et quand il les ouvrit, ils étaient habités d'un tel chagrin désespéré qu'elle s'étrangla.

— Parce qu'il n'y a rien de plus important que la loyauté à mes yeux. Je ne puis te laisser me trahir de nouveau. Je surveillerai tes moindres mouvements.

Sa bouche se tordit tristement.

— Tu viens peut-être du futur, mais tu restes une MacDougall.

CHAPITRE 33

Craig quitta la chambre à coucher pour permettre à Amy de se reposer.

Le lendemain, elle était assez forte pour se lever et marcher.

Trois jours plus tard, elle le rejoignit dans la grande salle lors du souper.

— Je partirai demain.

Elle posa un bol de soupe de poisson devant lui et prit place à ses côtés.

Il ne la regarda pas. Cela serait trop douloureux. L'avoir près de lui, même dans le même château suffisait à faciliter sa respiration et à emballer son cœur. Il tira le bol vers lui.

— Merci.

— C'est pour la soupe ou parce que je pars ? plaisanta-t-elle.

— Pour la soupe.

— Et en ce qui concerne mon départ ?

Il rencontra son regard et s'étrangla à la vue de la tristesse qui l'habitait.

— Nous savions tous deux que ce n'était qu'une question de temps. Le temps est venu.

Elle hocha la tête, des larmes lui montant aux yeux, et battit des cils.

— Oui. Bien sûr. C'est ça.

Elle se mit à manger sa soupe. Le silence pesait entre eux. Craig ressentait physiquement la distance entre eux, le désir ardent de se toucher, de se parler.

De pardonner.

— Et si je restais, Craig ? Y as-tu pensé ?

Il leva les yeux de son bol.

— *Aye*. J'y ai pensé.

Elle haussa les sourcils.

— Et ?

— Et je serais incapable de me retenir de te toucher. Mais je ne pourrais jamais te pardonner. Tes mensonges m'ont beaucoup coûté. Si tu m'avais dit la vérité dès le début, je ne t'aurais épousée. Lachlan serait peut-être en vie. Hamish n'aurait peut-être jamais trouvé le passage secret. Les MacDougall n'auraient point attaqué le château. Le comte de Ross doit croire que nous sommes tous des menteurs, Robert Bruce et nous.

Un pli de douleur creusa le front d'Amy.

— Mon cœur resterait fermé, Amy. Je douterais de la moindre de tes paroles. Tu as dit avoir eu l'impression d'étouffer avec Nick. Si nous étions ensemble, je t'étoufferais, Amy. Encore. Plus.

Elle secoua la tête, les larmes aux yeux.

— Non. Je ne crois pas.

— Tu devrais. Il vaut mieux être prudent. C'est ma prudence qui a sauvé ma vie et le château. Et c'est ma confiance en les autres qui a mené à la mort de Lachlan, à celle de mon grand-père, et au viol de ma sœur. C'est à cause de ma confiance que la seule femme que j'aie jamais aimée m'a brisé le cœur.

Amy cligna des yeux.

— Alors, tu préfères être malheureux et seul que d'essayer de changer ? De m'accorder le bénéfice du doute ?

— Je serai malheureux et seul quoi qu'il en soit.

Elle opina du chef et se leva avec sa soupe.

— Alors, sois malheureux et seul, Craig. C'est ce qu'a dit

Sìneag. Que tu épouserais quelqu'un pour renforcer ton clan, mais que tu ne l'aimerais jamais. Que tu mourrais seul.

Ses paroles enfoncèrent de douloureux clous dans le cercueil de son espoir.

Amy hocha la tête.

— Je partirai avant le déjeuner. Bonne nuit.

Craig regarda ses cheveux se balancer et son magnifique cul rond bouger alors qu'elle quittait la grande salle.

Peut-être était-ce la dernière fois qu'il la voyait.

Craig était enroulé dans ses draps, incapable de trouver le sommeil alors que des souvenirs d'Amy le chevauchant, magnifiquement nue, du désir et de l'amour dans le regard, l'envahissaient. Elle partirait le lendemain. Seule une nuit le séparait de la plus grande perte de sa vie.

Il s'était résolu à ne pas aller la voir, mais c'était plus fort que lui. Cela allait au-delà de ses capacités.

Sans un bruit, il se leva de son lit dans la chambre du seigneur tandis qu'Owen et le reste de son clan dormaient et ronflaient. Montant l'escalier menant à la chambre à coucher, il ouvrit prudemment la porte.

Elle était allongée sur le tas de fourrures et de couvertures devant la cheminée. Le feu se mourait déjà, et crépitait doucement. Il s'approcha à pas de loup et resta à la contempler un moment. Elle était sur le flanc, ses longs cheveux sur la fourrure blanche.

Mais elle ne dormait pas. Un petit gémissement et un reniflement atteignirent ses oreilles.

Elle pleurait.

— *Oh mo gaol*[1], murmura-t-il.

Elle se tourna vers lui, les yeux injectés de sang et les paupières gonflées. Il se glissa à ses côtés dans la chaleur accueillante des couvertures et l'attira dans ses bras. Sa douce odeur féminine de forêt, de nature et de cuisine l'enveloppa.

— Qu'est-ce que tu fais là ? demanda-t-elle d'une voix rauque.

Son souffle était chaud et humide dans son cou.

— Je ne pouvais me retenir de venir te voir...

Il lui redressa le menton.

— Qu'y a-t-il, Amy ? Pourquoi pleures-tu ?

— Tu sais pourquoi...

— Non, je ne sais point.

— Parce que je t'ai menti. Parce que je dois partir et que ça me brise le cœur. Parce que...

Elle déglutit, puis expira doucement.

— Parce que je t'aime.

Ses mots le submergèrent, le touchant au plus profond de son âme. Il sécha les larmes sur les joues humides d'Amy avant d'en embrasser une. S'il le pouvait, il ferait disparaître toute sa tristesse, tous ses problèmes, toute sa misère.

Mais il le ne pouvait pas.

Ce qu'il pouvait faire, c'était lui montrer combien il l'aimait, en dépit de tout ce qui s'était passé entre eux. Même si ce serait la dernière fois.

Il déposa les plus doux des baisers de sa joue humide jusqu'à sa bouche, puis l'embrassa aussi tendrement que possible. Cette délicate caresse de sa peau contre la sienne suffit à enflammer son sang.

Son baiser se fit plus passionné, et il glissa sa langue dans sa bouche. Elle avait un goût salé, un goût de douleur et de chagrin qui résonna en lui, lui serrant le cœur.

Elle passa ses mains autour de son cou et se rapprocha de lui. Il sentit sa douce poitrine et ses mamelons durs à travers la fine étoffe de son fourreau.

Il fit doucement courir ses mains dans son dos, savourant chaque pouce de son corps gracieux, de la courbe de son dos, de l'arrondi ferme de son magnifique cul. Il lui empoigna les fesses et les pétrit. Elle s'agita et lança une jambe par-dessus ses hanches pour appuyer son sexe contre le sien.

Il était déjà dur. Sa verge gonflait pour elle et tressaillait d'impatience.

Mais il serait patient. Il serait tout ce qu'elle voulait.

Il tira son fourreau au-dessus de sa taille, puis plus haut encore, et le retira entièrement. Il contempla son corps, sa parfaite et douce poitrine, sa peau laiteuse qui brillait dans la pénombre. Il enleva sa propre chemise et ses culottes. Chair contre chair, ils n'avaient rien pour se cacher, nulle part où s'enfuir.

Il baissa la tête et prit son sein en bouche, goûtant sa délicieuse peau de velours. Il fit glisser sa langue autour de son doux mamelon, satisfait de le sentir durcir. Il le suça et le mordilla, encore et encore, jusqu'à ce qu'Amy se mette à pousser des gémissements gutturaux.

Il se tourna ensuite vers l'autre sein et recommença tout en pétrissant le premier. Elle se cambra contre lui, lui donnant un meilleur accès.

Elle passa ses mains dans ses cheveux, chose qu'il avait toujours adorée.

Il continua à descendre lentement jusqu'à ce que sa bouche rencontre sa délicieuse toison. Il posa sa jambe sur son épaule, l'ouvrant à lui.

Écartant ses douces lèvres, il s'émerveilla devant la beauté de sa féminité.

— Si douce, si chaude, murmura-t-il.

Il l'embrassa en appuyant exactement comme elle aimait. Lorsqu'elle frissonna, il passa son autre jambe sur son épaule tout en maintenant ses hanches. Il continua de jouer avec elle, savourant la sensation de l'avoir contre lui, faisant durer chaque instant.

Elle se raidit de cette façon qui lui apprenait qu'elle jouirait bientôt, et il se retira. Il la tourna afin que son derrière soit face à lui. Ainsi, il pourrait lui procurer du plaisir tout en ayant ses mains là où elle aimait.

Il appuya son érection palpitante contre son sexe brûlant et humide. Une intense vague de plaisir le traversa. Il était épais et la désirait de tout son cœur.

Effleurant son long dos gracieux, il la pénétra lentement. Elle haleta et recula pour venir à sa rencontre.

Il poussa jusqu'à être enfoncé jusqu'à la garde, enserré dans son étroite humidité. Elle arqua le dos, et il posa une main sur son sein. De sa main libre, il trouva ses lèvres brûlantes et se mit à jouer avec le petit bourgeon de son plaisir.

Elle trembla, un profond gémissement jaillissant de sa bouche.

— *Aye*, ma douce. Profite. Tu es si belle.

Il commença à se retirer lentement avant de s'enfoncer de nouveau, tout aussi lentement, en roulant des hanches pour atteindre le plus profond d'elle et lui procurer autant de plaisir que possible.

— Ooh, Craig ! Oooh…

Il accéléra légèrement le rythme. Il voulait la posséder et que cela ne finisse jamais.

Il la vénérait avec son corps. Chaque coup de reins chantait les louanges de sa beauté. Chaque caresse de ses doigts était une prière. Chaque souffle un aveu de son amour.

Il faisait durer ce moment. Chaque va-et-vient le rapprochait d'elle, apaisait la douleur, étendant son corps et son âme. Il était un bateau immobilisé sur une mer calme, et elle était le vent.

Il était le sol, gelé après l'hiver, et elle le premier soleil du printemps.

Il était le fer et elle le feu, le fondant et le transformant en épée.

Ensemble, ils ne faisaient qu'un.

Du moins, pour le moment.

Et il voulait que ce moment dure éternellement.

Mais bien trop tôt, elle se mit à trembler, aux portes de l'orgasme, et il sut qu'il devait y aller plus fort pour lui procurer autant de plaisir que possible.

Il accéléra le rythme, à la fois doux et implacable, juste assez pour intensifier les sensations sans lui faire mal.

Lui aussi approchait le paroxysme. Son sang brûlant palpitait à l'endroit où leurs corps se rencontraient, à l'endroit où il la possédait et elle le possédait.

Elle l'enserra, criant son besoin de jouir. Tout en lui se tendit férocement, et sans s'arrêter, il se pencha en avant et tourna sa tête vers lui pour plaquer un baiser éperdu sur ses lèvres.

L'orgasme le parcourut comme une fougueuse rafale de bonheur, une vague de flammes. Amy fut saisie de spasmes et vola en éclats dans ses mains.

Il déversa sa semence en elle, leurs gémissements se mêlant, leurs souffles telle une chanson.

Il la serra contre son corps, comme pour faire d'elle une part de lui. Ils respirèrent ensemble, leurs poitrines bougeant au même rythme.

— Je t'aime, Amy.

— Je t'aime aussi.

Il ferma les yeux, laissant les mots l'envelopper, essayant de voir s'ils étaient vrais sans vraiment les croire.

Elle se tourna lentement vers lui, soyeuse dans ses bras.

— Craig...

Il la contempla, tentant de mémoriser jusqu'au moindre détail de son visage. Ses grands yeux, ses lèvres charnues, son nez un peu pointu.

Elle posa une main sur sa joue et planta le plus délicieux des baisers sur ses lèvres. Quand elle enfouit son visage dans son cou, il sentit quelque chose de chaud et humide. L'attirant tout contre lui, il sentit sa respiration irrégulière alors qu'elle pleurait doucement dans ses bras.

Ils s'endormirent ainsi.

Lorsqu'il se réveilla, la place à ses côtés était vide et le feu éteint depuis longtemps. Il se redressa, une tristesse froide lui serrant le cœur.

Il parcourut la pièce du regard, mais elle était vide. Il ne restait que la trousse de soins et le fourreau d'Amy sur le lit.

Était-elle partie ?

Sans un au revoir ? Rien ?

Il supposa que le seul au revoir possible était ce qu'ils avaient partagé avant de s'endormir. Alors pourquoi avait-il l'impression d'avoir perdu quelque chose de plus important que sa vie ?

Peut-être n'était-elle pas encore partie. Il se leva et enfila ses vêtements à la hâte. S'il se pressait, peut-être pourrait-il encore la rattraper...

Mais pourquoi ? Qu'est-ce que cela changerait ? Il l'ignorait. Il savait seulement qu'il ne supportait pas l'idée qu'elle soit partie pour toujours, qu'il ne la reverrait jamais.

Il se précipita dans les escaliers, puis traversa la cour pour se rendre dans la réserve souterraine de la tour est. Il ouvrit brutalement la porte du fond.

Elle était là, accroupie devant le rocher, vêtue de sa veste et de ses pantalons moulants, son étrange sac sur le dos. Sa main était posée sur la pierre.

Elle semblait déjà un peu pâle, comme si ses couleurs la quittaient.

Tout en lui lui criait de courir vers elle et de l'arrêter. De s'agenouiller et de la supplier de rester. C'était la dernière fois qu'il la voyait. Ne pouvait-il vraiment pas oublier son nom ? Ne pouvait-il pas lui donner une autre chance ?

Il dut se faire violence pour rester immobile, pour ne pas s'approcher.

Le rocher brilla de nouveau de bleu et de marron. Elle disparaissait, comme du brouillard soufflé par un vent violent.

Elle regarda derrière elle et leurs regards se croisèrent. Celui d'Amy était empli de panique, de tristesse et de chagrin.

— Amy !

Il fit un pas vers elle pour lui prendre le poignet et la tirer vers lui, loin de tout ce qui pourrait la faire souffrir.

Mais un instant plus tard, elle était partie.

Il courut vers le rocher, incapable de croire qu'elle venait de disparaître.

C'était bien le cas. Il ne restait pas une trace d'elle.

Il savait qu'il en prendrait pleinement conscience plus tard.

Cela l'écraserait, comme la nouvelle désastreuse de l'enlèvement et du viol de Marjorie, et avoir vu son grand-père mort. La douleur l'écraserait, le dévorerait, le changerait.

Mais pour le moment, il se contenta de fixer les vagues et la route gravées, et l'empreinte de main.

Se pardonnerait-il un jour d'avoir laissé partir l'amour de sa vie ?

———

1. « Oh mon amour » en gaélique écossais.

CHAPITRE 34

De la vapeur s'éleva de la bouche d'Amy quand elle expira. L'éclat de la neige contre le vert foncé presque noir des pins sur les pentes du mont Mansfield lui faisait mal aux yeux. Il faisait beau, le ciel était de ce bleu d'hiver que l'on ne voyait que quelques fois par an.

Elle aurait voulu que Craig puisse le voir.

Chaque fois qu'elle passait un bon moment, sa première pensée était de vouloir le partager avec Craig.

Craig, dans ses Highlands vert-marron.

Craig, qui était mort depuis longtemps.

Comme toujours, un spasme de douleur la traversa à cette pensée.

— Alors, on va où ? demanda Jenny en fermant la porte de la maison d'Amy derrière elle. Ouah, il fait froid.

Amy baissa l'épais bonnet en tricot de sa sœur sur ses oreilles.

— Et si on allait au pub en marchant plutôt qu'en voiture ? Il n'est qu'à quinze minutes.

— Oh oui, et l'air est si frais. Il me pique merveilleusement bien le cul.

Amy éclata de rire.

— Oh, allez. Arrête ton cinéma.

Jenny pouffa.

— Je ne suis arrivée qu'hier. Donne-moi le temps de m'habituer à la température. Tu es certaine qu'il ne peut pas faire plus froid ?

Elles se mirent en route vers le centre-ville. La neige crissait agréablement sous les chaussures d'Amy. Des maisons en brique rouge et aux volets en bois blanc, le toit couvert de neige, s'alignaient dans la rue.

— Attends fin février, tu vas voir. À cette période, je passe mon temps à essayer d'aider les skieurs et les promeneurs perdus à échapper à l'hypothermie.

— Oh, je ne vais pas attendre jusqu'en février. Je ne vais pas rester plus longtemps que nécessaire. À vrai dire, mon plan secret est de te mettre dans ma valise et de t'emmener avec moi en Caroline du Nord, lança Jenny avec un clin d'œil.

L'odeur de Stowe — la neige fraîche et la nature avec une trace de muffins, de tartes et de la viande cuite — n'était pas aussi accueillante qu'avant. C'était un rappel douloureux du foyer qu'elle avait trouvé à Inverlochy, du temps où elle avait été heureuse avec Craig.

Le foyer qu'elle avait perdu.

L'homme qu'elle avait perdu.

Elle échangerait volontiers l'odeur des muffins et des tartes pour celle du ragoût, et la chaleur de son nid douillet pour la fraîcheur des murs du château.

Et pour ses caresses, son corps, son regard émeraude et son accent épais.

— Enfin, dit Amy avec un sourire forcé. Ma place est ici. Là où on a besoin de moi.

Elle désigna le mont Mansfield de la main.

— Je suis tellement contente que tu aies récupéré ton ancien travail. Et je suis désolée d'avoir mis aussi longtemps à venir te voir.

— Non, non, je t'en prie, ne t'excuse pas. Tu as un boulot. Tu ne peux pas venir t'occuper de ta grande sœur. Je vais bien.

Elle sentit le regard inquisiteur de Jenny.

— Tu n'as pas l'air d'aller bien, ma belle.

Elle lui jeta un rapide coup d'œil.

— Non ? Eh bien, je vais bien.

Amy regarda droit devant elle, ses épaules se raidissant. Elle voulait cette liberté, non ? Elle ne voulait pas être en couple. Elle se l'était répété à maintes reprises après son retour. C'était la bonne décision.

— Et si je ne vais pas bien, ce sera bientôt le cas, déclara-t-elle d'un ton résolu.

— OK, j'ai l'impression qu'il y a quelque chose que tu ne me dis pas. Qu'est-ce que tu caches ?

Entendant l'inquiétude dans la voix de Jenny, elle déglutit. Son nez était gelé, ses joues aussi. Elle avait raconté à sa sœur qu'elle s'était perdue dans les tunnels sous Inverlochy et que quand elle s'était réveillée, la classe était partie. Ensuite, elle avait dit qu'elle en avait eu marre de faire du baby-sitting et avait décidé de rester seule pour explorer les Highlands, et qu'elle s'était perdue dans les montagnes. Elle avait dit la même chose à la police écossaise.

Mais Jenny ne l'avait jamais crue. Elle n'avait pas posé beaucoup d'autres questions au téléphone, mais Amy savait qu'elles la taraudaient et qu'elle attendait de les poser en arrivant.

Amy était fatiguée. Tout ce temps passé à mentir à Craig l'avait rendue très malheureuse. Elle ne voulait pas mentir à Jenny.

— Je te raconterai quand on aura de l'alcool devant nous. Tu me prendras sûrement pour une folle et tu ne voudras plus jamais me parler de ta vie.

— Ça ne me dit rien qui vaille.

— Tu n'as pas idée.

Elles arrivèrent à l'un des trois pubs de Stowe. L'intérieur en bois sombre rappelait une station de ski. L'odeur de la bière et de la javel enveloppa Amy. Un match de hockey était diffusé sur les télévisions, et les enceintes émettaient du rock. Ce décor familier qu'elle avait vu des centaines de fois avec ses camarades secouristes et Nick lui paraissait tendu, étroit et étouffant. Comment avait-elle pu se sentir à l'aise ici par le passé ?

Elles s'installèrent dans un box près de la fenêtre. Amy commanda une bière pour Jenny et se prit un scotch. Elles trinquèrent, et elle but une gorgée, laissant le liquide lui brûler la bouche et la gorge avant de s'installer comme un petit feu dans son ventre. C'était plus riche et sophistiqué que l'*uisge* qu'elle avait bu avec Craig à Inverlochy, et ce n'était qu'un écho du goût qui lui rappelait tant son aventure.

Mais elle désirait tout, n'importe quoi qui puisse la rapprocher de Craig d'une façon ou d'une autre. Elle ferma les yeux un instant, imaginant qu'elle buvait dans une coupe d'argent dans la grande salle du château d'Inverlochy. Le whisky était comme une part de lui qu'elle voulait absorber.

Son désespoir, sa tristesse et son chagrin quotidiens étaient comme de lourdes menottes en fonte. Ses épaules lui faisaient mal, ses muscles étaient raides. Arrêterait-elle un jour de souffrir ?

— Je vois que tu t'es mise aux goûts des Écossais. Je ne me rappelle pas t'avoir vue boire du scotch avant.

Amy pouffa.

— Surtout que c'était ce que papa buvait.

— Ouais.

Elles restèrent silencieuses un moment.

— Alors, qu'est-ce qui s'est passé ? demanda prudemment Jenny.

Amy prit une profonde inspiration et rencontra le regard de sa sœur. Ses yeux étaient bleus comme les siens, mais Jenny avait les cheveux noirs de leur mère tandis qu'Amy tenait les siens de leur père.

— Bon, avant que je commence, je veux que tu saches que je suis au courant que ça va avoir l'air complètement fou.

— OK...

— OK.

Amy commença son récit. Elle parla de Sìneag, du rocher, du siège et de Craig. Et de tout ce qui lui était arrivé. Elles recommandèrent deux fois à boire. La nuit tombait derrière la fenêtre, et le pub s'emplit de gens. Beaucoup saluèrent Amy.

Elles en étaient à leurs quatrièmes verres lorsqu'elle finit de raconter comment elle était rentrée. Cela faisait du bien d'en parler à quelqu'un, d'arrêter de faire comme si rien d'extraordinaire ne lui était arrivé.

Car c'était le cas. Et cela l'avait transformée. À vrai dire, ce serait certainement l'évènement le plus important de toute sa vie. Elle aurait été tellement triste de ne pas pouvoir en parler à la personne dont elle était la plus proche.

Elle aurait été triste, mais cela aurait peut-être été plus intelligent, à en juger par les yeux écarquillés et l'air incrédule de Jenny. Déjà un peu pompette, elle avala une grande gorgée de bière et se contenta de la fixer.

— Tu as des preuves ? finit-elle par demander.

— Des preuves ?

— Ouais. Des preuves que tu n'as pas tout imaginé et que tu n'as pas été victime d'hallucinations. Je veux dire, je comprends totalement que tu veuilles y croire, mais je suis désolée, ma belle, c'est trop dur d'imaginer qu'il soit possible de voyager dans le temps.

Le ventre d'Amy se serra de déception. Elle haussa les épaules.

— Je n'ai pas de preuves, Jen. Je comprends que tu ne me croies pas. Si j'avais entendu une histoire comme ça, je ne l'aurais pas crue non plus. Alors, je ne t'en veux pas. Et tu n'imagines pas à quel point j'aimerais que ce soit une hallucination et non la vérité.

Jenny fronça les sourcils.

— Pourquoi ?

— Parce que Craig ne serait que le fruit de mon imagination. Et je pourrais arrêter de me demander si partir était une erreur.

Jenny fit tournoyer sa bière dans son verre.

— Tu l'aimes, hein ?

Amy hocha lentement la tête.

— Ouais. Malheureusement.

— Tu aimais aussi Nick.

— Exactement. C'est ce que je veux dire. Je l'aimais. J'avais le gars le plus parfait du monde. Il voulait m'épouser. Et il ne vivait pas des siècles dans le passé.

— Sans dec' ? Mais est-ce que c'est différent ? Avec Craig ?

— Si je dis que ça l'est, tu vas te dire que je prends mes désirs pour des réalités ? Genre, j'aimerais que ce soit différent, mais en vrai, ça ne l'est pas ? Si j'étais restée avec lui, j'aurais fini par m'échapper, comme avec Nick ?

— Je ne sais pas, ma belle. Curieusement, je ne sais pas.

— Pourquoi ?

Jenny regarda par la fenêtre un moment.

— Parce que tu es différente.

— Ah bon ?

— Je trouve. Tu es plus calme et… plus heureuse.

— Plus heureuse ? cria Amy. Je ne crois pas avoir jamais été plus malheureuse de ma vie.

— Ouais, t'es triste. Mais l'expression tourmentée qui habitait ton regard depuis que tu avais dix ans, celle qui te faisait ressembler à un animal sauvage pourchassé à la recherche d'une grotte où se cacher… Elle a disparu.

Amy secoua la tête et regarda dans son verre.

— J'ignorais que j'avais l'air tourmentée.

— Quoi qu'ait fait Craig, que ce soit en vrai ou dans ta tête, il t'a transformée.

Amy haussa les sourcils, mais resta silencieuse. Peut-être sentirait-elle le changement si son cœur et son âme ne souffraient pas constamment. Mais n'était-ce pas ce qu'avait dit Sìneag ?

… l'homme qui sera votre amour véritable. Celui pour qui vous changerez.

Avait-elle changé pour Craig ? Elle s'était retrouvée sur cette montagne dans les Highlands.

Étrangement, elle pensa à son père. À la place du ressentiment et du mépris qu'il lui avait inspirés toute sa vie, elle ressentit de la pitié. Les choses n'avaient probablement pas été faciles pour lui quand leur mère était morte. Et ensuite de découvrir ce qu'il avait fait à l'une de ses filles, qu'il avait failli la tuer.

— Comment va papa ?

Jenny pencha la tête, perplexe.

— Papa ? Il va bien. Pourquoi ?

— Je crois que je vais aller avec toi en Caroline du Nord. Pour le voir.

Jenny posa un regard vide sur elle.

— Sérieusement ?

Amy acquiesça d'un signe de tête.

— Oui. Ça fait longtemps que je ne l'ai pas vu. Et je pense que je suis enfin prête.

<h1 style="text-align:center">CHAPITRE 35</h1>

CHÂTEAU D'INVERLOCHY, JANVIER 1308

— Tu rumines toujours ? demanda Owen.

Craig se tourna vers lui en haussant un sourcil. Son frère était sorti de la tour Comyn et montait sur le mur nord, qui donnait sur la rivière et le loch. Les sommets des collines et des montagnes étaient blancs, le bas toujours marron et gris.

— *Aye*, et tu me déranges.

Owen s'arrêta à côté de lui et s'appuya également sur le parapet.

— Rumine autant que tu veux. Peut-être suis-je aussi venu ruminer.

— Quelle raison as-tu de ruminer ?

— L'absence de femmes dans ma vie.

— J'espère que la mort de Lachlan t'a appris une bonne leçon.

Owen lui lança un regard en biais et ne dit mot.

— Tu sais que je ne te ferai plus jamais confiance.

— Ce ne peut être vrai, mon frère.

Craig soutint son regard un long moment.

— C'est vrai, Owen. Je combattrais n'importe quel ennemi à

tes côtés, je sais que tu me soutiendrais pendant les batailles. Mais pour d'autres choses... Tu sais très bien pourquoi tu n'aurais pas dû séduire les villageoises. Malgré cela, tu l'as fait. Comment puis-je t'accorder ma confiance ?

Owen opina du chef.

— Très bien. Mais te battras-tu quand même à mes côtés ?

— *Aye.*

— Alors, tu sais que je ne te trahirai point.

— *Aye.* Je ne peux t'imaginer me trahir. Pourquoi le ferais-tu ?

— Bien. Je ne te trahirais point. Mais si tu sais que je ne te tromperais pas, pourquoi n'accordes-tu pas le même bénéfice à Amy ?

Amy.

Ce nom lui transperça l'abdomen comme une épée tranchante.

— Parce que j'ai grandi avec toi, grogna-t-il. Et elle...

— Et elle n'est point ton ennemie. Elle n'a pas été élevée avec les MacDougall. Diable, elle n'est même pas née ici. C'est une étrangère.

— *Aye.*

— Elle n'a donc aucune raison d'être déloyale.

— Mais elle l'a été. Elle a menti. Et les MacDougall restent sa famille, même s'ils sont ses ancêtres. Elle pourrait vouloir les aider, pour ce que j'en sais. Pourquoi la protèges-tu ?

— Je ne la protège point. C'est toi que je protège.

— De quoi ?

— De ton entêtement sot.

Craig aurait voulu avoir quelque chose dans les mains pour le jeter par-dessus le mur et le regarder s'écraser par terre.

— La loyauté est importante à mes yeux. Qu'y a-t-il de mal à cela ?

— Rien. Mais tu te limites à une vie de malheur.

Ses paroles résonnèrent douloureusement en lui. Ce n'était pas comme s'il n'avait pas imaginé Amy dans sa vie. Elle était son épouse. Ils n'avaient jamais divorcé, jamais prononcé les mots.

Mais il avait pensé à de longues nuits chaleureuses ensemble, aux voyages qu'ils feraient en montagne, à sa rencontre avec Marjorie. Sa sœur adorerait Amy. Elles étaient très fortes, toutes les deux. Elles avaient beaucoup souffert, mais elles avaient survécu et en étaient sorties plus fortes. Il avait imaginé leurs enfants. Seraient-ils roux comme elle ? Ou auraient-ils les cheveux foncés comme lui ?

Et il avait imaginé les nombreux jours, les nombreux mois et les nombreuses années durant lesquels il remercierait Dieu de lui avoir offert amour et bonheur.

Mais il ne pouvait pas avoir ces choses. Chaque minute de chaque jour, il douterait d'elle.

Comment pourrait-il un jour lui faire de nouveau confiance ?

Ce n'était pas comme s'il la reverrait dans cette vie.

Craig se redressa de toute sa hauteur et fit face à Owen en croisant les bras.

— Pourquoi te préoccupes-tu tant de mon malheur ou de mon bonheur ? T'es-tu soudain mis à croire en l'amour ? Toi, qui ne rates jamais l'occasion de soulever une jupe ?

Owen baissa les yeux.

— Nenni. Mais je vois que sans elle, tu te comportes bien plus comme un âne que quand elle était là.

Craig secoua la tête.

— Et toi, tu deviens encore plus un âne lorsqu'il y a des femmes.

— Mais nous ne parlons pas de moi. Nous parlons de toi.

— *Aye, aye.* Essaye de changer de sujet.

— Non. Je suis sérieux. Tu dois apprendre à accorder ta confiance à ceux que tu aimes, mon frère. Tu ne peux plus vivre ainsi. Tu le regretteras.

— Si le regret est le prix à payer pour la paix, je l'accepte.

— Je n'y crois point. Un jour, tu seras sur ton lit de mort, comme nous tous. Ne regretteras-tu d'avoir chassé Amy ? Ne regretteras-tu d'avoir laissé échapper une vie de bonheur avec elle et d'avoir pris le risque qu'elle ait commis une erreur ?

Craig expira, essayant de réfléchir. Il était en colère contre Owen pour en avoir parlé, pour l'avoir fait douter de nouveau.

Ces questions le tourmentaient depuis qu'il avait découvert la vérité.

Et s'il était assez fort pour la croire ? Et s'il était assez brave pour accepter la possibilité qu'elle soit loyale ? Qu'elle soit honnête ? Qu'elle préférerait mourir plutôt que de briser sa confiance ?

Tout comme lui.

Il s'était déjà forcé à la croire une fois... et voilà où cela l'avait mené.

Mais sans elle, sa vie serait vide. Sans elle, sa vie ne serait pas une vie.

Il ne ferait qu'attendre un miracle. Le miracle qu'il avait eu dans ses bras et en lequel il n'avait pas eu le courage de croire.

Aimer, c'était s'exposer au chagrin et à la souffrance. Aimer, c'était prendre des risques. Le bonheur était un risque.

Il n'aurait jamais pleinement confiance en un autre être humain — Owen, Amy, Robert Bruce, ni même lui-même.

Il se trahissait en cet instant en refusant de s'écarter de ses vieilles habitudes et croyances. S'il était honnête avec lui-même, il avouerait qu'il ne désirait rien de plus que de pardonner Amy et de la supplier de rester avec lui pour toujours.

Il lui donnerait toute la liberté qu'elle voulait. Il s'assurerait qu'elle sentait en sécurité. Il la vénérerait chaque jour sans rien demander en retour.

— *Aye*. Je vais bel et bien le regretter. À vrai dire, je le regrette déjà.

CHAPITRE 36

La maison sentait le vieux. La vieille moquette, le vieux bois, les vieux souvenirs. Les murs et les meubles de cuisine vert pâle familiers ; les meubles en bois foncé ; les abat-jour ternes ; les peintures délavées qui représentaient des paysages de montagnes, de champs et de lacs. Toute la décoration semblait ternie, comme si Amy la regardait à travers un filtre sépia. Le plancher s'enfonçait et grinçait sous ses pas.

Se préparant, Amy prit une profonde inspiration. Elle compta jusqu'à quatre, rassemblant ses forces, et pour la première fois depuis plus de vingt ans, elle regarda son père dans les yeux.

Un vieil homme se tenait devant elle, voûté, ridé et buriné. Elle était plus grande que lui à présent. Comme la maison, il semblait terni, délavé. Une douleur intense lui perça la poitrine.

Les yeux bleu pâle de son père s'emplirent de larmes.

— Amy.

— Salut, papa.

Jenny passa devant elle pour aller dans la cuisine.

— Salut, papa, je vais faire bouillir de l'eau pour le thé.

— Ouais, répondit-il, distrait. Entre, Amy, je t'en prie.

Il désigna la cuisine ; Amy hocha la tête et s'y rendit. Elle s'assit à la table ronde à laquelle ils avaient mangé de nombreux dîners. Le souvenir de sa mère s'affairant pour préparer le repas lui traversa l'esprit. Tout paraissait plus petit à présent. Tout paraissait surréaliste. Comme si elle était dans un rêve, mais qu'elle ne savait pas encore s'il se transformerait en cauchemar.

Leur père prit des tasses et une boîte de sachets de thé, les mains tremblantes.

Ils s'installèrent à table avec leur tasse. Le silence pesait entre eux.

— Comment tu vas, Amy ? demanda leur père d'une voix douce.

— Je vais bien. Je suis certaine que Jenny t'a dit que je suis secouriste dans le Vermont et tout ça.

— Oui. Oui. C'est bien.

C'était étrange. Comme marcher sur des œufs. Comme si chaque mot était lourd de sens, et que chaque changement d'intonation pourrait briser cette trêve et révéler les vieux chagrins et peines.

— Et toi, papa ?

— Je tiens le coup, je tiens le coup. J'ai loué les champs. Je ne peux plus travailler à la ferme.

Amy se demanda s'il avait aussi loué la grange, ou si elle était toujours vide et abandonnée.

Ils retombèrent dans le silence.

Jenny se leva.

— Je vais aller voir si les chambres à l'étage ont besoin d'être nettoyées.

Amy regarda sa sœur quitter la cuisine. Elle avait presque envie de s'élancer à sa suite.

— Ça va, côté santé ? demanda-t-elle en se retournant vers son père.

— J'ai une cirrhose, tu sais. Mais c'est stable pour le moment.

— Eh bien, préviens-moi si tu as besoin de quoi que ce soit. Je t'enverrai de l'argent.

Il baissa les yeux et hocha la tête, l'air affligé.

— Tu es trop gentille avec moi, Amy. Je ne le mérite pas.

Son menton trembla un peu, et les larmes montèrent aux yeux d'Amy. Qui était cet homme ? Il n'était que l'ombre de ce qu'elle avait vu la dernière fois. Il n'y avait pas la moindre trace de malice ni d'agressivité chez lui.

Seulement de la douleur. Du regret.

Amy tendit la main au-dessus de la table pour la poser sur les siennes.

— Il n'y a pas de quoi, papa.

Il rencontra son regard, les yeux emplis de larmes. Elle ne l'avait jamais vu pleurer. Pas même à l'enterrement de leur mère.

— Je suis tellement désolé pour ce que je t'ai fait. Je brûlerai en enfer de toute façon pour avoir enfermé une petite fille et l'avoir oubliée. Mais si tu étais morte là-bas, je...

Il fondit en larmes et s'avachit sur la table en se couvrant le visage. Amy alla s'asseoir à côté de lui et passa un bras autour de ses épaules, sentant son dos trembler sous sa paume. Elle appuya sa tête contre la sienne. Elle se mit à pleurer, elle aussi, mais cela ne la dérangeait pas.

Son visage la brûlait, son cœur saignait, son ventre frémissait.

Ils pleurèrent.

Ils pleurèrent pour la mère d'Amy, qui était morte trop tôt. Pour l'homme que son père avait été — l'homme qui était mort avec sa mère. Pour la fille qu'il avait enfermée dans la grange. Pour les années qu'ils avaient perdues, les années durant lesquelles elle avait rejeté ses tentatives de la contacter.

Pour la vie brisée qu'il vivait, et celle qu'elle avait vécue. Pour le peu de temps qu'il lui restait.

Au bout d'un moment, leurs larmes cessèrent de couler, et ils restèrent assis appuyés l'un contre l'autre.

Il voulait son pardon, elle le savait. Cela faisait des années qu'il le voulait.

Mais Amy n'avait pas été capable de le pardonner. Elle n'avait été capable que de se distraire et de ne plus y penser.

Peut-être avait-elle fait la même chose que Craig. Incapable de pardonner. Incapable d'oublier.

Mais elle s'aperçut qu'elle en était capable à présent, car elle avait retrouvé la petite fille qu'elle avait perdue dans la vieille grange.

— Je te pardonne, papa, murmura-t-elle.

Il se redressa et la regarda, les yeux rougis et gonflés.

— C'est vrai ?

— Oui, je te pardonne. Ce qui s'est passé a fait de moi qui je suis à présent. Ça fait partie de moi. C'est pour ça que je suis aussi douée pour trouver des gens. Je les aide, je leur sauve la vie, je les ramène auprès de leurs proches.

— Je suis si fier de toi. J'étais malade. Si je n'avais pas bu, je n'aurais jamais...

— Je sais. Ce n'est pas grave. J'aurais voulu que tu aies la force de te retenir de boire. J'aurais voulu ne pas avoir peur des monstres sous mon lit. On a fait de notre mieux compte tenu des circonstances.

Il opina du chef.

— Je te remercie pour ta compréhension. Je te remercie pour ton pardon. Tu ne sais pas ce que ça signifie pour moi, Amy. Le regret me ronge comme de l'acide depuis toutes ces années. Il ne me reste pas beaucoup de temps, Amy. Ton pardon est le plus beau cadeau que tu puisses me faire.

Elle trouva la force de sourire.

— C'est un cadeau pour moi aussi.

Ils restèrent silencieux un moment, laissant s'installer cette nouvelle réalité sans ressentiment et dans laquelle les parts d'eux-mêmes qu'ils avaient perdues pouvaient revenir à la vie.

— Et maintenant ? Tu as un homme dans ta vie ?

Amy soupira, le souvenir de Craig résonnant douloureusement en elle.

— En quelque sorte. Mais je... je pensais qu'on ne serait pas compatibles parce que je n'arrivais pas à être heureuse en couple. Mon premier mariage n'a pas fonctionné, je me sentais prise au piège. Et je ne pensais pas rencontrer un jour quelqu'un avec qui je me sentirais moi-même.

— Mais c'est le cas ?

— Oui. Je pense.

— Et vous n'êtes pas ensemble ?

— Non. On a rompu. Mais maintenant... je ne sais pas, quelque chose a changé en moi.

À vrai dire, en regardant son père, elle ne voulait pas finir comme lui, pleine de regrets à la fin de sa vie. Il avait perdu sa femme, l'amour de sa vie, et cela l'avait brisé. Et si Amy vivait sa vie ici aussi brisée et accablée de regrets que lui ?

Leur réconciliation changea quelque chose dans son âme. Elle n'avait plus peur des espaces restreints. Plus peur de lui parler. Le pardon avait ouvert des choses qu'elle avait verrouillées en elle des années auparavant. Ce qu'elle y trouva n'était pas effrayant.

Elle y trouva la guérison.

Elle y trouva la bravoure.

Elle y trouva l'acceptation de qui elle était.

Ce que Craig lui avait dit. *J'ai l'impression que tu t'es perdue dans cette grange... Tu dois te trouver d'abord.*

Eh bien, elle s'était enfin trouvée. En parlant à son père, elle avait trouvé la fille qu'elle avait perdue.

Elle se sentait entière, forte, aimée.

Il ne lui manquait que l'homme qu'elle aimait.

— Oui, je pense que tu as raison. Est-ce qu'il te mérite ?

— Oh, oui. C'est l'homme le plus généreux et le plus fort que je connaisse. Tu l'aimerais bien.

— On pourra peut-être se rencontrer un jour ? Je suis désolé, je ne veux pas insister ou quoi que ce soit. C'est comme tu veux.

Amy sourit.

— J'aurais adoré que vous vous rencontriez, mais il vit en Écosse.

Le regard de son père s'illumina.

— En Écosse ? Tu retournes à tes racines alors, Amy. Tu es une vraie Écossaise.

Elle pouffa.

— Oh, je ne sais pas. Il ne dirait probablement pas ça.

— Est-ce qu'il t'aime ?

— Oui. Oui, il m'aime. Il avait simplement peur de s'engager. Moi aussi. Mais je n'ai plus peur. Et je pense que je peux lui montrer qu'il n'a plus besoin d'avoir peur.

Elle s'imagina vivant dans les Highlands avec Craig. Explorant les montagnes ensemble. La famille qu'ils auraient. Il ferait un merveilleux père. Il ne ferait jamais rien pour leur faire du mal, à leurs enfants et elle. Il les protégerait.

La vie serait dure à son époque, pas de doute là-dessus. Une vie de dur labeur sans confort ni médecine modernes.

Mais cela ne lui faisait pas peur. Elle s'en contenterait chaque jour pour une chance d'être avec Craig aussi longtemps que possible.

Elle soupira.

Envisageait-elle de retourner auprès de lui ?

Elle ne faisait pas que l'envisager. Elle avait pris sa décision.

Peu importait ce qu'il avait dit à propos de ne pas pouvoir être avec elle, elle irait. Elle lui montrerait. Elle resterait avec lui, et il finirait par comprendre qu'elle ne lui mentirait plus jamais, qu'elle lui serait loyale.

Oui, elle avait simplement besoin de le lui montrer.

Il avait besoin de temps pour lui faire confiance.

Elle lui donnerait ce temps.

Et s'il n'arrivait toujours pas à lui faire confiance et à lui pardonner, au moins, elle saurait qu'elle avait fait de son mieux. Elle retournerait à son époque sans aucun regret.

— C'est bien, dit son père. Vous pourrez peut-être vous réconcilier ?

— Oui, peut-être.

Elle prit la main de son père dans la sienne et la serra.

Comme c'était étrange ; c'était son père, l'homme à qui elle avait reproché tous ses malheurs, qui lui avait offert les meilleures ressources.

Le pardon. La force. La bravoure.

CHAPITRE 37

Amy contempla la cour vide, les tours en ruine, les murs effondrés. Il n'y avait plus de douves, plus de cuisine, plus de grande salle. Les écuries où Craig et elle avaient fait l'amour pour la première fois avaient disparu. La tour Comyn était de nouveau écroulée. C'était tranquille avec seul le bruit du vent dans les branches nues des arbres.

Les odeurs de la vie du château n'étaient plus là. Tout comme les gens qu'elle avait connus. Craig. Owen. Hamish. Fergus. Elspeth.

Elle se demanda si les rochers gardaient en mémoire tout ce qui s'était produit depuis. Les gens qui y avaient vécu, aimé, lutté et qui y étaient morts.

Amy ajusta son sac à dos. Il contenait des médicaments, des jumelles, d'autres outils de secourisme, ainsi que des livres sur la phytothérapie et sur comment faire des choses utiles, comme faire du papier. Elle avait aussi pris des tampons. Beaucoup, beaucoup de tampons.

Jenny avait soutenu qu'elle devait en prendre autant que possible. Elle était intelligente. Que ferait Amy sans elle ? Son cœur se serra au souvenir de sa sœur et à l'idée qu'elles ne se reverraient jamais.

Jenny avait eu du mal à la laisser partir, et Amy se sentait coupable de la laisser s'occuper de leur père seule. Elle lui avait légué sa maison et tous ses biens afin qu'elle puisse les vendre si elle le voulait. Elles avaient pleuré pendant ce qui leur avait semblé être des heures.

— J'ai encore du mal à y croire, avait dit Jenny en pleurant.

— Imagine simplement que je suis à l'étranger sans téléphone, ni email, ni aucun autre moyen de communication.

Jenny avait sangloté.

— Ce sera comme si t'étais morte !

— Non, non ! J'aurai la belle vie avec l'homme qui me rend très heureuse. Je ne peux pas avoir ça ici.

Sa sœur avait soupiré et l'avait enlacée.

— Tu es folle. Mais je t'aime tout pareil.

Après qu'elles s'étaient dit au revoir, Amy avait vu le doute dans le regard de sa sœur lorsqu'elle s'était retournée une dernière fois à l'aéroport.

Elle respira profondément. Pas parce qu'elle avait marché, mais parce que si tout se passait bien, dans quelques minutes, elle verrait l'homme avec qui elle était censée être.

— Je vous avais dit que vous n'aviez encore rencontré l'homme, dit une femme à côté d'elle.

Amy se tourna.

Bien sûr.

Elle sourit.

— Bonjour, Sìneag.

— Bonjour, ma chère. Je vois que vous avez décidé de revenir.

— Ouaip. J'ai décidé.

Sìneag lui prit la main et la serra.

— Je suis si contente que vous ayez pris cette décision ! Oh, vous êtes faits l'un pour l'autre, Craig et vous.

— Ah oui ?

— Oh *aye*. Et je suis très impressionnée que vous ayez eu la bravoure de changer. Vous vivez à présent une vie bien remplie, celle que vous méritez.

Un sourire courba les lèvres d'Amy. L'énergie positive de cette femme était contagieuse, comme une fontaine de joie.

— Qui êtes-vous, Sìneag ? De toute évidence, vous n'êtes pas une simple guide touristique.

Sìneag secoua la tête, de petites rides se formant aux coins de ses yeux lorsqu'elle sourit.

— Si je vous le dis, garderez-vous le secret ?

— Bien sûr. Je vous préviens par contre, je le dirai à Craig. S'il me reparle un jour, cela dit.

— *Aye*. J'ai confiance en Craig.

— Alors ?

Sìneag soupira.

— Je suis ce que l'on appelle une fée. L'on peut dire que je voyage dans le temps comme vous.

Amy haussa les sourcils. Elle n'était pas certaine de la croire, mais elle l'écouta. Si l'on pouvait voyager dans le temps, les fées avaient bien le droit d'exister.

— J'étais là quand les Pictes ont sculpté ces pierres. C'est moi qui leur en ai donné l'idée, à vrai dire. Je suis une romantique incurable, peut-être l'as-tu remarqué.

Amy pouffa.

— Oui. Mais pourquoi est-ce que tu m'aides ?

Sìneag poussa un soupir.

— Je ne suis pas humaine, vois-tu. Je n'aurai jamais ce que vous pouvez avoir : l'amour. Il n'y a personne pour moi.

Elle sourit tristement.

— J'ai donc décidé que si je ne peux être heureuse, j'aiderai les humains. Je ne trouve pas souvent de couples que je peux rendre heureux. Tout le monde n'est pas comme toi, prêt à traverser le temps pour l'homme que tu aimes. Mais ceux qui le sont…

— Ils vivent heureux jusqu'à la fin des temps ?

Sìneag rit.

— Tant qu'ils s'ouvrent à l'amour et à l'autre, ils en ont certainement toutes les chances.

— Eh bien, la vie continue, n'est-ce pas ?

— Oui, ma chère.

Une soudaine vague de gratitude et de chaleur submergea Amy. Elle se tourna pour étreindre Sìneag, et un parfum frais et naturel d'herbes, de lavande et d'arbres lui envahit les narines.

— Merci. Je sais qu'il se peut que Craig ne veuille pas de moi. Je ferai tout mon possible pour le faire changer d'avis. Mais quoi qu'il arrive, merci.

Elle plongea dans ces éternels yeux verts.

— Tu m'as aidée à rencontrer l'amour de ma vie. Et j'ai vécu une incroyable aventure. Et j'ai changé. Je ne l'oublierai jamais.

Les larmes montèrent aux yeux de Sìneag et un beau sourire se dessina sur ses lèvres.

— *Aye*. De rien. Va retrouver ton homme, maintenant.

CHAPITRE 38

VILLAGE D'INVERLOCHY, FÉVRIER 1308

Craig posa une pièce d'argent sur la table dans l'atelier du charpentier.

— *Aye*, je vous remercie infiniment, mon seigneur, dit Fingal, le charpentier.

C'était un homme fort, pas beaucoup plus âgé que Craig, le visage intelligent et avec de grosses mains rêches.

— Je vous remercie. Une fois le lit fait, je vous saurai gré de travailler sur le toit de la grande salle.

Ce que Craig voulait dire, c'était une fois que le lit serait bien fait. Cependant, à en juger par les meubles solides dans la maison charpentier, l'homme était un maître de son art.

Owen laissa échapper un petit rire.

— Je t'avais dit qu'il y avait des gens bien au village.

— *Aye*, je sais.

Craig lança un regard vers Fingal.

— Mais l'on est jamais trop prudent.

— Ne vous inquiétez pas pour moi, mon seigneur. Tout ce que je veux, c'est du travail honnête pour nourrir ma famille.

Craig hocha la tête. L'épouse de Fingal était en train de sortir du pain à l'odeur alléchante du four. Deux garçons et une fille étaient timidement blottis à côté du lit dans le coin de la pièce et le regardaient.

— Les Comyn ne reviendront point. Il vaut mieux que tout le monde tourne la page et s'habitue à la nouvelle situation. Moi y compris.

— *Aye*. Le lit sera prêt dans deux semaines.

Craig hocha la tête, puis ils dirent au revoir, et Owen et lui quittèrent la maison pour rejoindre les rues du village.

Il faisait froid, mais le soleil brillait. Des enfants jouaient dehors, courant et criant. L'air était vif et sentait la neige fraîchement tombée, dont une fine couche recouvrait le sol.

— Nouveau lit ? demanda Owen. Nouvelle femme, alors ? Je peux t'en présenter.

Craig rit.

— Nenni. Point de femmes. Je ne pouvais supporter ce lit. Je ne dormais pas dedans. Quand je le regarde, je vois Lachlan. Cela me fait penser à Hamish, à Amy. À mon erreur.

Comme s'il avait besoin qu'on le lui rappelle. Penser à elle était comme respirer avec une côte cassée. Nécessaire pour survivre.

Mais douloureux.

Il devait donc se débarrasser de ce lit. À vrai dire, Amy et lui n'avaient jamais fait l'amour dans ce lit. Il ne lui rappelait que sa douleur et son chagrin. Il était temps de prendre un nouveau départ. Avec les villageois aussi.

Il se méfiait beaucoup d'eux, mais il était prêt à faire plus confiance. Owen avait raison. Il avait besoin de s'ouvrir aux gens. Même si quelqu'un du village était en contact avec les Comyn ou les MacDougall, il le découvrirait plus facilement s'il était proche du peuple. Il pourrait demander à ceux en qui il ferait confiance de le prévenir s'ils entendaient quoi que ce soit. Il les rallierait à sa cause en faisant preuve de gentillesse, pas en se comportant comme s'ils étaient ses ennemis.

— Quelle erreur ? demanda la plus douce voix du monde.

Il tourna sur lui-même, son ventre se nouant et sa gorge se serrant.

Elle était là, vêtue de son étrange manteau vert foncé du futur. Ses cheveux étaient attachés en un chignon qui dégageait son beau visage et son cou. Ses grands yeux bleus étaient aussi vifs et beaux que des souvenez-vous-de-moi, ses joues rosies par le froid, et ses lèvres formaient un doux sourire timide qu'il était prêt à embrasser pour l'éternité.

Des gens s'arrêtaient et les observaient, mais il n'avait d'yeux que pour elle.

— Es-tu bien devant moi ?

Cela devait être le fruit de son imagination. Comment pourrait-elle être là ?

— Oui.

Elle tendit la main et le toucha. La sensation fut si choquante qu'il eut l'impression de se prendre un coup puissant, mais sans aucune douleur. Au lieu de cela, de la douceur et de l'amour se répandirent en lui.

— Pourquoi ?

Il ne semblait pas trouver les mots.

— As-tu oublié quelque chose ?

Il n'aurait rien pu dire de plus bête. Il n'était qu'un sot, après tout.

— Je veux dire…, commença-t-il.

— Oui, j'ai oublié quelque chose.

Elle éclata de rire, le bruit lui rappelant un ruisseau de printemps alimenté par la fonte des neiges dans les montagnes.

Craig déglutit, mais sa bouche resta sèche.

— Qu'as-tu oublié ?

— J'ai oublié de te dire que je n'irai nulle part à moins que ce soit avec toi. Et si tu ne me fais pas confiance maintenant, tu le feras un jour. Je resterai, je cuisinerai, je ferai le ménage et n'importe quoi jusqu'à ce que tu commences à croire que personne ne te sera plus loyal que moi. Ton épouse.

La tête de Craig lui tourna, son esprit aussi embrumé que s'il avait bu plusieurs coupes d'*uisge*. Elle était revenue. L'on aurait dit qu'elle voulait rester, qu'elle n'irait nulle part.

— Alors, tu es revenue ?

— Je suis revenue. Parce que je t'aime et que ma place est à tes côtés. Et que je vais te le prouver, peu importe combien de temps ça me prend.

Craig rit.

— Tu n'as rien à me prouver. J'ai été sot de te laisser partir. Je n'aurais jamais dû te laisser partir. Je t'aurai de toutes les façons possibles, tant que tu m'acceptes.

— Oh, Craig, murmura-t-elle.

Elle l'embrassa et il l'étreignit, l'attirant tout contre lui. Il respira son odeur boisée et fleurie qui lui rappelait la nature et le printemps. Son goût était aussi divin que dans son souvenir. Leurs corps et leurs langues s'entremêlèrent, il l'embrassa sans réserve, comme si c'était la première et la dernière fois.

Peut-être l'était-ce.

— Je ne te laisserai jamais repartir, marmonna-t-il contre ses lèvres. J'espère que cela ne donne pas l'impression que je vais t'enfermer.

— Tu peux m'enfermer tant que tu veux. Tant que tu es avec moi et nu.

— Oh, *aye*. Dans ce cas, tu es ma prisonnière.

Et alors qu'il l'embrassait à nouveau, entouré des soupirs ravis des villageois, il se dit qu'il n'avait jamais été aussi heureux.

ÉPILOGUE

A my versa de la sauce sur le porc en train de rôtir à la broche. Le feu crépitait et emplissait la cuisine du plus alléchant des arômes. Elle avait déjà faim, car elle était enceinte. Mais elle ne souffrait pas de nausées, contrairement à la plupart des femmes.

Elle avait une faim de loup.

Tout le temps.

Elle lança un regard vers la cuisine débordante d'activité. Des cuisiniers et des domestiques coupaient des légumes et pétrissaient du pain. Personne ne la regardait. Elle prit un couteau, coupa un petit bout, souffla dessus et se le mit dans la bouche.

Il lui brûla légèrement la langue, mais elle mâcha, fermant les yeux de pur bonheur.

Oh oh. Elle ferait mieux de partir avant de ruiner la nourriture pour le festin et de donner une mauvaise impression à son beau-père.

— Tout m'a l'air très bien ! dit-elle.

Le personnel de cuisine répondit avec des exclamations joyeuses.

— Ne vous inquiétez point, répondit Fergus, qui nettoyait un poisson. Le festin sera un succès.

Elle sourit.

— Merci, Fergus.

Amy sortit. L'air chaud de l'été chargé de parfums de fleurs l'enveloppa. Les tables et les bancs de la grande salle avaient été placés dans la cour, décorés de bouquets de fleurs sauvages, et étaient couverts d'assiettes de fromage et de pain. Le bruit de bavardages emplissait l'air, et quelqu'un jouait de la lyre. Les portes du château étaient grandes ouvertes.

Craig et elle avaient décidé de faire le festin dehors, pour profiter de l'été et pouvoir accueillir plus de gens. Tout le clan Cambel était venu, ainsi que des villageois d'Inverlochy et des représentants de clans alliés qui n'étaient pas essentiels à la guerre.

Le château était à présent complètement réparé et prêt à tout affronter. Robert Bruce s'était remis de sa maladie et était parvenu à anéantir le clan Comyn à l'est, ses plus importants ennemis après les Anglais. Grâce à cela, les Cambel avaient pu retourner à l'ouest un moment et participer au festin.

Craig prit la main d'Amy, la fit tournoyer et lui enlaça la taille.

— Où vas-tu si vite ?

Il l'embrassa, l'euphorie faisant trembler ses jambes et lui nouant le ventre. Elle lui effleura le torse tandis qu'elle se laissait aller au délice de sa bouche.

— Je te cherchais.

— Oh, *aye* ? Tu m'as trouvé. Viens avec moi. Je veux annoncer quelque chose.

Elle gloussa quand il lui prit la main et la tira à sa suite. Ils prirent place à la table du seigneur et de la dame du château. Près d'eux étaient assis Dougal, Owen, Domhnall, Marjorie, son fils de onze ans Colin, et Lena.

Amy avait déjà rencontré Marjorie, qui était arrivée deux jours plus tôt, et elles s'étaient immédiatement comprises. Elle n'était pas très gaie ni bavarde, mais il y avait quelque chose de très doux et généreux chez elle. Lena était une jolie jeune femme heureuse en ménage avec un MacKenzie du nord.

De la chaleur envahit Amy alors qu'elle regardait sa nouvelle famille. Ils semblaient tous l'avoir acceptée. Elle aimait bien Owen depuis le début, mais après avoir passé plus de temps ensemble au cours des quatre derniers mois, ils s'étaient rapprochés. Elle appréciait son humour et sa légèreté, et ils plaisantaient souvent ensemble.

Elle se méfiait encore un peu de Dougal, son beau-père, mais de la façon dont elle respectait un grand chef de guerre.

Personne ne savait qu'elle avait voyagé dans le temps à part Owen et les quatre guerriers qui avaient entendu sa confession dans la réserve souterraine. Ils avaient tous juré sur leur vie qu'ils ne révéleraient jamais ce secret. Craig leur faisait confiance, ce qui en disait long. Ils avaient dit à tout le monde qu'elle était une cousine éloignée du chef MacDougall, avec le même prénom que sa fille, mais qu'elle n'avait pas corrigé leur supposition, car elle devait se protéger pendant le siège. Elle avait été élevée en Irlande et n'avait jamais rencontré les MacDougall écossais, mais quelqu'un dans sa famille était ami avec les Comyn. Bien sûr, depuis, Dougal avait quelques réserves à son sujet, et elle avait hâte de le faire changer d'avis.

— Amis, famille, annonça Craig, faisant taire les voix. Vous savez tous pourquoi je vous ai réunis ici. C'est pour voir ma famille et vous dire au revoir, car mon épouse et moi allons déménager à mon domaine à Loch Awe. Mais il y a aussi une autre raison pour laquelle nous voulions vous voir. Pour annoncer que mon épouse est enceinte.

Des applaudissements et des félicitations emplirent la cour. Les gens trinquèrent et burent. Dougal se leva, tapa sur l'épaule de Craig et l'étreignit. Puis il s'approcha d'Amy, les yeux brillant, posa ses mains sur ses épaules et la maintint ainsi.

— Jeune fille. Félicitations. Je ne pourrais être plus heureux pour vous.

— Vraiment ?

Il sourit.

— Je ne pensais pas vous avoir assez accueillie dans la famille. Je sais que vous avez dû mentir au début. Mais j'ai confiance en mes fils, Craig et Owen, qui vous tiennent en très haute estime. Je crois que vous êtes quelqu'un de bien et que vous serez une bonne mère pour mes futurs petits-enfants qui continueront la lignée du clan Cambel.

De la joie naquit dans la poitrine d'Amy.

— Merci, Dougal. Ça compte beaucoup à mes yeux. Vraiment. Je ne suis pas vraiment en contact avec mon père, alors, je suis contente d'en avoir trouvé un ici.

Elle l'enlaça, le prenant par surprise. Il l'étreignit avec force, manquant de lui écraser la cage thoracique.

— *Aye*, vous pouvez toujours compter sur moi.

Il la lâcha et lui serra de nouveau les épaules avant de retourner à la table, d'avaler une rasade d'*uisge* en grognant d'appréciation, et de repartir.

Marjorie arriva ensuite, ses longs cheveux foncés tressés et ses yeux verts étincelant. Colin se tenait à ses côtés, grand et maigrichon, bien qu'il soit déjà large d'épaules. Il avait les cheveux sombres de sa mère — une épaisse crinière brillante avec une frange qui lui recouvrait le front et atteignait ses yeux verts légèrement en amande encadrés d'épais cils noirs. Le jeune garçon avait une épée en bois à la ceinture, et Amy l'avait vu s'entraîner avec Owen pour s'amuser.

C'était le Moyen-Âge, et comme Colin était né hors mariage, l'Église catholique et la société voyaient Marjorie d'un mauvais œil. Cela n'avait pas d'importance aux yeux de Marjorie ni à ceux de sa famille ; ils savaient tous que cela s'était produit contre son gré. Cela n'avait certainement pas d'importance aux yeux d'Amy.

— Je suis vraiment contente pour vous, dit-elle en serrant la main d'Amy. J'ai hâte de rencontrer mon futur neveu ou ma future nièce.

— Merci, Marjorie.

Amy lui serra elle aussi la main.

— C'est ce qu'aurait dit ma sœur, Jenny.

— Oh, *aye*, je suis désolée qu'elle ne puisse être avec vous.

— J'espère que nous pourrons bientôt vous rendre visite à Glenkeld.

— *Aye*, cela me plairait beaucoup.

Elle baissa les yeux vers Colin, qui jouait avec le manche de son épée en bois.

— Colin serait très heureux d'avoir un cousin, n'est-ce pas, mon garçon ?

Il fit un grand sourire à Amy, ses yeux verts brillant.

— J'espère que c'est un garçon et qu'il grandira avec nous. Je pourrai lui apprendre à se battre à l'épée et à tirer des flèches. Nous pourrons chasser ensemble.

Amy lui ébouriffa les cheveux.

— Bien sûr, Colin. Il n'aura pas de meilleur professeur.

— *Aye*. Mère m'a appris à manier l'épée et l'arc, et il n'y a point de meilleur professeur que mère. Pendant que mon grand-père et mes oncles se battent pour Robert Bruce, mère et moi régnons sur le château de Glenkeld et nous le protégeons.

Marjorie haussa les sourcils et échangea un regard avec Amy.

— J'espère que personne ne nous attaquera, Colin. Le roi sera à l'ouest, toute l'action sera là-bas.

Colin soupira.

— Ne t'inquiète pas, mon garçon, ton heure viendra d'être un grand guerrier. Allez, va féliciter ton oncle.

Colin alla enlacer Craig, mais Marjorie s'attarda.

— Seigneur, j'espère vraiment que personne ne sait que je suis la dernière Cambel au château. Mais si quelqu'un pense qu'une femme ne peut défendre son foyer et son fils, il sera désagréablement surpris.

Amy hocha la tête, impressionnée par l'esprit et la détermination de Marjorie, bien qu'un éclair de peur et d'incertitude traverse le regard de sa belle-sœur alors qu'elle allait étreindre

Craig. Elle feignait probablement d'être plus courageuse qu'elle ne l'était vraiment.

Le reste les félicita, et tout le monde continua à boire. La musique et le bruit des voix reprirent, et Craig passa un bras autour de ses épaules.

Elle se sentait protégée. Elle se sentait comblée. Elle se sentait elle-même.

— Tu veux partir un moment? On dirait qu'ils n'ont pas besoin de nous pour s'amuser.

— *Aye*, Amy, quand tu veux. Veux-tu aller aux écuries?

Elle éclata de rire.

— Non. Allons prendre l'air sur le mur. La vue sur les montagnes doit être magnifique aujourd'hui.

— *Aye*, mon amie.

Ils entrèrent dans la tour ouest pour rejoindre le mur, d'où ils virent le soleil descendre sur les montagnes. Les Highlands étaient vertes et luxuriantes à présent, et la rivière Lochy chatoyait du rouge et de l'orange du soleil.

La vue était à couper le souffle, mais pas autant que l'homme à ses côtés. Son regard plus intense que jamais, un regard qui mettait le feu à son sang, il la considéra avec une chaleur qui aurait fait fondre un iceberg. Il se tint derrière elle et l'enlaça, posant ses mains sur son ventre encore plat, puis lui embrassa le cou.

— Tu n'es pas triste de quitter cet endroit?

— La vue de ta fenêtre ne sera pas bien différente. *Aye*, ce n'est point un château, mais un foyer.

— Je serais heureuse avec toi même si on vivait dans une grotte.

Il éclata de rire.

— Je changerais une grotte en château pour toi. Tu sais que tu n'auras jamais besoin de rien.

— Je sais. Je sais aussi que je n'ai jamais été aussi heureuse et comblée de toute ma vie.

— Même si tu es née des siècles dans le futur ? Ton époque ne te manque-t-elle point ?

— Le confort moderne n'a jamais eu beaucoup d'importance pour moi. Je ne me suis jamais autant sentie à ma place qu'ici, avec toi. Que ce soit mille ans dans le passé ou mille ans dans le futur, ma place est à tes côtés.

— Et la mienne aux tiens.

Il l'embrassa. Elle se laissa aller dans la chaleur de sa bouche et de ses mains.

Avec lui, elle ne se sentirait jamais prise au piège, perdue, ni abandonnée.

Mais il détenait son cœur.

Et il n'existait de plus douce prison.

Recevez votre épilogue bonus gratuit de l'histoire de Craig et Amy ici : https://mariahstone.com/bonusprisoniere/

Vous avez aimé l'histoire de Craig et Amy ? *Lisez celle de Marjorie et Konnor dans Le Secret de la highlander*

Se battre pour l'amour – à travers les siècles

L'ancien marine Konnor Mitchell participe à une dégustation de whisky dans les Highlands quand il tombe dans un ravin et est renvoyé en 1308.

Marjorie Cambel a juré de ne jamais laisser un autre homme la persécuter. Lorsqu'elle trouve Konnor blessé, elle l'emmène au château de Glenkeld. Mais le clan qui l'a enlevée et malmenée des années auparavant prévoit d'attaquer le château et d'enlever son fils, et Konnor doit rester protéger la femme qui a touché son cœur. Abandonnera-t-il son avenir pour sauver une femme des Highlands dans le passé ?

Lisez **Le Secret de la highlander** *maintenant*

LE SECRET DE LA HIGHLANDER
- CHAPITRE 1

Près du loch Awe, Écosse, 2020

Le mieux dans un voyage entre mecs dans les Highlands, c'était l'absence de technologie. Même après sept ans de vie civile, Konnor Mitchell n'avait pas oublié son entraînement dans la marine ; il n'avait aucun mal à s'orienter avec ou sans carte, à pêcher, à cuisiner avec un feu de camp, et à dormir par terre.

À vrai dire, ce qu'il y avait de mieux dans le fait d'être seul face à la nature, c'était que cela occupait son esprit et ne lui laissait pas le temps de penser à sa vie à Los Angeles ou à son passé. Sans téléphone portable, ni télévision, ni électricité, il ne pouvait compter que sur sa cervelle, ses muscles et Andy, son meilleur pote.

— On est encore loin de la ferme Keir ? demanda Andy en levant les yeux vers le ciel. Les nuages sont plus sombres que toi quand tu es de bonne humeur.

Un ciel de plomb surplombait les pins et les frênes vert foncé. La nature était figée autour d'eux, comme si elle attendait quelque chose. Les branches ne bruissaient pas, l'herbe ne frémissait pas. L'air était chaud et humide, chargé de l'odeur de la forêt, de la mousse et de quelque chose d'étrange... de la lavande. Konnor n'en avait pas vu aux alentours.

Il baissa les yeux vers la carte dans ses mains, et un rapide mouvement attira son regard. Quelque chose de vert passa entre les arbres. Il cligna des yeux, mais ne vit rien qui sortait de l'ordinaire. Ce devait être à cause de tout le whisky qu'il avait bu cette dernière semaine.

— On va probablement être trempés de toute façon, dit-il. On arrivera que dans la soirée.

Andy et lui avaient randonné le long du loch en direction de la ferme. La carte indiquait qu'il y avait de petites ruines au fond du vallon derrière eux. S'ils retournaient vers le loch Awe, ils arriveraient aux ruines de Glenkeld, un château médiéval.

Ils avaient interrompu leur voyage de dégustation de whisky pour faire une randonnée de trois jours. Comme ils ne s'étaient pas pressés et qu'ils avaient bu les échantillons de whisky qu'ils avaient achetés dans plusieurs distilleries, ils en étaient à leur cinquième jour de marche. Entre faire le feu, monter et démonter leurs tentes, se faire des hot dog sur le feu, et pêcher dans le loch Awe, ils s'étaient emballés et avaient perdu la notion du temps.

Ce voyage était une sorte de long enterrement de vie de garçon pour Andy qui allait épouser Natalie, avec qui il sortait depuis huit ans et avait un enfant. Après son enfance particulière, Konnor n'aurait pas cru possible d'être aussi follement heureux, mais Andy était quelqu'un de bien et méritait tout le bonheur du monde.

Il était content pour son ami, mais il ignorait complètement comme il avait fait. Peut-être que les autres connaissaient les secrets d'une relation heureuse et sur comment être un bon mari et un bon père.

Il ne les détenait certainement pas.

Andy fronça les sourcils en regardant le ciel.

— Ça pourrait encore passer, dit-il, sans conviction.

— Mettons-nous en route. Il faut que j'appelle ma mère.

Bien qu'il apprécie cette randonnée, il devait retourner à la civilisation. Il savait ce que certaines personnes pensaient du fait qu'un homme de trente-trois ans ait besoin d'appeler sa mère, mais son meilleur ami savait que ce n'était pas un sujet de plaisanterie. Konnor aidait sa mère financièrement, et c'était important pour lui qu'elle sache qu'elle était en sécurité et protégée, qu'il ne laisserait personne d'autre lui faire du mal. Juste avant de partir randonner, il lui avait dit qu'il laisserait son téléphone portable à l'hôtel et l'appellerait trois jours plus tard.

Andy s'élança à sa suite.

— Allez, mec, tu l'as déjà laissée seule avant. Tu étais dans la marine, bon sang !

Ayant les parents les plus parfaits du monde, Andy ignorait comment la vie avait été pour Konnor et sa mère. Il n'avait jamais dû voir la personne qui lui était la plus chère se faire passer à tabac sans pouvoir y faire quoi que ce soit.

Le beau-père de Konnor était décédé, cependant, il lui avait appris une leçon importante qui lui servait encore aujourd'hui : il ne pouvait jamais baisser sa garde, jamais se dire que ses proches seraient en sécurité sans lui. Enfant, il n'avait pas pu protéger sa mère, mais il en était capable à présent.

— Laisse-moi tranquille.

Andy hocha la tête, mais il n'avait pas l'air convaincu.

— Si tu le dis, mon pote. Tu sais, Natalie a une amie qu'elle aimerait te présenter quand on rentrera à Los Angeles.

Konnor grogna. *C'est reparti.* Natalie essayait de le caser avec quelqu'un au moins une fois tous les six mois.

— Andy…, le mit-il en garde.

— Je suis de ton côté, mec, mais tu veux bien y aller, juste cette fois ? Sinon, elle va me rendre fou.

Konnor laissa échapper un rire moqueur.

— On raconte que t'es un bon parti. Tu as monté ta propre boîte, tu réussis dans la vie, et t'es un *beau gosse*, apparemment, dit-il en mimant des guillemets. Mets un terme à ma souffrance, mec.

— Ce sera pire pour toi si je vais à un rendez-vous avec elle et que je ne la rappelle jamais. Natalie te tuera. Je ne veux pas de relation. Je n'en voudrai jamais.

Pourquoi en voudrait-il une ? Toutes ses relations avaient fini par faire souffrir les femmes à cause de ce qu'elles appelaient son « indisponibilité émotionnelle ».

Andy posa une main sur son épaule.

— Après toutes ces années, tu restes un mystère à mes yeux.

— Il n'y a rien de mystérieux chez moi. Je suis simple. Je n'ai pas l'intention de me marier ni d'avoir une copine. Jamais.

Ils marchèrent en silence un moment. Un murmure dans les feuilles et les branches traversa les bois, et le ciel s'assombrit encore plus. Un petit frisson descendit dans la nuque de Konnor.

Andy secoua la tête.

— Une dernière chose. Tu es malheureux, et tu le sais.

— Je vais bien, grogna Konnor. Je vais super bien. J'ai tout ce que j'ai toujours voulu.

Le tonnerre gronda au loin, et ils levèrent les yeux vers le ciel gris foncé.

— Il faut qu'on se bouge, allez, dit Andy.

Il accéléra le pas, mais Konnor ne fit pas de même. Voyant son ami s'éloigner, il s'aperçut qu'il avait besoin de passer un peu de temps sans lui.

— Pars devant, Andy. J'ai envie de pisser. Je te rattraperai.

Son ami s'arrêta et le regarda d'un air circonspect.

— Tu en es certain ?

Konnor soupira.

— Je suis certain qu'une pluie d'été ne me fera pas fondre.

— D'accord.

Andy progressa rapidement sur le sentier. Une fois qu'il fut hors de vue, Konnor respira une grande bouffée d'air, puis expira. Il n'avait pas vraiment envie de pisser. Le vent froid se leva, et une odeur de lavande et d'herbe fraîchement coupée l'entoura.

Soudain, la voix d'une femme brisa le silence.

— À l'aide ! À l'aide !

Konnor baissa machinalement la main vers là où se serait trouvé son pistolet. Mais il ne l'avait pas, bien sûr. La seule arme à sa disposition était le couteau suisse dans son sac.

Il regarda autour de lui. Andy était introuvable. Les arbres se balançaient, bruissaient dans le vent, et des feuilles et des branches volèrent devant lui. Une faillit le toucher à l'œil et érafla sa joue. Le grondement du tonnerre se fit plus proche, et un éclair illumina le ciel gris. L'orage était sur le point d'éclater. La femme était-elle coincée quelque part ?

Des rochers tombèrent derrière lui. Konnor plissa les yeux, mais ne vit personne. Le vent rapporta le cri de la femme. À moins que ce ne soit que le bruit des arbres sous l'assaut de l'orage ?

Le cri retentit de nouveau, et son pouls s'emballa. Il venait de derrière lui, plus loin sur le sentier. Il partit dans cette direction, courant aussi vite que possible avec son sac sur le dos.

— À l'aide !

Les arbres et les buissons semblèrent flous alors qu'il les dépassait. Des brindilles craquèrent, des cailloux roulèrent sous ses pieds. L'odeur de lavande et d'herbe fraîchement coupée se fit plus intense. La voix était plus forte à présent ; la femme ne devait pas être loin, mais il ne la voyait toujours pas.

— Par ici !

La voix venait de derrière les arbres et les buissons. Entre les plantes, il aperçut le bord d'une falaise. Il sortit du sous-bois et découvrit un ravin d'environ soixante mètres de large. C'était comme si un vieux séisme avait ouvert le sol en deux. À six mètres de lui se trouvait une pente raide et rocheuse. Quelques pins poussaient directement parmi les rochers. Les parois du ravin étaient raides, et un ruisseau s'écoulait sur le fond herbeux. On aurait un petit bout de paradis reculé, fertile et douillet. Il y régnait une atmosphère magique, mystérieuse et surnaturelle.

Il y avait une femme au fond du ravin. Elle était assise sur une petite pile de gravats et se tenait l'épaule.

— Vous allez bien, madame ? lança Konnor, essayant de crier au-dessus du vent.

Elle leva les yeux, et même de là où il se trouvait, il vit un sourire rayonnant. Elle avait de longs cheveux roux et portait une robe verte à l'allure médiévale.

— Oh, vous pouvez m'aider, jeune homme ? Je me suis fait mal au bras et je ne peux me lever.

Le vent accéléra, et la bourrasque lui coupa le souffle. Il observa la pente. Elle était très raide, mais il voyait une sorte de sentier. Cependant, pourrait-il aider une personne blessée à remonter ?

D'abord, il devait descendre et voir ce qui n'allait pas avec son bras.

— Ne bougez pas. J'arrive.

— Oh que Dieu vous bénisse, jeune homme !

Le tonnerre fit trembler le sol et un éclair déchira le ciel. D'épaisses gouttes de pluie se mirent à tomber. Il devait se dépêcher.

Il posa son sac à dos sur le sol et commença à descendre la pente. Des rochers et des cailloux s'effritèrent sous ses pieds. Il s'accrocha aux buissons et aux rares pins qui poussaient entre les pierres dures. La pluie s'accélérant, il dut cligner des yeux rapidement.

Il glissa et tomba. La Terre et le ciel se fondirent une même masse. Son entraînement militaire lui revint, et il garda ses bras près de son corps afin que ses organes ne soient pas touchés. Quelque chose heurta sa cheville, et une vive douleur l'aveugla. Puis il se cogna violemment la tête et le monde sembla exploser autour de lui.

Lorsqu'il s'arrêta enfin de rouler, il resta immobile. Il avait l'impression d'être passé dans un hachoir. S'efforçant de chasser les vertiges, il ouvrit les yeux. De la pluie tombait du ciel maussade, et il cligna des paupières. Sa cheville gauche lui faisait un mal de chien. Était-elle cassée ? Il s'assit en gémissant. Une intense douleur le brûla quand il bougea la jambe. Bordel de merde ! Sa trousse de soins était dans son sac.

Son poignet lui faisait mal aussi. Il aurait sans aucun doute un hématome le lendemain. Sa montre suisse, un cadeau d'Andy, avait une minuscule fissure. Heureusement, elle fonctionnait toujours. Elle était *waterproof* et aussi fiable qu'une voiture allemande. Il détesterait la perdre.

Il balaya les alentours du regard. Il y avait un tas de cailloux et de gravats gris non loin de lui. La femme était assise et l'observait avec une grimace compatissante. La pluie battait autour d'eux. Bien que les vêtements de Konnor soient trempés, la femme semblait sèche.

Bizarre.

— Vous avez mal ? demanda-t-elle.

Refoulant une nouvelle vague de nausée, il déglutit.

— Un peu, mon neveu. J'ai une mauvaise nouvelle pour vous. Je ne pense pas qu'on va réussir à sortir d'ici sans aide, pas quand je suis dans cet état et avec cet orage.

Comme pour confirmer ses dires, un éclair zébra le ciel et le tonnerre retentit.

Konnor jura.

— J'imagine que vous n'avez pas de téléphone ?

Elle se mordit la lèvre et écarquilla les yeux.

— Je n'ai pas de téléphone. C'est la seule chose de votre époque qui me fait peur.

Il cligna des yeux. Avait-il bien entendu, ou s'était-il cogné la tête si fort qu'il avait des hallucinations auditives ?

— Comment vous appelez-vous, madame ?

— On m'appelle Sìneag.

— Sìneag. Je m'appelle Konnor Mitchell. Enchanté. Il faut qu'on trouve un abri le temps que l'orage passe, et je vais devoir jeter un coup d'œil à votre épaule.

— Oh, *aye*. Peut-être ici, près des ruines.

Le tas de gravats formait une alcôve le long de la falaise. Un vieux chêne se dressait là, son épaisse cime créant une sorte de plafond.

— Ouais, répondit Konnor. Ça fera l'affaire.

Il essaya de se lever, mais la douleur à sa cheville était atroce. Elle sauta sur ses pieds et se précipita vers lui. Passant un bras autour de ses épaules, elle le souleva avec une force qui le surprit. Souffrait-elle réellement ? Comme s'il ne pesait rien, elle l'aida à rejoindre le petit abri, puis le laissa glisser le long de la paroi de la falaise.

Quel soulagement d'être protégé du déluge. Le sol était froid et sec. L'odeur de la pluie et du sol humide emplissait l'air, mais il sentait surtout de la lavande et de l'herbe fraîchement coupée. Ce parfum semblait venir de Sìneag.

Elle s'assit à côté de lui, et maintenant qu'il n'était plus aveuglé par la pluie, il l'étudia. Elle repoussa une mèche de cheveux de son visage en cœur. Elle avait de grands yeux, une bouche en forme de fraise, et sa peau laiteuse était parsemée de taches de rousseur. Sa chevelure rousse dansait dans les petits coups de vent qui l'atteignaient. Elle ressemblait au Petit Chaperon rouge, excepté que son capuchon était vert et qu'elle n'avait pas de panier.

— Vous n'avez pas mal à l'épaule, n'est-ce pas ?

Un air coupable traversa son visage rouge.

— *Aye.* Mais je peux vous aider.

Konnor grimaça. Elle avait menti et avait mis sa vie en danger. Pourquoi ?

— J'ai failli me briser le cou en essayant de vous aider, dit-il avec colère.

Elle devait avoir une bonne raison, et elle n'avait pas l'air d'être une tueuse en série. Il espérait qu'Andy reviendrait le chercher après l'orage. Il devrait facilement voir son sac à côté du sentier.

Sìneag parvenait à avoir l'air à la fois penaude et un peu contrariée. Ses yeux verts s'assombrirent et son regard se durcit.

— Vous n'avez point d'amour dans votre vie, n'est-ce pas ?

Konnor cligna des paupières. Il devait s'être cogné la tête sacrément fort ; cette conversation était incroyable.

— Quoi ?

— Avez-vous quelqu'un ? Aimez-vous quelqu'un ?

Merde.

Il devait mal comprendre.

— Écoutez, je suis désolé si je vous ai donné la mauvaise impression, mais je ne suis pas à la recherche de quoi que ce soit. Je fais simplement un voyage entre mecs avec mon ami.

Elle éclata de rire, un rire doux et pur.

— Oh non ! Ce n'est point ce que je voulais dire. Pardonnez-moi. Je ne puis me lier avec un mortel de toute façon.

Un mortel ? Qu'entendait-elle par là ? Était-elle une sorte de célébrité locale et était-ce une preuve de mépris ? La nausée lui enserra la gorge. Ouais, il avait probablement un traumatisme crânien.

— D'accord. Tant qu'on est clairs à ce sujet.

— Je voulais seulement savoir si vous, un homme avec une âme forte et un cœur tendre, aviez quelqu'un dans votre vie ?

Un grognement s'éleva en lui, mais il le retint. Pourquoi tout le monde le cuisinait sur sa vie amoureuse aujourd'hui ? D'abord Andy, et maintenant une parfaite inconnue ?

— Non.

— Bien, s'exclama-t-elle en tapant dans ses mains. Je n'ai vu personne dans votre cœur, mais je préférais en être sûre.

— Pourquoi vous faites ça ?

— Pour votre bien, vous verrez.

Se blesser était pour son bien ? Elle mettait vraiment sa patience à l'épreuve. En tant que propriétaire d'une agence de protection rapprochée, il avait eu affaire à toute sorte de clients. Il arrivait que des stars d'Hollywood et des milliardaires contactent sa société pour qu'ils les protègent, ainsi que leurs familles ; il avait donc rencontré pas mal de gens excentriques, mais il n'avait jamais eu de conversation comme celle-ci. Se

pouvait-il qu'il souffre d'hallucinations à cause de son traumatisme crânien ?

— De quoi est-ce que vous parlez ?

Elle pouffa, et son doux rire lui rappela le tintement de
petites cloches.

— Je mets votre patience à l'épreuve, *aye* ? Vous êtes un
homme bien. Je n'aurais point fait cela avec quelqu'un de
mauvais. C'est...

Elle désigna l'imposant tas de gravats et ce qui ressemblait
aux restes d'un mur.

— C'est un ancien bastion picte. Il a été bâti sur un rocher
magique.

Elle considéra intensément un gros rocher plat enfoncé dans
la terre. Il y avait une vieille gravure simple dessus : une rivière
formant un cercle et traversée par ce qui ressemblait à une route.
Près de la gravure se trouvait une empreinte de main. Comme
une empreinte de chaussure laissée dans du ciment avant qu'il ne
sèche. Étrange.

— L'on raconte qu'un passage qui permet de traverser le
temps s'ouvre pour celui qui touche le rocher. La personne qui
lui est destinée l'attend de l'autre côté.

Konnor haussa un sourcil.

— Merveilleux, murmura-t-il. C'est une histoire de dingue.

— Il y a quelqu'un pour vous aussi.

— Oh, vraiment ?

— De l'autre côté du passage du temps se trouve une
personne qui vous rendra heureux. Quelqu'un qui pourra guérir
toutes vos blessures et qui vous aidera à arrêter de fuir tous vos
secrets. Une femme que vous pourrez aimer réellement. Une
femme qui pourra vous aimer.

— Dans le passé ? Les highlanders ont des histoires sur le
voyage dans le temps ?

La propriétaire de l'une des distilleries leur avait parlé avec
enthousiasme du folklore de la région. Elle leur avait raconté des

histoires sur les kelpies, les fées et les selkies, mais rien sur les voyages temporels.

— *Aye*, bien que peu les connaissent. La femme dont je vous parle souffre autant que vous, et elle a besoin de quelqu'un qui l'aidera à se remettre sur pied. Vous avez besoin de cela aussi, non ?

Il secoua la tête.

— Ce dont j'ai besoin, c'est qu'on me laisse tranquille.

Elle sourit.

— Vous m'amusez, vous les humains. Vous inventez toute sorte d'excuses pour vous accrocher à vos croyances. La destinée vous le montrera, Konnor Mitchell. N'oubliez pas, Marjorie apaisera votre âme.

Il appuya une main sur le sol. Était-il victime d'hallucinations ou le rocher avec les gravures brillait-il ? Non. Il ne souffrait pas d'hallucinations. Une faible lueur émanait des renfoncements dans la pierre.

— C'est quoi ce bordel ?

Il leva le nez, mais Sìneag n'était plus là. Il regarda autour de lui.

— Sìneag ?

Il n'entendait que le bruit de la pluie battante sur le sol et les feuilles, et l'odeur de lavande et d'herbe coupée avait disparu.

Où est-ce qu'elle est partie, bordel ?

— Sìneag ?

Le rocher semblait vibrer. Sa douleur et son inconfort oubliés, Konnor le fixa. Que se passait-il ? Les gravures scintillaient visiblement à présent, les vagues de bleu, et la ligne droite de marron. Et l'empreinte de main... Elle l'appelait, lui disait de poser sa paume dessus. Quel mal cela ferait-il ? Bougeant lentement, il posa sa main sur la marque. Une vibration parcourut ses doigts, comme le grondement lointain d'un séisme. C'était comme si sa paume était en métal et que la pierre était un aimant. Un nom résonnait étrangement dans sa tête.

Marjorie.

Il tomba en avant et la surface dure et humide disparut, remplacée par de l'air froid. Il ne vit rien. N'entendit rien. Il avait l'impression d'avoir la tête sous l'eau.

Il tombait et tombait, et les ténèbres le consumèrent.

Lisez **Le Secret de la highlander** *maintenant*

LEXIQUE

Sir : Titre d'honneur anglais.

Aye : Terme archaïque et régional utilisé pour acquiescer.

Léine croich : Chemise de guerre arrivant aux genoux et matelassée pour protéger son porteur.

Slàinte mhath : Littéralement « bonne santé », formule utilisée pour trinquer.

Uisge : Mot de gaélique écossais signifiant « eau » à l'origine du nom « whisky ». La locution « uisge beatha » signifie littéralement « eau de vie ».

Tacksman : Souvent un proche parent du seigneur, auquel il paye une rente pour les terres qui lui sont allouées, le *tacksman* l'assiste dans l'administration des terres du clan.

Caoimhe : Prénom irlandais prononcé Keeva.

Oh mo gaol : « Oh mon amour » en gaélique écossais.

CALLED BY A PIRATE SERIES (TIME TRAVEL):

Pirate's Treasure

Pirate's Pleasure

A CHRISTMAS REGENCY ROMANCE:

Her Christmas Prince

VOUS ÊTES INVITÉE

Rejoignez la newsletter sur <u>mariahstone.com</u> pour recevoir des bonus exclusifs, des messages de l'auteur, les dates de parution de nouveaux livres, des cadeaux, des informations sur des livres en soldes... et bien plus encore !

ÉVALUEZ MON LIVRE, S'IL VOUS PLAÎT

S'il vous plaît, écrivez un commentaire honnête sur mon livre.

Bien que j'aimerais pouvoir le faire, je n'ai pas les moyens d'avoir de la pub dans les journaux ou dans le métro comme les grands éditeurs.

Mais j'ai quelque chose de bien plus puissant !

Des lecteurs dévoués et fidèles.

Si le livre vous a plu, je vous serais très reconnaissante si vous pouviez prendre le temps de laisser un commentaire sur Amazon.

Merci beaucoup !

À PROPOS DE L'AUTEUR

Quand Mariah Stone, auteur de romances parlant de voyage dans le temps, n'est pas en train d'écrire l'histoire de femmes modernes fortes qui traversent le temps pour se retrouver dans les bras de Vikings, de highlanders et de pirates sexy, elle court après son bambin et passe des soirées romantiques sur la mer du Nord avec son mari. Mariah parle six langues, adore *Outlander*, les sushi et la cuisine thaïlandaise, et dirige un groupe de lecture. Abonnez-vous à la newsletter de Mariah pour recevoir un livre gratuit parlant de voyage dans le temps !

facebook.com/mariahstoneauthor

instagram.com/mariahstoneauthor

bookbub.com/authors/mariah-stone

pinterest.com/mariahstoneauthor

amazon.com/Mariah-Stone/e/B07JVW28PJ